世界科幻大师丛书
主编：姚海军

终极敌人

［日］山田正纪 著

田田 译

四川科学技术出版社

SAIGO NO TEKI
by MASAKI YAMADA
Copyright © 2014 MASAKI YAMADA
Original Japanese edition published by KAWADE SHOBO SHINSHA Ltd. Publishers
Simplified Chinese edition copyright:
2024 Sichuan Science Fiction World Co.,Ltd.
Chinese (in Simplified character only) translation rights arranged with
KAWADESHOBO SHINSHA through Bardon-Chinese Media Agency, Taipei.
All rights reserved.

图书在版编目（CIP）数据

终极敌人 /（日）山田正纪 著；田田 译 . -- 成都：
四川科学技术出版社，2024.3
（世界科幻大师丛书 / 姚海军 主编）
ISBN 978-7-5727-1314-9

Ⅰ . ①终… Ⅱ . ①山… ②田… Ⅲ . ①幻想小说—日
本—现代 Ⅳ . ① I313.45

中国国家版本馆 CIP 数据核字（2024）第 066730 号
图进字：21-2021-341

世界科幻大师丛书

终极敌人

SHIJIE KEHUAN DASHI CONGSHU
ZHONGJI DIREN

丛书主编　姚海军
著　　者　[日]山田正纪
译　　者　田　田

出 品 人　程佳月
责任编辑　吴　文　姚海军
特邀编辑　贾雨桐
封面绘画　蓝　昼
封面设计　姚　佳
版面设计　姚　佳
责任出版　欧晓春
出　　版　四川科学技术出版社
　　　　　成都市锦江区三色路 238 号　邮政编码：610023
　　　　　官方微博：http://weibo.com/sckjcbs
　　　　　官方微信公众号：sckjcbs
　　　　　传真：028-86361756
成品尺寸　140mm×203mm　　印　张　12.125
字　　数　217 千　　　　　　插　页　3
印　　刷　四川省南方印务有限公司
版　　次　2024 年 3 月第一版
印　　次　2024 年 4 月第一次印刷
定　　价　56.00 元

ISBN 978-7-5727-1314-9

邮购：成都市锦江区三色路 238 号新华之星 A 座 25 层　邮政编码：610023
电话：028-86361770

卡戎报告书

此报告为绝密文件。

卡戎以外人员严禁阅览。未经批准的阅览者,当即肃清。未经批准将报告携至外界或向他人提供者,处20年以上监禁,或终身封入B级现象阈世界。

有关B级现象阈世界的描述,参见另项。

M·封锁作战报告

EK1 无效

EK2 无效

EK3 用已确认安全性的EK2寄生性微生物进行危险性最高的重组实验时,该等级适用。

克隆DNA中含M时,有部分效果。但目前克隆实验仍被禁止。

有关EK3的封锁效果,参见另项。

EK4 终极M·封锁作战

是否执行该等级作战,完全取决于卡戎。

目前,该等级作战均为绝密事项。

M侵略下的氨基酸变化在指定DNA中的一例(部分)

正常DNA	GAG	GTT	CTT	AAA	CCT	TAA	AGC
	CTC	CAA	GGA	TTT	CGA	ATT	TCG
M侵略1	GCG	GTT	CCT	AAA	CCT	TAA	AGM
	MCM	MTT	GGA	TTT	MMA	ATT	TMM
M侵略2	MMM	MAA	MMT	AAA	MMT	TAA	AMM
	MMM	MMM	MMA	MMM	MMA	AMM	MMM
M侵略3	MMM	MMM	MMM	MMM	MMM	MMM	MMM
	MMM	MMM	MMM	MMM	MMM	MMM	MMM

(重要)该密码子变化表为组织暗号。

有关基因图谱及M侵略下的氨基酸变化的详细描述,参见另项。

一瞬，木星的南极光掠过视野，光焰闪烁，爆响震天。

——女人在黑暗中呻吟,放大数倍后的裸体在银幕上蠢蠢蠕动。

色情片女演员裸露的手臂上,一个孤零零的疫苗疤别具生机,形成了一种奇妙的存在感。

由于是星期日下午,观众席大约上坐了七成,但现场却鸦雀无声,静得出奇。每个人都专注地看着电影,就像是在参加某种神圣的仪式。或许,对于在星期日下午来看色情片的他们来说,这的确是一段"神圣的"时光。

空气里混着烟油味和男性的体臭,泛着酸馊——

黑暗中,一个男性身影突然站起,穿过过道,离开了观众席。

来到影院走廊上的,是一个身材魁梧,相貌却略有些神经质的青年。他的下眼圈眼袋浮肿,显得疲惫不堪。

青年弓着身子走进了卫生间。

卫生间格外肮脏。不知是哪里的下水道堵了，污水满地横流，恶臭熏天，让人想要扭头就走。墙壁已经开裂，上面满是稚拙涂鸦的性器官和淫秽的文字。

青年一边解手，一边分外热切地注视着那些涂鸦和文字，眼神就像在祈求什么。

突然，他从墙上撇开了脸，表情痛苦而扭曲——那是身处绝境的人才会有的绝望的神情。

青年没有返回观众席，而是径直离开了影院。

周末的步行街上人满为患。寒风呼啸，过往的行人一律面无血色，脸上不带一丝笑意。冷冽的冬阳下，只有孩子们手中的红色气球点缀着唯一一抹色彩。

走出影院后，青年来到了一家小型书店。

这里不是普通的书店。刺眼的灯光下，摆满了俗称"塑料读物①"的黄色书刊。书架前围着一帮男人，脸上也都毫无笑意。

青年胡乱地抄起三四本塑料读物——或许是觉得这样未免有些尴尬，又拿起一本普通的周刊杂志叠在上面——向收银台走去。付钱以及等待包装的时间里，他的脸上始终挂着一种异样的焦虑。

青年回到寒风呼啸的街上，向着车站缓步走去。

---

① 原指使用塑封的书籍。这类书籍在日本多是色情读物，塑封的目的是防止拆开，也提高了只看不买的人或未成年人的阅读门槛。

这个青年名叫森久保与夫，是T大的一名研究生，今年二十六岁——这个年纪在研究生里也算是"超龄"了，因为他在本科毕业后工作了一段时间。他学的是基因工程，导师是该领域被公认为"日本第一人"的香川教授。目前，香川研究室主要在进行基因重组实验。然而与夫作为学生，只能做一些消毒烧瓶、烧杯之类的辅助工作，基本上没有直接参与过实验。

与夫可以说是"孑然一身"。母亲生下他后不久便过世了，靠半农半渔勉强度日的父亲也在他刚满十四岁时不幸病逝。父母的坟墓留在了与夫的故乡——四国①的一座小岛上。

幸运的是，一家关西的大型旅游公司收购了与夫父母遗留的全部农田，得来的钱直接充当了与夫的学费和生活费。只是那笔钱最近也开始捉襟见肘，这让与夫十分不安。不过，他从没有为孤身一人而感到寂寞，因为他早就习惯了。

——回到公寓后，与夫迫不及待地撕开了书刊的包装。

他的房间仅有六块榻榻米大小，附带一个简易厨房。室内唯一值得一提的东西，就是堆积成山的书。所有书籍都被归置得整整齐齐，很好地展现出了房间主人的神经质性格。

与夫把刚买的塑料读物摊开在榻榻米上，并不算美貌的模特摆着各种奔放姿势的照片罗列眼前，与夫目不转睛地盯着她们。他的神情格外认真，若是外人看到，一定会误以为他是在攻

---

① 即四国岛，日本的行政区划之一，与本州之间以濑户内海相隔。

读什么专业书籍。

时值隆冬，房间里明明没点暖炉，与夫的额头上却渗出了细小的汗珠。

第二本、第三本……他将塑料读物接连摊开，以跪拜的姿势浏览照片。他的眼球逐渐充血，绝望显露在了脸上。

"呃啊啊……"

与夫呻吟失声，一把抓起塑料读物，狠狠砸在了榻榻米上。他发疯似的号叫着，两只拳头在榻榻米上猛捶一气。接着，又忽然身子一软瘫倒在地，只剩一阵粗重的喘息。

一点儿感觉也没有。

他也不知道自己是什么时候变成这样的，总之，他已经完全丧失了性欲。起初他并没有太在意这件事，可当这种状况持续了两年、三年，他终于开始不安起来。现在，他已经快被这件事逼疯了。有时他会像今天这样，拼命挑拨自己的欲火，却发现一切都是徒劳。

阳痿……对于一个二十六岁的健壮青年来说，大概是最残酷的病了。这种病不能告诉别人，就算对别人说了也注定会遭到耻笑。为此，与夫愁上加愁。

他当然也去看过很多医生。诊断结果全部表明，他的身体没有任何缺陷。也就是说，他阳痿的原因存在于精神层面。然而，他本人对此却一点儿也摸不着头脑。他仔细查阅过心理学的书籍,却还是没能找到线索。

与夫从榻榻米上缓缓爬起,对着散落一地的塑料读物发呆。

渐渐地,他的眼神起了变化。

他的视线正落在一本周刊杂志上——那本杂志是和塑料读物一起买回来的,此时正摊开在榻榻米上。其中的一篇报道强烈吸引了他的注意。

与夫捡起周刊杂志,重新坐直身子,专注地读了起来。

——翌日,与夫一大早就打电话到学校,说自己会晚些到研究室。随后,他便收拾行囊准备外出。

在代代木①站下车后,与夫本以为需要寻找一段时间,没想到要找的公寓很快就出现在了眼前。那是一幢格外醒目的中庭式高档公寓,与夫要拜访的人就住在它的顶层。

与夫和这种高档公寓本应是一生无缘的。但是这一次,他无论如何都想让自己从阳痿的痛苦中解脱出来,所以尽管性格内向,他还是毅然决然地来到了这里。

房间的门牌上写着“鸟谷部麻子”。与夫对着它凝视良久,仿佛自己的命运全都寄托在了上面。最后,他终于深吸一口气,按下门铃。清亮的门铃声响了起来,不一会儿,对讲机里传来了一个女声。

———————————

①地名,位于日本东京都涩谷区。

"哪位？"

"我……我姓森久保。"与夫吞吞吐吐地说，"我来是想请您为我治病……"

"有预约吗？"

"啊？还要预约？我不知道……"

"您是哪位顾客介绍来的？"

"呃，也不是……我是自己找过来的，我读了周刊杂志S上有关您的报道……"

与夫越说越语无伦次。

对方沉默了片刻，最后冷冷地说：

"不好意思，我不接待没有预约的顾客，请您下周预约之后再来。"

对讲机里的杂音突然中断，与夫被孤零零地挡在了门外。

与夫不敢再按门铃，只好无奈地垂下了头。他来的时候抱着巨大的希望，而现在希望落空，他受到的打击也同样巨大。

鸟谷部麻子是日本为数不多的个体精神分析师，而且是一位妙龄少女。与夫仔细回想周刊杂志S上的报道，其中似乎提到，她的顾客要么是一流企业的要员，要么是钱闲兼备的贵妇。如此看来，她确实不太可能接待一个乱闯乱撞的陌生青年。

——只能去校医院的精神科看看了……与夫心中念叨着，正要转身，却听到有人慌忙取下了房门的锁链。

"请您留步!"

一个少女从门后探出头来,叫住了与夫。

"虽然没有预约,但既然来了,我就为您提供一次特别服务吧。请进——"

叮当，叮当……

墙上的挂钟发出清响，与夫感觉身体上浮，如梦初醒。

方才，他正沉湎于一场弗洛伊德式的、极富隐喻的梦境。那是一个有关淋菌的漫长梦境——淋菌与不断袭来的青霉素[1]顽强抗争，最终取胜。就在淋菌为了生存而分泌出青霉素酶的一刹，与夫深深为之一振，不禁想要高声称快。

分泌青霉素酶，这说明淋菌对青霉素已经产生了绝对抗性。为了走到这一步，与夫在梦中经历了超凡卓绝的艰辛，他的眼泪几乎夺眶而出。

梦境具有神奇的两重性。在刚才的梦里，与夫既是顽强作战的淋菌，同时又是淋菌的宿主———一位身染淋病的菲律宾妓女。

---

[1]青霉素在临床上广泛应用于各种细菌感染包括淋球菌感染的治疗，但淋菌与青霉素接触后，易诱导产生青霉素酶，灭活青霉素，使治疗失败。

她很年轻，有着迷人的大眼睛和乌黑的秀发，腰身丰满有如宽阔凸翘的破冰船。然而不幸的是，她是一位虔诚的佛教徒。

当然，这是指对于男人们来说很不幸。因为她始终抱着一个信念：即便是淋菌，一旦降生于世，也不应该遭受杀戮。

然而出于职业所需，她不得不违背信仰，服用青霉素。罪恶感会给她带来多么痛苦的煎熬可想而知。也正因如此，当服用了青霉素的她，听说同床一夜的男人尿道疼痛时，居然感到了莫大的宽慰。毕竟，她最害怕的就是破坏佛教的杀生戒律。

淋菌的胜利，再加上一个纯真女子的喜悦，让与夫的梦境激情洋溢。此外，这个梦还有一个神奇之处：对于自己化为菲律宾妓女时的丰满腰身，与夫产生了强烈的性欲。

"我是发现了孟德尔定律的男人……"与夫梦呓道。你可以陪我一晚吗——这句话刚要脱口而出，麻子的声音便传进了耳朵。

"好了，今天就先到这里吧。"

与夫听到几下轻轻的拍手声，缓缓睁开了双眼。

菲律宾妓女的面容还留在眼前，一段时间过后，与夫的视线才终于聚焦。现实中，鸟谷部麻子正俯视着自己。

这是一间约有二十块榻榻米大小的单人房，一段室内楼梯将餐厅和客厅分隔开来，与夫此刻正躺在客厅的长椅上。

室内没有多余的家具，却丝毫不显简陋。阳光从绿色百叶窗间透射进来，投下了一片柔美的斑驳光影。这里既是麻子独居的闺房，也是她作为个体精神分析师的诊室。由此想来，室内完全感觉不到生活气息，也不难理解。

与夫躺在长椅上没有动。

梦里那无比真切的性欲，现在仅化作丝许疼痛，残留在他的身体某处。那里已然疲软成了一个扁豆荚。他拼尽全力想要重新唤起对菲律宾妓女的那种欲望，却全然不见起色。

"今天就先到这里。"

麻子关掉音乐，重复说道，语气像是在催促。与夫这才坐起身来。

"感觉如何？"麻子轻声问，"弄明白什么了吗？"

麻子合上红色的皮革笔记本，轻轻晃了晃脑袋，想要把肩上的头发甩到身后。发丝如随波摇荡的水草，划出一道优雅的曲线——那一刻，精明强干的精神分析师仿佛摘掉了面具，一副少女的素颜展露其下。

然而当与夫看向她时，麻子又变回了精明强干的精神分析师。她面带微笑，但却绝不是少女对男人的那种笑，而是一种经过了精确计算的、为博取患者信赖而刻意摆出的微笑。

"您得过淋病吗？"麻子问。

"没有……"与夫低下了头。

为了不让患者在意自己的女性身份，麻子几乎没有化妆。

但即便如此，听到一个少女说出"淋病"这种词，总会让人有些尴尬。

"您在工作中经常接触淋菌吗？"

"不，我们做实验用的都是大肠杆菌。"

"那么，您有没有对感染大肠杆菌感到过恐惧？"

"没有，实验用的大肠杆菌都是K12品系①，它们的基因有缺陷，只能在实验室里存活，即使进入人体应该也不会带来危险……"

"原来如此。"

麻子咬着下唇，用铅笔梢一下一下地敲着笔记本。她显然正在绞尽脑汁地思索与夫精神障碍的原因，那副呆呆冥想的样子竟有几分稚气未脱。

试图把与夫的精神障碍与基因工程联系在一起，这种想法是很自然的。

基因重组实验需要将剪切下来的DNA片段导入大肠杆菌。对此，身为知识分子的与夫总是抱着一种忧虑。他虽然还不至于担心会造出奇美拉②那样的怪兽。但人们总说，一旦实验产生的异种细菌发生泄漏，人类就将面临前所未有的危机。大众媒体也频繁就此兴风作浪。

---

① 大肠杆菌的一个种类，被广泛地应用于各种研究。

② 希腊神话中融合了山羊、狮子和毒蛇的怪物。

遗憾的是，外表无比精明的鸟谷部麻子似乎也有这种忧虑。

在与夫看来，这无非是杞人忧天。

诚然，科学工作者中也有人在担心：万一带有致癌性的异种细菌发生泄漏，后果将不堪设想。但正是为了防止这类事件发生，人们已经将研究室严加密封，就算有细菌泄漏，它们也都是生命力极弱的大肠杆菌，存活概率仅有亿分之一。

更何况，香川研究室进行基因重组实验的最终目的，是要把血友病基因改造为健康基因。因此，与夫完全不觉得自己在从事多么危险的实验。

——不过……与夫暗忖，随着基因重组实验的不断推进，生命的定义在实验员心中会变得模糊不清，这或许会带来某种精神上的影响？

但现在，需要思考这件事的人已经不是患者与夫，而是身为精神分析师的麻子。

"您在现实中与菲律宾女性发生过关系吗？"

终于，麻子抬头问道。

这个问题涉及个人隐私，为了不让与夫感到局促，她故意把话说得一板一眼、吐字清晰，以强调出他们之间的医患关系。

"没有。"与夫摇了摇头，"我也不知道为什么会做那样的梦。"

"您身边有菲律宾女性吗？"

"没有。"

"那么，您对梦中的菲律宾女性有什么印象吗？比如在电影里或者杂志上看到过之类的？"

"没有，完全没印象。"

"……"

一丝疑虑从麻子的眼中掠过。

被怀疑也是活该，与夫想。如果梦中的菲律宾妓女完全是他空想出来的，那也未免太真实、太鲜活了。即便是在梦里，她带给与夫的欲望都是那么强烈！

与夫知道，深层意识产生的梦境是不能用正常逻辑去理解的。但梦也总归有一套梦的逻辑，否则精神分析这个行业就不会存在了。因此，为一个梦追根溯源应该不是什么难事。

或许正如麻子所说，他只是在照片上看到过那个菲律宾女人。总之他和那个女人之间必然存在着某种联系。

然而，与夫却怎么也想不起自己在哪见过她。无论他怎样搜刮记忆，都找不到与菲律宾女人有关的任何信息。

这时，麻子提出了下一个问题，将与夫从冥思苦想中解救了出来。

"还有，您好像说过自己'发现了孟德尔定律'之类的话，那是什么意思？"

"……"

与夫羞愧得面红耳赤，他不知道该如何回答这个问题。"孟德尔定律"当然就是众所周知的那个孟德尔定律——孟德尔花了七年时间做豌豆杂交实验，最终发现了遗传学的基本定律——这是初中课本上就有的内容。因为定律是孟德尔发现的，所以被称为"孟德尔定律"，这是再明显不过的事实。

可不知为何，与夫却始终抱有一个根深蒂固的执念：孟德尔定律是自己发现的。他很清楚这纯属妄想，所以从没有把这个想法告诉过别人。要是真的把妄想和现实混为一谈，他就与那些自以为是拿破仑的疯子没什么两样了。

对于学习基因工程的与夫来说，妄想自己发现了孟德尔定律几乎就等同于患上了夸大妄想症。一旦这个秘密被发现，他注定会羞愧得无地自容，哪怕对方是精神分析师也一样。

与夫就像一只不爱张口的牡蛎，再度陷入了沉默。麻子饶有兴致地看着他，最后终于平静地说：

"那我们今天就到这里吧。"

"好的……"

与夫顿时感到如释重负，他抬起头，挤出了一个勉强的微笑。

与夫读过不少心理学的书，他知道精神分析治疗是一个复杂周密的过程，需要耗费大量时间。医师和患者为了消除彼此的心灵隔阂、建立信赖关系，必须要见上很多次面。事实不断证明，如果医师只是一味地揭露患者的隐秘情结，将会很难达到治疗的目的。所以，精神分析治疗只能借助漫长的时间才能完成。

这么看，鸟谷部麻子的精神分析治疗是不是有点儿操之过急了……

先把患者催眠，再让其阐述梦境——对于这种手法，与夫也心存怀疑。虽然自由联想法是当今精神分析界的主流，但催眠术已经是十九世纪老掉牙的手段了，很难取信于人。

我大概来错地方了……与夫想。也许鸟谷部麻子只是徒有虚名，并不具备精神分析师的真正实力……

但他没有注意到的是，在精神分析治疗的初期阶段，患者往往都会对医师表示怀疑。

见与夫慌慌张张地站起身来，麻子问道：

"下次什么时候来？"

"啊？"

"您准备继续接受治疗吗？"

"呃，也好……"

与夫窘迫地点了点头。

"欢迎您再次光临。"

麻子说着，露出了一个神秘的微笑。

"您的病例中有一处很有趣的地方，我真的非常感兴趣……"

今天依然寒风呼啸。

T大的生物遗传学研究所耸立在阴霾下，在寒风中瑟瑟轻颤——当然，这只是错觉。

研究所由中央塔楼和两侧微微隆起的建筑组成。人们都说，它是仿照人的胸像修建的。的确，站在T大校门口极目远眺，高耸的研究所真的很像一个从柏油路上撑起上半身的男人。粗糙的混凝土墙面就像是他冻出了鸡皮疙瘩的糙皮。

大风刮过操场，卷起枯叶漫天，又从通向天井的管道间疾驰而过。管道像共鸣管①一样发出嗡鸣，隆隆的响声仿佛"半身男"的哭号，盘旋在冬日郁结的天空中。风声惊动了研究所地下室里的实验犬，它们歇斯底里地狂吠着，像是世界末日就要到来。

与夫正走在研究所的双螺旋楼梯上，准备去香川研究室。

这座建筑的设计师似乎执迷于模拟人体。单纯地模拟人的

———————————
① 木琴、颤音琴等打击乐器中，设置在琴片或音条下方以扩充声音的装置。

外形已经不能使他满足，他甚至还要模拟出人体内的基因！模拟的结果就是这个双螺旋楼梯——逆时针旋转的两条螺旋状楼梯像两条相互缠绕的蛇，纵贯中央塔楼。

显然，这是在模仿DNA的双螺旋结构。与夫每次上楼时都会十分不安，感觉自己的意识很难保持清醒，稍不留神就会滑向危途。说到底，双螺旋楼梯真的可能存在吗？与夫很想弄清它的构造，但只要一看向那伸向深渊的楼梯，他的大脑就会一阵晕眩，最后只得放弃。

与夫来到三层，在脱衣室脱下所有的衣服，光着身子走了出来。

脱衣室外有一段安装了气闸的短廊。要进入香川研究室的人无一例外，都必须先在里面洗一个消毒剂蒸汽浴。

与夫像往常一样，一边淋浴，一边透过弥漫的雾气，欣赏地砖上若隐若现的巨幅画作。

那是一幅精致的马赛克图画，由彩色的瓷砖拼制而成。画里有一头狮子、一头公牛、一个人和一只鸟，他们被精巧地组合在一起，相互勾连盘绕。与夫一开始并没有留意这幅画，直到他读了《圣经·新约》中的《启示录》——

《启示录》的第四章第六节写道：

天上的宝座前面，有一片清澈如水晶的玻璃海。宝座的四边有四个活物，前后遍体都长满了眼睛。第一个像狮子，第二个像牛犊,第三个有人的面孔,第四个像飞翔中的鹰……

画里画的不正是《启示录》吗!发现这个秘密后,他便再不能对这幅画熟视无睹了。

且不说研究所的建筑设计师取向古怪,就连内部装潢的设计师,其心态也着实令人费解。《启示录》是对世界末日的预言,用它去匹配随时可能毁灭世界的遗传学研究所——能想出这种点子的会是什么人?他是在讥讽?在警告?在抗议?还是仅仅想展现一种另类的幽默?

与夫不得而知。

他唯一知道的是一旦踏进研究所,就会有种隐隐的不安向自己袭来。那感觉就像是误入了每个人都神经兮兮的爱丽丝的世界①。

不过,只要穿过蒸汽浴短廊,不安感就会消失。无论是淋浴室、红外线消毒室,还是存放无菌研究服的穿衣室,都洁净得一尘不染,让不安这种没来由的情绪根本无处遁形。

以上这些房间,都是为了防止研究室里的异种细菌泄漏而设置的。同时,它们也可以防止外界的细菌进入研究室内。

然而即便如此,研究室也并非绝对与外界隔离。根据一九七六年美国国家卫生研究院(NIH)发布的实验准则,基因

---

①指英国童话《爱丽丝漫游奇境记》中的世界,讲述的是一个名叫爱丽丝的女孩从兔子洞进入神奇国度的故事。

重组细菌的物理防护分为P1到P4四个安全等级。其中等级最高的P4级研究室必须配备能消毒所有实验器具的双层门高压灭菌锅，以及消毒空气用的另一套通风设备。以NIH的标准来看，香川研究室的隔离水平不会超过P3。

这其中固然有经费不足的原因。但除此之外，由于实验用的大肠杆菌都是只能在研究室里存活的K12品系，香川教授也认为没必要配置更高级的隔离设施。

与夫来到了研究室。

室内关着灯。副教授、助手和学生们坐得整整齐齐，正聚精会神地盯着前方的大屏幕，就像是观看教育片的小学生。屏幕上是一个电子显微镜下的切片样本，由几个分子横向排列而成，应该是从山东陨石上提取到的氨基酸。

山东陨石是坠落在中国山东省的一块陨石，属于富含碳元素的碳质球粒陨石①。幸运的是，它坠落在了一家生物研究所附近，被发现时尚未受到太多地球上的污染。人们从陨石中提取到了碱基、烷烃，以及丙氨酸、甘氨酸等氨基酸。其中一部分样本被送到了香川研究室。

为了不影响课堂，迟到的与夫悄悄坐在了最后排。

①一种富含水与有机化合物的球粒陨石，占已知陨石只有约5%。它的成分主要为硅酸盐、氧化物及硫化物。

维持显微镜内部真空状态的真空泵[1]发着微弱的叹息声。

"……大家都知道,氨基酸分子根据旋光性[2]不同可以分为D-型和L-型,地球生物的氨基酸大多都是L-型。然而在研究室里合成的有机化合物中,D-型和L-型氨基酸会各占一半,这才是合理的比例。可为什么地球生物的氨基酸会一致偏向L-型呢?这一点于理不通,原因也尚不明确……"

香川教授低沉而暖人心脾的嗓音在黑暗中回荡。

教授所讲的不过是高中生物的内容,但与夫还是被课堂深深吸引了。其实课的内容对与夫来说并不重要,让他沉醉的是香川教授那迷人的嗓音。出于对年幼丧父的补偿心理,与夫以一种近乎信仰的迷恋敬爱着香川教授,他自己也已经在无意中觉察到了这一点。

"通过观察陨石中的氨基酸样本,我们会发现氨基酸的类型偏向仅仅限于地球。正如大家现在看到的,这个从山东陨石上提取到的丙氨酸分子就是D-型的。陨石中D-型和L-型氨基酸的比例大致是一比一,这至少证明了旋光异构体[3]在宇宙中的比例是恒定的……"

---

①电子显微镜需要保持内部真空,这样电子在其路径上才不会被吸收或偏向。保障真空的状态装置由机械真空泵、扩散泵和真空阀门等构成。

②线偏振光射入某些物质后,振动面发生旋转的性质。

③凡没有对称因素(允许有对称轴)的分子,就可能有两种不同的空间配置,它们具有极相似的物理及化学性质,但旋光方向相反,这种立体异构称作"旋光异构"。这种立体异构称"旋光异构体"。

香川教授的课继续着，讲台下鸦雀无声，没有一个人乱动。

虽说一个大男人有恋父情结确实有点儿奇怪，但毫无疑问，与夫对香川教授的感情已经无异于某种变相的恋父情结。此时，他正如痴如醉地沉浸在香川教授的课堂中。

突然，与夫的脚尖碰到了什么东西。他睁大眼睛看向脚边，好不容易才在昏暗的光线中看到了地板。地上有一个黑影若隐若现，一时分辨不出是什么。

与夫睁大双眼细细凝视。突然，一阵强烈的冲击袭上心头，让他觉得眼前火星迸溅，脑袋像是被人踢了一脚。喉头涌出的一股苦涩化为了声嘶力竭的尖叫——

"有蟑螂！！！"

与夫像上了弦的玩偶似的一跃而起，把折叠椅高举在头顶。不知是他的胳膊还是椅子打到了同排的学生，他们接二连三地倒下，尖叫声此起彼伏。

与夫似乎没有听到尖叫，依然高举着椅子，狠狠砸向蟑螂。这一击，他爆发出了连自己都不敢相信的惊人臂力，椅子的合页应声脱落，椅腿不知飞到了哪里。

"啊啊！"人群又惊叫起来。

蟑螂顽强且敏捷。与夫分明用椅子击中了它，可它却似乎全无损伤——至少与夫看来是这样——还欢快地扭动着触角，飞矢般地逃向了墙角。

与夫陷入了半癫狂状态。

他并非特别讨厌蟑螂，之所以会这么激动，是因为出现蟑螂的居然是生物遗传学研究所！要知道，这里可是必须与外界隔离的！

与夫怒吼一声，踹倒左右两边的椅子，追赶那只蟑螂。不知是谁同椅子一起栽倒，又被与夫一脚踩在肚子上，忍不住"哎哟"了一声。与夫隐约听到了脚边的声音，但现在他已经顾不上这种事了。

"看你往哪逃！别跑！妈的！！！"与夫大叫着，眼睁睁地看着蟑螂爬上墙壁，就要从通风口钻出去。情急之下，他一把抄起桌子上的烧瓶，向蟑螂扔去。烧瓶撞碎在了通风口上，可蟑螂却早已不见踪影，就这样不辞而别了。

与夫完全丧失了理智，他哇哇乱叫着，把桌上所有的东西一个接一个地扔向通风口。稿纸和文件漫天飞舞。

桌上的最后一支红色圆珠笔也被扔向通风口后，与夫才猛然意识到周围已经异常安静——自己的行为太出格了。

血液开始降温，大脑瞬间冷却。与夫不敢相信，刚才的事竟是他自己做的！他羞愧到无地自容，同时也十分恐惧，甚至想捂着脸瘫坐在地上。

然而，与夫知道自己不能这样，他惶恐不安地环顾四周。

研究室的灯已经大亮，室内的景象惨不忍睹——所有的座椅都倒在地上，稿纸和文件凌乱不堪，玻璃碎片飞得到处都是。人们全都缩在墙角，像看疯子似的盯着与夫。

"森久保，你冷静点儿了吗？"

白发苍苍的香川教授询问与夫，语气还是一如既往的和蔼可亲。随后，他转身对其他人说：

"研究室里进蟑螂的事，大家最好还是不要说出去……说实话，就算是P4级的隔离设施也很难防住苍蝇、蟑螂这些昆虫，可外界人士往往就是不能理解。如果这个消息传出去，香川研究室的安全性很可能会遭到非议，那时后果就真的不堪设想了。"

确认过全员都点头同意后，香川教授又看向了与夫，"森久保，我看你今天还是先回去吧？"

这一次，他的声音比之前还要温和。

"教授……"

与夫觉得自己至少应该道个歉，可是他张了张口，却不知道该说些什么。他只是呆呆地站在那里，任泪水在眼眶里打转。

"没事的。"

香川教授微笑着对他点了点头，"你这是太累了，回家好好休息一下吧……"

与夫只好照做。

——在穿衣室脱下研究服，在红外线消毒室烘干身体，在淋浴室将身体打湿,再让消毒剂蒸气把身体弄得更湿。如果不巧忘记带毛巾,就只能用厕纸擦干身体,最后带着一身粉红色的纸屑,在脱衣室穿上衣服。

走出香川研究室的时候,所有人都会不约而同地认定:研究室的设计师要么是心理极度扭曲的变态,要么就是个大蠢蛋。有的研究员甚至一到要走的时候就会感觉气不打一处来。

进入研究室的时候,人人都会赞叹消毒流程设计得多么严谨。然而到了返程,那极不合理的步骤则会把人气得无话可说。为什么要在红外线消毒室烘干身体后,又去淋浴室把身体打湿?为什么要在穿衣室脱掉衣服,又在脱衣室穿上衣服?消毒对于遗传学从业者固然重要,但仅仅是把整个流程逆过来,就会使它变得毫无意义而且愚蠢至极。

当然,此时的与夫正在为刚才的事而郁闷万分,没有心情对返程的设计表示愤慨。他觉得自己犯下了不可挽回的错误,渐渐地被绝望感裹挟。他漫无目的地彷徨在T大校园里,精神已经濒临崩溃,脑子里像是有一台坏掉的录音机,不停地重复着一句话:这下你完蛋了。

与夫并不是在为当众出丑而感到羞愧,真正让他深受打击的,是他敬爱如父的香川教授目睹了那一幕。已经二十六岁的与夫甚至产生了一种幼稚的受虐心理——在香川教授面前,他就像是小狗面对主人、孩子面对母亲。

走着走着，与夫来到了学生食堂前。他这才想起，自己从早上到现在还什么也没吃，早就已经饥肠辘辘。

绝望感依然重重压在胸口，但终究敌不过生理上的饥饿，与夫的肚子诚实地叫了起来。于是，他就像一只追寻亮光的飞蛾，迈着绵软的步子走进食堂。

食堂里空旷无人，从后厨飘出的蒸汽把水泥墙染成了一片朦胧的灰白。

与夫站在自动贩卖机前，决定买饭食类中最便宜的C套餐——毕竟生活费已经见底，不得不处处想着节省。他以前只吃过一次特级套餐，现在回想，那奢华的规格简直如梦似幻，里面好像还有加了水果的甜点……

与夫像梦游似的，一边细数着特级套餐中的菜肴，一边把餐券放在了取餐口。

一只手从蒸汽中伸出，取走餐券后迅速缩回了后厨。几乎是与此同时，一盘特级套餐被端了出来。那正是与夫在梦中描绘的特级套餐，里面的菜肴比与夫记忆中的还要丰富！

与夫的喉头滚动了一下，看着特级套餐的眼神有些恍惚。

但最后，他还是不愿无耻地拿走这份本不属于自己的特级套餐，于是把头探进后厨喊道：

"不好意思，我点的是C套餐……"

后厨被白色的蒸汽团团笼罩，什么也看不清，只能看到一个灰影游移其中。这里平时应该会有十几名员工上下忙碌,可今天却人迹全无,一片寂静。

"呃,我点的是C套餐……"

与夫又喊了一声。蒸汽中像是有一个女人发出了轻笑,回应他道:

"这位同学,现在汲取养分对你来说至关重要。没关系的,你就吃特级套餐吧。"

真是个意外的赏赐!与夫在后厨的蒸汽中努力寻找,却完全看不到声音的主人。

"谢谢……那我就不客气了。"

与夫满心欢喜地端起特级套餐,一种不真实感在他的意识某处悄然升起。他总觉得有什么地方怪怪的。家境贫寒的学生受到了好心人的款待?事情好像远非这么简单,这其中有一种与现实割裂的违和感。

然而在特级套餐面前,异样感和当众出丑的羞耻感都变得无足轻重了。与夫只顾着狼吞虎咽,食物的美味让他幸福得快要流泪……

吃完套餐后,与夫把餐盘还到取餐口,并对着后厨大声道谢。后厨里还是没有人影,这次就连回应也没有传出。与夫给自己倒了杯茶,然后端着杯子回到了餐桌,一边喝着难喝的茶水,一边回想研究室里发生的一切。或许是吃饱喝足的缘故,他回想时的心情竟有几分从容。

仅仅是看到一只蟑螂就闹出那么大的动静，他无论如何都无从辩白。自己当时就像见了毒蛇似的，暴躁狂乱的样子堪称醉态。对于一个成年男人来说，这绝对是奇耻大辱。

可是……当时的自己是在某种斗志的驱使下行动的，与平时完全判若两人。一个每天战战兢兢地生活在阳痿困扰下的人，突然斗志昂扬，对蟑螂发起进攻——这个过程伴随着一种奇妙的快感，不能单纯地用"宣泄情绪"来解释。

没错，自己当时好像确实感到了一种棋逢对手的喜悦。

对手……与夫不禁苦笑。把蟑螂当作对手也未免太小题大做了，更可笑的是，自己还真的对蟑螂产生了几分恐惧。显然，蟑螂并不是自己真正的对手，真正的对手另有其人，但那个人究竟是谁、身在何处，目前都不得而知。自己的斗志被压抑了很久，无处释放，所以才会把蟑螂假想成对手，宣泄出了压抑的情绪。

——真是个愚蠢的想法……大脑里残存的理性告诉与夫。自己不过是一个普通的学生，除了早年父母双亡以外，生活一直毫无波澜。如此平凡的自己，怎么可能有什么对手呢？与其说是自己假想出了不存在的敌人，还不如说是压抑的性自卑导演了那场风波。

然而，与夫还是强烈地认为自己有个敌人，这个想法几乎上升为一种确信。

只是，他不知道这个敌人是谁。

也许是忘记了，也许是下意识地不愿记起。总之，与夫一切问题的根源就在于"不知道自己的敌人是谁"。这些问题中当然也包括阳痿。

"我的敌人——"与夫口中默念，然后凝视着桌面静静等待，想要测试一下这个词会给自己带来多么大的心理冲击。果不其然，这个词就像一颗投进水面的石子，在他的心中激起了层层波澜，冲击感无比真切。

我有一个敌人，但却忘记了他是谁……与夫对自己说。这个难以置信的想法在他的心头涌起，竟让他有些感动——或许这就是所谓的"勇气"吧？

手中的茶杯已经快被捏碎，与夫却全然不知。

"我可以坐在这里吗？"

头顶上方忽然传来一个尖利的女声，吓得与夫差点儿把茶水弄洒。

他看到了一张布满浓密长毛的兽皮，同时，一股动物般温热的气息钻入鼻腔。

与夫目瞪口呆地仰视着站在自己身边的女人。

女人身上的长款大衣像是用狐皮或貂皮做的，看起来价格不菲。比那件大衣更引人注目的，是她那非比寻常的硕大体型。

她的块头大得出奇，以至于发现她在身旁的一瞬间，与夫甚至怀疑自己的透视出了问题。

其实如果仔细观察，会发现她长得非常漂亮。然而，堪入吉尼斯纪录的硕大体型已经完全掩盖了她的美貌，让人第一眼便觉得她是个大肉坨，而不会在意其他。自然，也应该没有人会试图揣度她的年龄。

"我可以坐在这里吗？"

女人又问了一遍，与夫惶恐地点了点头。

"这家食堂看起来真不错，"女人落座后说，"我想吃那不勒斯意面①……只有 T 大的学生才能在这里吃饭吗？"

"不，可是……"

"可是？"

"这里的东西不好吃，便宜倒是便宜。"

"那还是不吃了吧，我最近正在减肥呢。"女人笑了笑，突然把脸凑到与夫面前，"你是香川研究室的学生吧？"

与夫吃了一惊，恐惧感顿时涌上心头，但也只好竭尽所能和她周旋。

"你问这个做什么？"

"我就不能问吗？别那么拘谨嘛！"

女人用手肘捅了捅与夫的侧腹，与夫疼得快要叫出声来。

"我仔细调查过，你是香川研究室的学生，名字叫森久保与

①用巴马干酪和番茄酱做配料的意大利面条。

夫,对不对?"

"对……可是你怎么会知道我的名字?你到底是谁?"

"我叫大木丽,是个自由记者,目前正在调查有关基因工程的事。"

"自由记者……"

与夫的警惕骤然提高。记者们动辄就会把基因工程描述得耸人听闻,甚至还会把它比喻成"恶魔的研究"。

"我有几个关于香川研究室的问题,能不能请你回答一下?"

"我只是个学生,什么都不知道。你怎么不直接去问副教授,或者香川教授本人呢?"

"我确实有这个打算。但现在,我想要问你几个问题。"

"我拒绝回答。"

"你在害怕什么?难道香川研究室里有什么见不得人的秘密?"

"我没怕!研究室里也没有什么见不得人的事!"

与夫很生气,情绪激动地说:"可我真的什么都不知道!而且没有研究室的许可,我也不能擅自接受采访。"

"是吗?"大木丽提高了嗓音,嘲弄似的把手放在面前扇来扇去,仿佛只要轻轻挥手就能铲除所有阻碍。

"没有许可就不能接受采访,这可不像是成年人说的话啊。"

"那是规定……"

"行了行了，你死心吧！"

大木丽用极大的嗓门盖过了与夫的话，她又一次扇起手掌，把巨大的脸盘凑近与夫——她深邃的双眸好像有种奇特的魅力，与夫的视线被她牢牢拴住，怎么也移不开。

"你别看我这么胖，这不是因为我能吃，而是因为体内储存了太多的信息。从鸡蛋卷的烹调到板块构造的最新理论、从娱乐圈的八卦到宇宙论、从插花技艺到电锯的使用，所有的一切，真的是所有的一切都被我装进身体里了！你要是用指头戳一下我的身体，肯定会有什么信息从我的嘴巴里冒出来……我的饭量其实很小的，基本上和猫差不多，所以我根本没有进食的必要，你说是不是？我一直都在摄取信息，没了信息我就会饿死！我死了连棺材都必须特别定做。赶上岁末正忙的时候，这会给殡仪馆添多少麻烦！你一定也不想给殡仪馆添麻烦对吧？唉，我怎么是个这么好性子的人呢……假如，我只是说假如，你走在街上，看到一个快要饿死的乞丐，她缠着你，要你不管什么给她一口就行，你能就那样弃之不顾吗？一定不能吧？如果能的话你就不是人了。你现在拒绝我的采访，和这种行为没什么两样！我近来一直没找到什么好信息，就快要饿死了。请你认真为我考虑一下，我还不想死啊！我必须一直摄取信息，所以你必须为我提供信息，明白了吗？"

女人像被催眠了一样喋喋不休。与夫的防线被彻底击垮了，他现在一心只想逃走，于是艰难地点了点头。

"好了，我明白了，我明白了……"

"是吗？那就好。"

大木丽态度一转，语气恢复了平静，"关于山东陨石，有人说遗传学者随意取用地外物质是很危险的……你怎么看？"

"你是指这可能会让宇宙中的细菌扩散到地球？"与夫苦笑着说，"要是在陨石里发现了微生物，这样担心倒是可以理解……但学者们目前提取到的不过是丙氨酸、甘氨酸之类的氨基酸，人们的担心完全是多余的。"

"你是说山东陨石没有危险？"

"不可能有。"

"你说陨石里有微生物才叫危险，可你有没有想过，我们对宇宙还知之甚少，对进化也一样……只要陨石里没有微生物就不用担心，这种想法难道不是太天真了吗？"

"什么叫'对进化也一样'？我承认自己对宇宙是个门外汉，但对于进化，在分子层面上我可是相当……"

"在分子层面上，你可能相当了解进化。"大木丽打断了与夫的话，"但是对于从爬虫类到哺乳类，或是从绿藻到蕨类这种生成全新物种的机制，你应该是一窍不通吧？"

"呃，如果一个种群被隔离起来，久而久之就会形成新的物种……"

"无论把一群蜥蜴放在一个地方隔离多久,它们都不可能变成兔子吧?"

"这是诡辩。你说的'无论多久',终究没有超过人类能观测到的时间。认为人类能亲眼见证进化,这种想法才是太天真了……"

"如果基因研究继续深入,总有一天人类会探明大进化的机制,你难道不这么想吗?"

"……"

与夫无言以对。

大木丽的话确实戳中了要害。微观层面的基因研究已经取得了相当大的进展,然而,进展的前方是否意味着人类能够探明大进化的机制,几乎所有学者都心存怀疑。

"……这和山东陨石有什么关系?"

与夫终于恢复了平静,反问道。

"因为在山东陨石里……"

大木丽正要把脸凑得更近,却突然像受惊一样向后退去。她的眼睛直勾勾地盯着与夫身后,像是看到了什么始料未及的怪物。这个看似天不怕地不怕的大块头女人,竟然明显露出了恐惧的神色。

与夫转过头,发现一个男人不知什么时候出现在了身后的角落里。

男人被后厨飘出的蒸汽笼罩，看不清模样。唯一能辨认出的，是他围在脖子上的一条红色围巾——那鲜艳到刺眼的红，在弥漫的蒸汽中格外醒目。

"我得走了……"

体型硕大的大木丽敏捷地站起身子，离开了餐桌。中途她突然回过头来，表情异常严肃地喊道：

"听好，千万别忘了卡戎！卡戎永远是你的伙伴……"

那是什么？与夫正要追问，大木丽的身影已经消失在了蒸汽中。

过了一会儿，与夫慢慢转过头，才发现那个戴红围巾的男人也已经不见了踪影。

大木丽和"红围巾男"难道都是自己幻想出来的？与夫被一种超现实感攫住，在蒸汽中呆呆地站了很久。

——花洒喷出的温水在身上溅起水花，沿着后背、侧腹、臀部、大腿，把鸟谷部麻子全身的线条一一勾勒，最后顺着地砖流走。

对于麻子来说，淋浴带来的愉悦和性快感十分相似。她陶醉地合着双眼，嘴唇微微张开，表情几乎可以用淫荡来形容。

只有在这间狭小的浴室里，麻子才能从精神分析师的工作中得到解放，做回一个女人。她由上而下、极尽怜爱地细细抚摸自己的裸体，像是在确认自己是女人这个事实。

淋浴完毕，麻子湿着身子直接裹上浴巾，从浴室里走了出来。

她坐到沙发上，把冰镇得恰到好处的桃红葡萄酒倒入酒杯，一饮而尽。

喉咙在冰酒的刺激下猛地收紧，又渐渐被那温润的口感舒缓抚慰，这其中的爽快简直让人想要发出舒服的呻吟。

正是为了每天的这个时刻，麻子才能够忍耐一整天漫长而紧张的工作。

酒至微醺，麻子自然而然地回想起当天前来问诊的患者。

——森久保与夫……一个奇怪的患者。不，奇怪的不只是患者，就连自己这个精神分析师的举动也很反常。

往常，如果没有介绍信，麻子是不会接待自找上门的患者的。

在助手尚未出勤的清晨，接待素不相识的患者——这是特例中的特例。一向行事谨慎的麻子居然会做出这种事，就连她都怀疑自己是不是脑子进水了。

没错，大概就是脑子进水了吧？本来可以一口回绝了事，却突然感觉那样很过分，最后还是把与夫请了进来——她自己也很难解释当时那么做是出于什么心理。

初次见面时，精神分析师最首要的任务，本该是消除患者对自己的心理屏障，怎么就突然用起了催眠术……即便是刚开始学精神分析疗法的学生，也不会这样乱来。麻子直到现在都不相信，那真是自己的所作所为。

然而，虽说用催眠术纯属乱来，但至少对于与夫，它还是起到了一定的作用。

麻子将手指伸向桌上的录音机，把磁带倒回一小段，按下了播放键。

——你看到什么了？

是麻子的声音。

——我看到……啊，好像是绿藻？不对，我才是海藻！我是只有用显微镜才能观察到的海藻……

半睡眠状态下的与夫用低沉的声音说。

——你是海藻？

——不，现在不是了，我在变化……啊啊！有个好大的力量在我身体里挤呀挤，我受不了了……

静默，接着是一段叹息般的磁带转动音。

——我变成了微生物，就像水蚤①一样。心脏和头部的神经节都可怕地剧烈搏动着……这才是活着的感觉！硅酸壳里的硅藻太美味了，我之前是怎么忍受当海藻的？真是不可思议！那时我还不懂活着的真谛，真是太幼稚了……

与夫的声音再次中断。

麻子又倒了半杯红酒，一口喝干。她知道与夫接下来的话，不想在大脑清醒时听到它。

——我好害怕！好害怕……

录音机里传出一阵哀号，就像被独自丢在黑暗中的孩子的哭喊。与夫的声音里带着发自内心的恐惧，听起来是那么孤独，

---

① 一种小型的甲壳动物，属于节肢动物门、甲壳纲、枝角目，也称鱼虫。以硅藻为食。

那么凄惨,让人不忍心再听下去。

——不要啊,不要!!我在这里挺好的,我想待在水里,我讨厌陆地,非常讨厌……

——你还是微生物吗?喂,告诉我,是吗?

麻子的声音也跟着紧张起来。

——不,我现在是肺鱼①……我想就这样继续待在水里,但那个力量却把我往陆地上推,它非要让我登上陆地!啊啊啊啊……

与夫的叫声拖着长长的尾音。安静了一会儿后,那个菲律宾妓女的梦就开始了。然而不知为何,与夫似乎只记得自那之后的梦境。

麻子将录音暂停,一动不动地看着桌子发呆。与夫的意识深处究竟隐藏着什么?他显然是亲身感受了进化的过程,可是话说回来,精神障碍真的会导致这种症状吗……麻子毫无头绪,她已经失去了作为精神分析师的自信。

然而不管怎样,麻子始终坚信与夫是需要她的。这并不是精神分析师的自负,而是一种根植于意识深处的直觉,虽然微弱,却扎扎实实地存在着,就像是某种信仰。

忽然,麻子的表情惶惑起来——不仅是与夫需要她,她其实

---

①淡水鱼的一种,古代曾在地球大量繁殖,当代仍有少数遗留。平时用鳃呼吸,在干涸时可以用鳔当作肺呼吸。

也同样需要与夫,甚至是更加迫切地需要……她竟然产生了这种想法。

麻子乱了阵脚。如果精神分析师对患者产生了心理依赖,就意味着两者的地位正好颠倒了。为此,麻子作为精神分析师的资质将会遭到质疑,而她却无从反驳。

自己需要与夫——麻子努力打消这个念头,却只会让它变得更加强烈。她开始变得像个懵懂的女学生,臆想自己和与夫之间有着亲密的关系。

她和与夫才只见过一次面,他举止扭捏,而且还是个"那样的"男人……虽然非常难以置信,但或许这就是爱吧?

麻子感到有些憋闷,从沙发上站起,走向窗边。

她拉开厚厚的窗帘,推开了窗。冬夜寒冷的空气灌进室内,让室温骤然降低。

窗外,夜幕下的新宿像是由无数璀璨的玻璃珠组合而成。

麻子入迷地欣赏了一阵夜景,然后缓缓取下身上的浴巾,一丝不挂地站在窗口。她用双手轻轻托起长发,身体微微后仰,将裸体暴露在夜风中。

这是她为了满足代偿心理而举行的某种仪式。长期从事精神分析师这种职业,有时会觉得自己和无耻的偷窥者没什么两样,都是在以挖掘别人的秘密为乐。每到这时,她就会意志消沉,陷入深深的自我厌恶。

　　因此，麻子需要通过向不特定的人群展示裸体，来维持心理上的平衡。一想到此时此刻某个男人正在猥琐地盯着自己，她的罪恶感就会减轻一些。总之，这是麻子施加在自己这个偷窥者身上的一种刑罚。

　　吹入窗口的风突然强劲起来，麻子浑身战栗，紧紧闭上眼睛。

　　再次睁开眼时，一声低低的惊叫脱口而出。

　　原本是一幅新宿夜景的窗外，此刻正翻卷着光的旋涡，出现了一团巨大的涡状星云。

　　并不闪烁的星星放着冷光——显然，那就是在宇宙中看到的涡状星云！

　　然而，这幅场景只出现了短短一瞬。

　　麻子踉跄着退离窗口的时候，外面的新宿夜景已经恢复如常。

　　麻子失神地望着窗外。

　　不知怎的，刚才那一瞬，她忽然感觉自己忘记了什么非常重要的事情，而现在她需要把它想起来。

　　但无论她怎么努力回忆，大脑也还是一片空白。

　　她甚至已经忘了自己还光着身子。

——就在麻子凝望新宿夜景时，与夫正徘徊于璀璨霓虹下的熙攘人群中。

　　正值年终分红季，穿行于新宿商业街的男人们各个囊中宽裕。刚过十点，下班聚饮的他们就已经醉态百出。

　　与夫一向滴酒不沾，但这时的他，无论谁看了都会以为是酩酊大醉。

　　擦肩而过的醉汉大声吵嚷，他就也跟着吵嚷；有人放声高歌，他就也跟着唱歌。就连他的脚步，也像是喝醉了一样跌跌撞撞。

　　当然，他的心情不可能是愉快的，而是截然相反的。阳痿、在研究室出丑、上了大木丽的当，还稀里糊涂地接受了采访……种种事件让他备感羞耻，他对自己忍无可忍，最终产生了自暴自弃的想法。

　　与夫和醉汉们肩碰着肩，你推我搡，东倒西歪地走在混乱的人潮里,已经不知道自己来到了什么地方。混沌的脑海中,大木丽说的"卡戒"这个词在低声回响——

听好,千万别忘了卡戒!卡戒永远是你的伙伴……

卡戒?别说什么忘不忘的,与夫对这个词根本就没有任何印象。它究竟是人的名字,还是什么咒语?他竟一无所知。

"你们都把我当傻子!"与夫愤愤不平地喊道。

那个叫大木丽的记者是那么蛮横无理,让他恼火不已。她离开时说的什么"卡戒",大概只是故弄玄虚吧?

自己有个敌人——这个白天格外真切的念头,现在也已经消失无踪。隔了一段时间再回想,与夫才意识到这个念头是多么愚蠢,不过是一种幼稚的奢望。

妄想出莫须有的敌人,或许只是想让自己暂时忘记眼下的窘境,逃避现实……

总之,与夫被现实击垮了。他对自己深恶痛绝,决心自甘堕落。

对于此时的与夫来说,新宿的大街过于繁华,让他下意识地想要逃离。他一路横冲直撞,穿过一条又一条幽暗的小巷——回过神时,他已经来到了一个完全陌生的地方。

与夫虽然算不上"新宿通",但好歹在东京生活了近十年,哪里有什么还是大致知道的。从前上学的时候,他也经常到新宿来玩。

可现在，他却完全认不出这个地方。

这条小巷极暗极窄，不禁让人感慨：新宿竟然还有这种地方！它被两侧的高楼夹在中间，里面没有行人。空气中泛着一股馊味，使小巷显得更加破败萧条。

与夫茫然地环顾四周，视线突然定格在了一处——

说不清是在哪个方向上，有几幢高楼的黑影层叠掩映。一些闪烁的亮光从左至右滚动不停，好像是电光板在显示新闻。

已决定在木星大气层建造墓碑……已决定在木星大气层建造墓碑……已决定在木星大气层……

与夫眨了眨眼，再要看时，那些文字已经被黑暗吞噬，消失不见了。

"已决定在木星大气层建造墓碑……"

与夫在口中念叨着。这句话实在太超现实，根本就是无稽之谈！人类至今还没有登上过木星，更没有必要在上面建造什么墓碑。

可能只是电影宣传语之类的吧？与夫对着黑暗凝视了一阵，电光文字再也没有闪现。

与夫再次环顾四周，这里唯一一家像样的店铺位于小巷尽头，像是一家酒吧或者俱乐部。一块巨大的霓虹招牌在黑暗中闪烁不停。

霓虹招牌上有一个电话图案，每当"R·R·R……"的字样亮起，就会有一只纤纤玉手将听筒拿起，如此反复。霓虹灯下的入口处没有酒保，四处也找不到写着店名的地方。与夫不会喝酒又囊中羞涩，他也不知道自己为什么会想去那家店。然而，他还是像遵照计划或是受了什么引导一样，脚步轻飘地走向了那家店。回过神时，他已经把店门推开了。

一进门，与夫就听到了电话铃声。那不是一两部电话的铃声，而是十几部电话同时在响，人们打电话的声音如潮水般此起彼伏。

瞬间，与夫恍惚觉得自己不是身在酒吧，而是来到了电话局。

这里当然不是电话局。昏暗的室内，酒保们正在忙碌地端送酒盏，身着礼服的年轻女招待也零星可见。这里是一个情趣新颖的电话俱乐部：每张桌子上都放着电话，客人只需给中意的女招待拨一个电话——她们的桌子上标着号码——如果谈得来，就可以把她叫到自己的座位上。

电话铃的音量被调得很低，只能让人隐约听到。习惯了之后，店里其实也并没有那么吵。

与夫找了把椅子坐下，依然心神不宁地环视着周围。他总感觉自己来错了地方，再次对自己进店的行为感到讶异。

为了节省开支，与夫点了最便宜的啤酒和花生米，然后开始观察那些女招待。

其实，他现在根本没心情和异性聊天。但在这种店里，一个人独自喝酒未免太过寂寞，而且还很扎眼。如果旁人用异样的眼光看着自己，就连酒也喝不痛快。

这家电话俱乐部的确很上档次，女招待们个个都是美人胚子，完全可以去当明星或模特，其中还有几个白种人和东南亚血统的女人。她们桌上的电话响个不停，这让她们看起来不像是陪酒女，反而更像是接线员。

突然，酒杯从与夫的手中悄然滑落。杯子摔碎的声音淹没在了电话铃声里，没有引起任何人的注意。就连与夫自己也没有察觉到杯子掉了，他的右手依然保持着把杯子端在胸前的姿势，同时双眼圆睁，死死地盯着一位女招待。

那是他梦中的菲律宾女人！绝对没错，梦里的那个她此刻正一边涂抹着指甲油，一边等待电话响起。可是这种事……这么荒唐的事怎么可能……

与夫面色苍白，一时间甚至怀疑自己是不是真的疯了。他的精神就要崩溃，膝盖在桌子下面不住地抖。

她确实与梦里的那个女人是同一个人，而且比梦里还要美艳数倍！

她就像一只小猫，在俱乐部昏暗的角落里温顺地涂着指甲，散发出强烈的女人味。任何一个男人都会渴望拥抱她的身体，即使是身患阳痿的与夫也不例外。

她桌子上的号码是5。与夫从她身上移开视线，出神地望着那个数字。然后，他缓缓拿起电话听筒，按下了按键5。听筒中只传来一串低低的杂音，没有接通。

与夫挂断电话，又试了一次。结果还是打不通，听筒中传来的只有杂音。

他顿时热血上涌，感觉自己就像是被什么隐形的敌人钳制着，无论做什么都会受到阻挠。他发疯般不停地拨着电话，不觉间恼羞成怒，把听筒狠狠摔在了桌子上。

他站起身来，向她冲刺——是的，这样说毫不夸张，他确实是想要猛冲过去。

但这时，两个酒保拦住了与夫的去路。

"这位客人，您是不是喝醉了？"一个酒保用极其克制的语气平静地说，"您破坏了电话机，这会让我们很难办。"

"闪开！"

与夫一把推开酒保，现在他的眼里只有那个女人。

"请您等一下！"

酒保用力把与夫往回推。与夫直勾勾地盯着他们，仿佛这才注意到他们的存在。

"能不能让我过去？"他用沙哑的声音说，"我想和那个女人说说话。"

"本店不允许客人去找女招待。"酒保的语气突然强硬起来，

"如果想和她说话，必须打电话叫她过来。"

"那个电话打不通。"

"还不是因为您随意破坏电话机？"

"求求你了！"与夫哀求道，"我有很重要的事，让我和她说句话吧！"

"可规定就是规定。"

"——"

与夫体内忍耐到极限的什么东西砰然爆裂。他像野兽一样咆哮着，迎头撞向两个酒保，想要从他们之间穿过去。

酒保"啊"地惊叫一声，差一点儿让与夫突出重围。

然而，与久经沙场的酒保相比，与夫还是太嫩了点儿。

他刚要冲破包围，就被一名酒保从背后勾住了双肩，另一名酒保情急之下脱下鞋子，用力朝与夫的脸扔了过来。他的嘴被划破了，铁锈般的血腥味在口中蔓延。

与夫被赶出店门的时候，那个女人依然在涂着指甲。

避开客人的视线后，酒保们立即变成了虐待狂，变本加厉地对与夫痛下毒手。与夫已经口吐胃液倒在了地上，他们却还不依不饶地在他的腰上、背上踢来踢去。

最后，与夫一动也不动了。

不知过了多久，与夫听到了什么人在窃笑。他吃力地抬起脑袋，移动模糊的视线——

不远处站着一个男人。由于血流进了眼睛，与夫无法看清男人的长相，但他脖子上缠的那条鲜红围巾，却清晰地映在了与夫的视网膜上。

在学生食堂，正是这个"红围巾男"忽然出现在了蒸汽中！

"你是谁？为什么总是跟着我……"

与夫痛苦地说。不，或许是他以为自己说了，但其实只是在脑子里想了想，没有真的说出口。

因为他在下一刻就失去了意识。

——这里既像是与夫出生那座小岛上的树林，也像是美国医学会上展出的巨大果蝇DNA模型。

到处都是奇异的漂浮物，它们划着平滑的曲线，填满了整个视野。

深深浅浅的影子让这里暗得像是黄昏，成了一个什么都模糊不清的世界。

虽然连是树林还是DNA模型都很难分辨，但这里的确有什么东西似曾相识。与夫真切地感觉到，那是他非常熟悉的某种东西，让他十分怀念。

与夫和"红围巾男"正在这里捉迷藏。

黑色的漂浮物从他们的头顶掠过，就像是飞越丛林的鸟儿，抑或是DNA中的酶。

"红围巾男"一时不见了踪影，又突然大喊一声惊现在眼前……

与夫醒了。

眼前是污迹斑斑的天花板和暖气片，鼻腔里充斥着消毒水的气味，不知什么地方传来了救护车的声音。

呼，呼，呼……

拉风箱一般的声音在耳畔响起，与夫转头看向旁边。

那里有一个氧帐[①]。

透明的帐布罩在床上，在体温的影响下浑浊发白，像青蛙的气囊一样反复鼓起又收缩。

氧帐里躺着一个人，从外面只能看到隐约的轮廓，分辨不出男女。

随着意识逐渐清晰，与夫终于想起自己为什么会躺在医院里——

他在新宿的小巷被酒保痛揍了一顿，那些酒保的样子在他的脑海中一一浮现。

与此同时，疼痛感也清晰起来。与夫试着活动身体，被踢过的侧腹还在隐隐作痛，但所幸没有骨折。

"可恶……下次绝对饶不了你们！"

与夫大骂着，但显然只是在说气话，想要安慰一下无力还手、只能乖乖认打的自己。要是真的再遇上那帮家伙，他恐怕只

---

①为重症患者提供高浓度氧气的装置。以透明塑料膜覆盖患者上半身，再将调节过温度及湿度的氧气送往其中。

会气喘吁吁地一溜烟逃走。

现在，与夫终于可以静下心来观察病房了。

空旷的病房里摆着几张空荡荡的病床，比起病房，这更像是一间停尸房——这样想确实不太吉利。

周围看不到医生和护士，荧光灯像是一只死鱼眼，发着惨白的光。

与夫再次看向旁边的病床。

呼，呼，呼……氧帐鼓起，收缩，又鼓起。再看下去，就连氧帐外的人都会感觉呼吸困难。

"呃……不好意思，"与夫十分礼貌地说，"请问这是哪里的医院？"

呼，呼，呼……对方没有回应。

"那个，您能听见我说话吗？"

与夫迟疑了一下，心里有些害怕，但还是又问了一句。

"他不会回答你的。"一个声音突然从脚边传来，"那家伙嘴里插着氧气管呢！"

刚才怎么没注意到那边有人？与夫很是诧异。他这才发现自己的脚边也有几张病床，其中一张床上并排坐着两个穿着白衣的老人。老人们像干花一样干瘦枯槁，长得十分相像，宛如一对孪生兄弟。右边的老人似乎腿脚不好，怀里紧紧抱着一根拐杖——这是他们两人唯一的区别。

"我们来这家医院已经两年了,"抱拐杖的老人说,"那家伙还从没说过一句话,也从没出过氧帐。"

"我们俩倒是经常一起聊天。"另一个老人插嘴道,"我们怀疑那里面根本就不是真人……只是个模型之类的!"

两个老人对视着大笑起来。他们笑的样子过分亲昵,就像是一对同性恋,令人作呕。

"既然这样,就让我来代替那家伙,回答你的问题吧。"

笑过一阵后,怀抱拐杖的老人开口说道:"这里是新宿的一家医院。听说你被发现时晕倒在路边,昨天被连夜送到这里。拜你所赐,我们俩连觉都没睡好。"

"给您二老添麻烦了。"

与夫只好道歉,接着问:"这位病人的病情很严重吗?"

"嘻,谁知道呢!反正他从没出过氧帐,我们也不知道他得了什么病。有人说他是自闭症……"

"自闭症?"

"是啊,所以他才不肯出来。那帐子就像是妈妈的肚皮,可以满足他回归母体的愿望。"

"把帐布捅破看看不就清楚了吗?"另一个老人用手肘捅了捅抱拐杖的老人,"没准儿啊,羊水会'扑哧'一声喷出来哩!"

"插在那家伙嘴里的也不是氧气管,是脐带,对吧?"

老人们又哈哈大笑起来。他们笑出了眼泪,开心得几乎要在床上蹦起来。唯有与夫闷闷不乐——这个让老人们狂笑不止的话题，对他来说一点儿也不好笑。

"可是，这难道不是很奇怪吗？这里应该是外科病房吧？"老人们的笑声平息后，与夫接着问，"像我这种被打伤的人，和一个有自闭症、希望回归母体的……精神病患者躺在同一间病房，这真的很奇怪……"

"因为这里是应急医院，"抱拐杖的老人说，"不管是外伤还是精神病，所有需要急救的病人都会被送进来……说起来，你猜我得的是什么病？"

"……"

虽说绝非故意，但与夫还是不由自主地看向了老人的脚。

"错啦，错啦！"老人晃着拐杖，大声说道，"我的脚没问题，因为我的膝盖以下什么都没有……这是假肢，很高级的那种假肢。实话告诉你，我还能用这双假肢做单脚跳哩！我的病不在这里，而是……幻肢痛。"

"幻肢痛？"

"我的脚常常会疼。"老人忧伤地说，"明明膝盖以下都被截肢了，可还是会感觉脚疼……"

"我正相反！"

另一个老人忽然来了兴致，插嘴道。

"真的是正好相反……我在交通事故中丘脑受损，长得好好的左胳膊,不知怎么突然就没了知觉。有时候,我还会感觉手指间长出了蹼!"

"所以,我们真是一对绝佳拍档……"

抱拐杖的老人扭动着身子,哧哧笑了起来。另一个老人也像女人一样,捂起嘴巴娇羞地笑了。与夫怔怔地看着他们。

幻肢痛的老人、与之症状相反的老人、因为自闭症和母体回归愿望而不肯从氧帐里出来的人……这三者的组合是那么怪异,就算是眼睁睁地看着他们,也很难相信他们真的存在于现实之中。这些天来,与夫心底萌生的不真实感更强烈了。

突然,抱拐杖的老人收住了笑,神情严肃地说:

"好像有人来看你了。"

"……"

与夫转过头,发现病房门口站着一个他怎么也想不到的人,吃惊地叫出了声。

是鸟谷部麻子。

她穿着纯白的高领毛衣,脖子上系着藏蓝色的丝巾,外搭一件牛仔外套,下身是西装裤。这身装扮充分展现了职业女性的干练,同时又足以诱人心动。

与夫质疑过麻子作为精神分析师的实力,已经决定不再去找她问诊,但现在她突然来探望自己,与夫还是感到了一种莫名的激动。更确切地说,他是感到高兴。

麻子用高跟鞋踏出清亮的声响,走到了与夫的病床边。

一瞬间,老人们话里的不真实感就像是乌云被风吹散一样消失了。现实再一次站稳了脚跟,一切又回归为平淡的日常。

刚才像是死鱼眼一样的荧光灯,现在看来也只是普通的荧光灯而已。

与夫的精神状态似乎很不稳定,稍有闪失便会产生错乱,这种症状有点儿类似于强迫症。总之是他多虑了——或许是长年住院让老人们的脑子出了问题,又或许他们只是在和与夫开玩笑,没什么大不了的。

与夫没有意识到,他已经不知不觉地把麻子当成了自己的拯救女神。

麻子站在床边默默看了与夫一会儿,随后微笑着轻声说:

"我刚才去问了医生,伤疤可能会留一段时间,但不是什么大伤,你明天应该就能出院了。真是太好了!"

"谢谢……"

与夫犹豫了片刻,最后下定决心问道:"你怎么知道我在这里?"

"你的上衣口袋里有我的挂号单,医院就联系了我。我听说你没有家人,想着你会不会有什么难处,于是就……"

麻子最后的话听上去很像是在找借口。

与夫只去找麻子问诊过一次。仅仅因为一次的医患关系,麻子就来探望与夫，确实有些奇怪。麻子也一定是因为深有同感，所以才会刻意找借口。*难道她对我有好感……*这个想法刚刚冒头，就被与夫慌忙打消了。与夫有着数不清的缺点，但唯独没有自恋这一条。

不过话说回来，麻子最初并没有给与夫留下什么太好的印象，可看到她来的那一刻，与夫还是心生悸动，这也十分奇怪。*也许不是麻子对我有好感，而是我对麻子产生了好感……*

麻子坐在病床边的椅子上，两个人相视无言，陷入了尴尬的沉默。这种场合，好像聊什么话题都会显得很突兀。

"听说你在新宿和人打架了，为什么要做那种傻事？"

终于，麻子试探地问。

"一时冲动……"

与夫只能这样回答。他绝不能说是因为看到了梦中的女人，否则麻子会更加怀疑自己的精神状态。其实，与夫自己也在怀疑那件事的真实性，它毕竟是那么不可思议！

话题中断，两人又陷入了沉默。这已经完全不像精神分析师和患者的对话，而更像是高中男女生青涩的对白。

"这种时候突然说这种事，我很抱歉……"这次也是麻子先开口，"我有件事想要问你。"

"什么事？"

"关于这个……"

麻子从手提包里取出一个手掌大小的充电式磁带录音机。

她把录音机放在膝盖上，对一脸惊讶的与夫笑了笑，然后按下了播放键。

录音机里突然传出了与夫的声音。

——啊，好像是绿藻？不对，我才是海藻！我是只有用显微镜才能观察到的海藻……

听着自己的声音，与夫握紧的拳心里渗出了冷汗，喉咙里好像卡着一个硬结。

——那个力量却把我往陆地上推，它非要让我登上陆地！啊啊啊啊……

麻子在这里按下了暂停键，与夫的惨叫声消失了。

病房里静得吓人，空气仿佛都冻结了。

与夫的精神受到了重重一击，他一动不动地蜷缩在床上，像是已经痴呆，脸上的表情就像是身患绝症的病人看到了自己体内的癌细胞。

"怎么会这样……"他终于哑着嗓子说，"我一定是疯了！"

"不能这么说！"麻子厉声责备道，"判断你有没有疯，是我这个精神分析师的工作。患者自己妄下结论很危险。"

"可是，可是……"与夫的脸痛苦地扭曲着，"我说的都是些什么呀！我竟然会妄想出那么荒唐的事情，连我都不懂我自己了！那些话有什么意义?！"

"到底有没有意义，需要我们两人一起去思考。"

"不管你怎么思考，反正我什么都不知道！"

"没关系的。"麻子鼓励与夫说，"你的问题出在更深层的地方，阳痿只不过是一个表面症状。现在我们还不知道症结在哪，能意识到这一点，已经是一个很大的进步了。"

"……"

与夫想起曾在精神分析学的书中看到过这样一段：自由联想法和精神治疗的成功与否，关键在于能否让患者感觉"不知道自己的症结所在"。如果有这种感觉，证明患者的精神障碍正在削弱，或是紧绷的警戒心正在放松……当然，这个过程对于患者本人来说，并不是什么愉快的体验。

过了一会儿，与夫小声问：

"……这次也算是治疗吗？"

麻子的眼里瞬间闪过一丝愤怒。

"你可以这么认为。"她回答时的声音很平静，"不过，这次不收治疗费。你就当是享受了一次精神分析师的免费出诊吧。"

"对不起，我说错话了……"

与夫垂下了头，感觉脸上火辣辣的。熟悉的自我厌恶感再次涌上心头，他觉得自己实在是个差劲的男人。

"没关系的，别在意。"麻子微笑着说。

然而，两人之间那种心意相通的温情却再也没有回来。那种感觉在他们之间只出现了短短几秒,就被与夫不经意间的一句话完全打破。现在,他们又回到了精神分析师和患者的关系。

"现在至少可以确定,你的精神障碍和进化有很大关系。"麻子终于打破了沉默,但语气中总是带着些许疏离,"不管是多小的事情都可以,你能联想到什么吗?"

"我什么也想不到……"与夫无力地笑了笑,"就像是被抑制因子控制了。"

"抑制因子?"

"遗传信息从DNA流向RNA的过程叫作转录,抑制转录的因子就是抑制因子。"

"原来是这样。"麻子点了点头,但看起来似乎并不是很感兴趣,"精神分析治疗最忌急躁,我们慢慢来就好……"

之后的对话都很尴尬。最后,麻子留下一句"鲜花我放在护士那儿了",就起身离开了。

看着麻子走出病房的背影,与夫感到非常伤心,就像是被信任的人抛弃了一样。

那时的他还不知道,他们已经离问题的核心又近了一小步。

他当然也不知道,此刻的麻子也同样伤心……

——上午的新宿像一个低血压的女人。

她艰难地起了床，只是呆呆地支着双眼，做什么都提不起精神。舌头因为吸烟过多而干涩缺水，胃里不时反出阵阵臭气，混合着酒精和大蒜的味道。她浑身倦怠，只想什么都不管，一觉睡到天黑。

惨淡的冬阳下，新宿的小巷仿佛地处僻壤的荒郊——凄清、简陋，令人触目伤怀。低血压的街道上，来往的行人也面无血色，好似夜行者的影子，毫无生气。

在这惨淡冬日的凄清小巷里，与夫正孤零零地站在立食店①里，吸食一碗清汤面。

西武新宿站站台上的广播声隐约传来。

与夫是这天早上出院的，但他却一点儿也不高兴。应急医

---

①起源于日本的餐馆形式，食客在里面站着吃饭，以达到节省时间的目的。这种店主要开在车站、机场、办公区等活动节奏快的地方。

院的治疗费贵得惊人,他的财务状况从此会变得更加紧迫。想到这一点,没人能高兴得起来。

这一次,与夫几乎要把父母留下的田产花光了。银行卡里只剩下二十坪①地左右的钱,如果再不做点儿什么,别说是读大学,他甚至可能会沦落到饿死的境地。

当然,与夫脸色阴沉,也并不都是因为钱。

他出院后没有回公寓,而是直接去找那家电话俱乐部,想要和梦中的菲律宾女人说说话。他料定那些酒保不会在大白天对自己动粗。

然而,最要紧的电话俱乐部却消失了——或许确切来说应该是"找不到了",但在与夫看来,它就是凭空消失了。无论他怎么找,都找不到那个电话俱乐部,就连通往那里的路也不见了。最后他不得不怀疑:电话俱乐部真的存在吗?

难以下咽的立食挂面、所剩无几的存款、连自己都觉得反常的精神状态——这些都增加了与夫脸上的阴翳。

他咽下最后一滴难喝的面汤,垂丧着脸走出了店门。

他必须得去研究室,可是一想到那场蟑螂风波,他就心情压抑,脚步也跟着沉重起来。

——寒假将至,T大的校园里分外冷清。

---

① 日本的土地面积单位,1坪约等于3.3平方米。

布满阴霾的天空与冷清的天井阴沉地对峙着，叫人心情沮丧。路边的银杏树掉光了叶子，看上去像是用铁丝扎成的。

自己有一天可能会靠银杏果充饥——从银杏树下走过时，与夫竟产生了这种悲观的想法，仿佛看见了自己在黑夜里捡拾银杏果的身影。银杏果用来下酒或许还有点儿嚼头，但若作为主食，则会让胃里产生很多气体。俗话说"水亦能充一时之饥①"，自己可能还会去喝很多的水。喝水之后，银杏果就会在胃里膨胀得很大很大……

与夫陷入了无尽的惶恐，脸色愈发阴沉。

"你就是森久保与夫同学吧？"

与夫来到生物遗传学研究所，一个门卫叫住了他。

"啊，是……"

与夫后颈一凉——莫非因为那场蟑螂风波，研究室不许自己进入了？

"香川教授让我一看到你就向他报告……"门卫的回答让与夫很是意外，"他正急着要见你呢。"

"香川教授……"

"教授正在接待室会客，你应该很快就能找到他。"

门卫只说了这么多，便不耐烦地回到了值班室。

与夫一时不知如何是好，在原地愣了好一阵。

---

① 日本谚语。

被自己当作父亲去仰慕的香川教授，居然点名要见自己。无论所为何事，这都无疑是一种荣耀。这至少说明香川教授在关心自己，与夫感到受宠若惊。

可是，万一香川教授让自己离开研究室怎么办？那样的话，自己就会再一次失去父亲……一想到这里，与夫就又变得瑟缩不前。

——只要他能原谅我……与夫对自己说，就算是下跪，也要让香川教授原谅自己。如果现在被赶出研究室，他的精神肯定承受不住。

与夫做好了最坏的准备，向接待室走去。

下跪求人确实很丢脸，但现在，他已经顾不得那么多了。

听到香川教授喊"请进"，与夫缓缓打开门。他的动作小心翼翼，就像是一个即将觐见国王的臣子。

门打开的瞬间，与夫惊呆了，不敢再上前一步。

香川教授正坐在安乐椅上，一个青年立在他身后，亲昵地将双手搭在他的肩上。

青年和与夫年纪相仿，身材高挑，风度翩翩。他有着细长而清澈的双眸、窄窄的鼻梁、软糖一样嫩红的嘴唇……美貌惊为天人。他穿着黑色的高领毛衣和灯芯绒长裤，脖子上系着一条鲜红的围巾。

"森久保，愣在那里干什么？没关系的，进来吧。"

看到呆立在门口的与夫，香川教授招呼道。他的声音有些沙哑，听上去和平时不太一样。

与夫像一条驯顺的狗，乖乖遵从了教授的指令。

"这位是醒醐银先生……"香川教授对与夫介绍道，随后又看向青年，"他就是我刚才提到的森久保与夫……"

"请多指教。"

青年对与夫点了点头。

"您好……"

与夫笨拙地低下了头。他万万没想到会在这里碰到"红围巾男"，还没从震惊中缓过劲儿来，大脑一片空白。

"虽然是第一次互通姓名，但其实我们已经见过两次面了。"青年——醒醐银露出他一贯的精致笑容，"第一次是在学生食堂，第二次是在新宿……我们见面的地方总是奇奇怪怪。"

"……"

与夫没有回应。

且不说银在气势上完全压过了他，单凭对银的强烈反感，他就坚决不想开口。被群殴在地的时候，"红围巾男"俯视着自己发出的冷笑，直到现在还回荡在他的耳边，让他难以忘怀。

"别站在那里嘛，坐下说话吧。"

面对与夫的冷漠，银没有表现出丝毫畏惧，反而大言不惭地把自己视作了房间的主人。不得不承认，他确实比与夫技高一筹。

与夫真想一怒之下夺门而出，但他又不想扫香川教授的兴，最终还是极不情愿地坐在了椅子上。

"我听醍醐先生说，你在新宿打架了？"香川教授微笑着说，"年少气盛可以理解，但是要小心别玩过火了……"

"好的。"

与夫低头应道。

教授的语气绝不是那种严厉的批评，但与夫的心还是深深为之所动，感受到了一丝欣喜。教授那从容不迫的态度、沉稳的嗓音，和他脑海中理想型的父亲完全吻合。他此时的心情，就像是被父亲教训的小孩子，酸涩却又甜蜜。不知不觉，他望着教授的眼神里已经写满了卑微。

"这位醍醐先生，他可以说是……呃，在一种国际警察组织里工作……"

"国际警察组织？"

与夫下意识地看向了银。教授含糊的表述让他感到怀疑，而且他怎么也不能相信，这么美貌的青年竟然是一位警察！

银低垂着眼，谦逊地微笑着。

"不，不是正式的警察组织，而是……由全世界基因工程学者赞助成立的组织，我该怎么解释呢……"

"你就当是一种民间警察组织吧。"见教授说不明白，银接过了话头，"基因研究总是会成为众矢之的……人们会担心各种各样的事情，比如科学家是不是在研究生化武器、会不会产生新的恶性病菌、会不会造出恐怖的怪兽等等。如果仅仅是担心，那也还问题不大，但有些人已经在真刀真枪地策划妨碍行动了。我们受科学工作者的委托，在妨碍行动开始前将其遏制，这就是我们的工作……这么说你明白了吧？"

"……"

与夫木讷地点了点头。他对青年的工作性质已经有了大概的了解，但他不明白的是，那和自己有什么关系？

"话说回来，森久保——"教授清了清嗓子，犹豫了一下，继续问道，"你听说过卡戎吗？"

"卡戎……"

一时间，与夫没听懂教授说的是什么。他太意外了，"卡戎"这个词给他带来的冲击，不亚于被人在背后砍上一刀。大木丽那硕大的身躯在他的脑海中一闪而过。

"怎么，你听说过吗？"

"呃，嗯……"

"请你说得明确一些，这件事情非常重要。"

"我从一个人那里听到过这个词。"与夫点点头说，"但也只是听过而已，我根本不知道卡戎是什么。"

这时，银发出了几声窃笑。比起单纯的无礼，更像是带着明晃晃的恶意。

"我说的话很奇怪吗？"

与夫气愤地瞪着银，表情逐渐狰狞起来。

"啊不，不好意思……我是在想，你大概只能那么说。"

银坦然接受了与夫的怒视，脸上依然挂着冷笑，他的美艳简直可以与恶魔相媲。

"卡戎是国际上一个反对基因工程的组织，他们的宗旨是'要立即阻止人类操控基因'。这群人的举动相当过激，曾派出很多人袭击遗传学研究所……作为一个正在香川研究室学习基因工程的小小学生，你一定不会承认，自己与卡戎的一员有过密切接触……我说得没错吧，森久保同学？"

"……"

与夫感觉眼前一黑，意识模糊。他不由自主地闭上双眼，眼底却还是浮现出了银的嘴脸——那女人般白皙的面庞上，依然挂着永恒的冷笑。

银的话音盘旋在耳边，挥之不去：作为一个正在香川研究室学习基因工程的小小学生，你一定不会承认，自己与卡戎的一员有过密切接触……

"怎么了？"银更加尖刻地问道，"身体不舒服吗？"

"你是说她……那个叫大木丽的女人，是那个什么卡戎的一员？"

与夫终于睁开眼,哑着嗓子问。

"最清楚这件事的应该是你吧?"

银享受着逼问与夫的过程,就像是一只捉弄老鼠的猫。那副施虐者的做派,在与夫心中激起了杀意。

"这完全是误会!我和那个叫大木丽的女人只见过一次面,而且全程基本上都是她在说话……我也是刚刚才知道卡戎是什么意思!"

"你怎么证明?"

"……"

与夫哑口无言。人根本无法证明自己"不知道什么"——猫的尖牙已经刺进了与夫的喉咙。

"你和大木丽见过面,这是铁定的事实……"

恶意像是毒液,顺着银的嘴角一滴滴滑落。"有谁能证明,你没有向大木丽泄露香川研究室的信息?森久保同学,你本来就打算做内奸的,不是吗?"

"不是的!"

"我听教授说,你看到研究室里的蟑螂之后大闹了一场。然而紧接着,你就去和大木丽见面了。如果说这是巧合,你不觉得有点儿太巧了吗?"

"不是的!!"

"别人都不知道,那只蟑螂其实就是你弄来的。你故意大闹一场，让所有人都记住这件事……必须严加隔离的遗传学研究所里竟然有蟑螂，这是绝佳的抨击素材啊。"

"不是的！！！"

与夫咆哮着说——那是人被逼入穷途末路时绝望的咆哮。他感觉大脑瞬间升温，没有脑出血或晕厥过去已经算是走运了。

银依然面不改色，脸上挂着冰冷的微笑。即使在这时，他的美貌也依然光彩夺目。

安静的室内，只能听到与夫慌乱的喘息。

"我相信你，"教授终于开口了，"我相信你不是会做那种事的人。"

"教授……"

与夫感动得快要哭出来。

"但是客观来看，情况确实对你非常不利。在摆脱嫌疑之前，我很难让你继续留在这里。"

"我该怎么做?！"

与夫用哀求的眼神看着教授。银怎么说自己都无所谓，但如果教授怀疑自己，让自己离开研究所，他无论如何也不能接受。就算只是设想一下，他都会浑身难受。

"是啊，要是能帮你摆脱嫌疑就好了……"教授念叨着，看向了银，"你有什么办法吗?"

"办法很简单……下次大木丽再找森久保同学的时候，让他向我们汇报就是了。他和卡戎到底有没有关系，问问大木丽就清楚了。"

"你觉得如何？森久保——"教授的目光回到了与夫身上，问道，"你能保证这样做吗？"

"当然，我保证！绝对没问题！"

与夫的声音大得连他自己都难以想象。他就像是一个快要溺死的人终于抓住了能自证清白的救命稻草，不顾一切地奋起挣扎，拼了命地想要爬上岸去。若是银不在场，他大概会抱住教授的膝盖放声大哭。

如果与夫再冷静一些，他也许就能发现，香川教授和银飞快地交换了一个会心的微笑。

——与夫那天终究是没能进香川研究室。

香川教授以住了一天院为由，让与夫在家好好养伤，但与夫很清楚教授的言外之意。

只要还没证明自己不是卡戎的同伙，就不能进研究室——这是教授对他下达的命令。他再也不会天真地以为教授是在关心自己，并为此欣喜了。

与夫紧咬下唇。

仅仅是研究室里那场丢人的蟑螂风波，就足以让香川教授开除自己，更何况他现在还染上了内奸的嫌疑，挽回事态的希望就更加渺茫。

与夫陷入了深深的绝望。他一直默默地把香川教授视为父亲，而现在教授却要将他抛弃——一想到这个，他就眼前发黑，胸口作痛，仿佛失去了活下去的希望。

阳痿、疯癫、穷，还被怀疑是反基因工程组织的同伙……各种烦心事堆积在肩头，眼看就要把与夫压垮了。

不管怎样，当务之急是要先找到大木丽。有了她的证词，与夫就能证明自己与卡戎无关，这样至少精神上的压力会减轻一些。

然而问题是，与夫不知道该如何联系大木丽，只好听天由命。如果她不主动来找自己，与夫也无可奈何。

——该如何去找大木丽呢……

与夫一路上都在冥思苦想。以至于当他回到公寓，看到大木丽就站在自家的门口时，竟不敢相信自己的眼睛。当充斥脑海的大木丽活生生地出现在眼前，与夫还以为是自己的大脑因为过度疲劳产生了幻觉。

"你终于来了！回来得这么晚，我都想改天再来了！"

本以为是幻觉的大木丽竟然开口说话了，吓了与夫一大跳。

"……"

他一个劲儿地眨眼确认。

站在狭长楼道里等他的那个大块头女人，真的是活生生的大木丽!

"我有几句话想和你说，能让我进屋吗？"大木丽不顾与夫的震惊，用她天生的大嗓门说，"拜托，楼道里很冷的！你就这样对待我这个弱不禁风的女子吗？"

"……"

"喂，你怎么啦？听不见我说话吗？"

"唔……啊，哦哦……"

与夫如梦初醒，"来了来了，快请进！里面有点儿乱，但应该还算干净……请进吧，欢迎！"

与夫是真心欢迎大木丽。只要把她交到银的手里就能自证清白，他怎么可能不欢迎她呢？

大木丽进屋后，房间瞬间显得局促起来。对于体型硕大的她来说，六块榻榻米的面积实在太过狭小，就像是一头河马被硬塞进了狗窝里。

与夫甚至担心房间里会缺氧。

临近傍晚，房间里一片昏黑。大木丽坐在其中，仿佛一座浮在暗海上的巨岛。

"我去泡茶。"

与夫打开灯，转身要去厨房，大木丽却大声叫住了他。

"不用了！过来坐在这儿，先听我把话说完。"

"稍等，茶马上就好。"

"我说了不用！你给我坐下。"

"呃……"

"我叫你听我说话！"

大木丽的语气已经由傲慢变为了恐吓。

与夫被激怒了，但还是耐着性子顺从她的要求。他需要让大木丽为自己证明清白，万一和她闹翻，恐怕会得不偿失。

"山东陨石里的氨基酸不正常，你知道吗？"

与夫刚一坐下，大木丽就把脸凑了过来，继续说起食堂里中断的话题。话题的转换太过突兀，时间线的错乱感让与夫眼前一晕。

"不正常？"

"对，从陨石上提取到的氨基酸是 $D-$型的，你应该也听说了吧？"

"你要说的就是这个？"与夫笑了，"这没什么好稀奇的。从概率上看，原子组成相同但方向相反的旋光异构体是等量存在的。要说不正常的话，地球上的氨基酸全都是 $L-$型，那才叫不正常呢……所以，就算山东陨石上提取到了 $D-$型的氨基酸，也没什么大不了的……"

"不是你想的那样，听我把话说完！"

大木丽焦躁地摇着头，身体又凑近了一些。她的眼睛里闪烁着一种魅惑的光，让与夫心生恐惧，生怕自己一不小心就被骗入卡戒的阵营。

"啊对了，茶叶没有了，我现在去买……"

与夫像个发条玩具似的猛然弹起来，随便找个借口，从房间里逃了出来。

跑下楼梯后，与夫花了好久才让自己平静下来。

他心想，自己本来就胆小，还时常自我厌恶，再这样听大木丽说下去，香川教授恐怕会更加怀疑自己。还是趁着什么都没听到，赶快联系教授为好……

然而，他没有意识到，自己的这种想法充满了奴性。

他蹑手蹑脚地来到走廊尽头的公共电话前，拿起红色的听筒，开始拨香川研究室的号码。

这时，只听"咔"的一声，一只从背后伸来的手按下了挂断键。

不用回头，与夫就知道那是谁。他也根本不想回头，只好凝视着面前的墙壁，手握听筒一动不动地站在原地。

"你也该长大了……"

大木丽的声音从背后传来。

"你的敌人是谁，我想是时候告诉你了。"

——又是一个夜晚。

　　麻子只身披一条浴巾，在房间里独自品着红酒。

　　她躺在长椅上，放纵地支起一条腿，就像是个自甘堕落的女人。她这副毫无防备的样子，与白天精明强干的精神分析师判若两人。

　　如果说她这是为了从繁重的工作中解放身心、享受闲暇时光，总觉得哪里有些不对劲。她的状态看起来岌岌可危，仿佛正处在崩溃的边缘，仅靠酒精在强撑着精神。

　　明眼人一看便会察觉，她一定是有什么烦心事，所以才会把红酒那样胡乱地灌入口中。

　　她在为什么而烦恼？是精神分析师的工作业绩不好？还是单纯地对酒精产生了依赖？不，这些俗套的琐事不是她这种妙龄少女该有的烦恼。让她烦恼的理应是爱情。

　　没错。

一向恃才自傲、对男性不屑一顾的麻子,此刻正像一个情窦初开的少女一样,为爱情苦恼着。她的意中人偏偏是那个阳痿患者——森久保与夫。

这简直难以置信。

精神分析师爱上患者,仅仅是这一点就足以让人笑掉大牙。更何况,懦弱而萎靡的与夫到底是哪里吸引了自己,就连麻子也很难说清。

难道这就是一见钟情?

自己对与夫?不会吧……麻子心中暗想。可如果不是那样,这突如其来的心如鹿撞就无法解释。而且,她有一种感觉——自己对与夫的爱恋在很久以前就已经决定好了,不容更改。

她把杯中的红酒一气喝干,喷吐出一口郁热的气息,仿佛刚刚喝下的是一杯剧毒的药。

"唉,好吧,这也就算了,麻子小姐——"

她的姿势愈发放纵,将身体深陷进长椅里,口齿不清地念叨着。

"我啊……我最不能容忍的,是小姐你竟然把工作当儿戏!身为一个精神分析师,你不觉得丢脸吗……"

她打了个酒嗝,呆呆地凝视着天花板。

在医院里,与夫的那句"这也是治疗吗"问得她心寒,直到现在还难以释怀。那感觉就像是被信任的人无情地背叛,满腔诚意都打了水漂。她心有不甘，但也明白错在自己。

在那种情况下，与夫当然会那样问。毕竟，精神分析师和患者的关系，只有以治疗为前提才能成立。若是两个人卿卿我我谈起了恋爱，还谈什么治疗？麻子本应比谁都更清楚这一点……

"就你，也能叫精神分析师？你不配……"

麻子对着天花板痛骂自己，骂完后发现酒杯已经空了，于是把手伸向桌子。

桌子上本应放着一个红酒瓶，但奇怪的是，无论她怎么摸索，都够不到它。虽说站起来看看就能一目了然，但麻子现在烂醉如泥，根本不想动一下。她就这么一直躺在长椅上，用手在桌子上摸来摸去。

突然，麻子手中的酒杯被什么人抽走了。倒红酒的声音随后传来。

烂醉的麻子没有马上意识到家里进了人，甚至还说了声"谢谢"。第二个"谢"字即将脱口而出的时候，她才终于惊叫着跳了起来。

"你是谁?!"

闯入者是一个年轻的男人。面对麻子的叫喊，他没有露出丝毫恐惧，反而冷静得让人害怕。他面带微笑，手持红酒杯站在那里。

一时间，麻子以为这是自己醉酒后做的梦——凭空出现的美男人风度翩翩，如梦似幻，简直就是多情少女心中的白马王子。

然而，麻子并没有为他的美貌所动。他是很美，但那美艳的双唇间透出的冷笑却让麻子胆寒。

男人脖子上的红围巾像一只色彩明艳的毒蛾，带着凶恶的杀气。

"快说！你是什么人?!"

麻子紧紧夹住双腿，手臂在胸前交叉，拼命遮掩身体。

"你怎么进来的?"

麻子想到这栋公寓完全隔音，于是放弃了大喊大叫。她想让自己先冷静下来，因为一旦自己乱了阵脚，就等于让对方有了可乘之机，这是最不明智的。

"别担心，我对女人没兴趣。"

男人呷了一口红酒，慵懒地笑了笑说："别误会，我对男人也没兴趣……我说你呀，事到如今还怕在别人面前赤身裸体？不应该啊！"

"……你什么意思?"

"我说的有错吗？你的'仪式'我可是一清二楚。你早就被全新宿的男人看光了，对不对?"

"……"

麻子不禁哀叫一声。

男人的话给麻子带来了相当沉重的打击,那种痛苦远远超过精神乃至肉体上的强奸。向窗外展示裸体的行为,显然是出于一种意识深层的变态心理,就连身为精神分析师的麻子自己也难以解释。唯一能确定的是,这其中一定有某种特殊的情结在作怪——这么私密的事被一个陌生男人随便拿来调侃,简直比死还要令她羞愤。

得益于精神分析师强大的心理控制力,麻子才没有陷入抓狂。她反倒对这个男人产生了强烈的好奇。当然,酒精也在一定程度上帮她驱除了恐惧。

"我最后再问一次,"麻子用颤抖的声音说,"你到底是谁……怎么进到我房间里的?"

"不管是谁的房间,只要我想,随时进都可以进。"血红的舌头从男人齿间一闪而过,"至于我是谁,就算说了你也听不明白。而且,我现在还不打算自报家门。"

"好大的口气!擅自闯入女性私宅,还不报姓名,你不觉得太过分了吗?"

"我不是说了吗?我对你的身体没兴趣。哦对,这样说是不是会让女人觉得是一种侮辱?"

男人轻声笑了起来,绽放的笑颜像是开在春风中的鲜花。

"……"

麻子也露出了微笑。

她已经完全恢复了镇静。男人对自己百般挑衅, 显然是想让自己陷入慌乱。然而对于经验丰富的麻子来说, 抵御住那些挑衅的言语, 不过是一项简单的基本技能。

"那么, 你来找我做什么呢?"麻子笑着问, "这总能告诉我吧?"

麻子找回了精神分析师的自信。她知道, 只要弄清男人闯入的目的, 就可以顺藤摸瓜, 分析出他的心理。

——这和精神分析治疗的机制很相似。谁先取得心理上的优势, 掌握主动权, 谁就能赢得胜利。虽然一开始遭到了对方的突然袭击, 但麻子相信自己能克服也懂得如何去克服困难。毕竟, 她是一名出色的精神分析师。

然而这一次, 麻子失算了。

"我找你什么事也没有,"男人说, "反倒是你有求于我。"

"你什么意思……"

麻子无法遏制声音中的焦躁, 这可不是个好兆头。

"跟我走, 你就能知道森久保与夫的心结到底是什么……"

"……"

与夫的名字给麻子带来了毁灭性的打击。她已经没空去想男人怎么会知道与夫了, 此时此刻, 男人在她眼里已经变成了神一般的存在。

"如果我拒绝呢……"

终于，麻子用低哑的声音说。

"如果我就是不跟你走，会怎样？"

"结果都一样。"

男人再次微笑起来。

这时，麻子忽然感觉到身后好像站着什么人。

还没来得及回头，身后的人就已经死死按住她的肩膀。

"没什么分别。"男人懒懒地重复道，"结果都一样……"

——汽车驶上坡道，前车灯的灯光划破黑暗，照亮了紧锁的铁门，写着"香川"的门牌瞬间闪现。汽车驶远，铁门再一次没入黑暗。

这处住宅区居高临下，虽说清静，但每到夜晚都会静得可怕。

周围一片漆黑，只有远处正在连夜动工的工厂亮着零星的灯。

黑暗，寂静，不知哪里的狗一直吠个不停。

"咱们还是别去了……"

黑暗中响起一个声音。

"都什么时候了还打退堂鼓？一点儿骨气都没有，亏你还是个男人！"

"可是咱们这么做，不就和强盗一样吗？"

"是谁说自己有敌人的？"

"是我说的没错，可是……"

"你就不想知道那个敌人是谁？"

"我当然想，可是我们现在……唔！"

黑暗中响起了两人扭打的声音。不一会儿，只听一声粗喘，一个人影被像皮球一样高高抛起。

那个人影吃力地攀住墙头，艰难地撑起上身，翻进了院内。

紧接着，另一个人影也翻了进去。这个人影比刚才的那个大两倍，动作却显得十分轻盈。

进入院中后，两个人都不再开口说话了。

大的人影走在前面，猫着腰，敏捷地穿行在灌木丛间。

正对面有一间玻璃温室，与后方的起居室相连。月光照在玻璃墙上，反射出苍白的光晕。玻璃门显然是上了锁的。

大的人影二话不说，径直来到了温室边，从怀里掏出什么东西，敲击在玻璃上。

随着一声刺耳的脆响，玻璃门被凿开一个小洞，刚好足够伸进手去。大的人影把手臂伸进洞里，从里面打开了门锁。

两人小心翼翼地穿过玻璃房，走进起居室。

就在这时，室内突然大亮，两个人——与夫和大木丽暴露在了灯光下。

"你们要干什么？"

身穿睡衣的香川教授站在他们面前，问话声沉稳如常。然而,他却举着一把猎枪,枪口正对着两人。

"你们想干什么?!"教授重复道,"森久保,请你解释一下——"

"……"

直到这一刻,与夫才从震惊中回过神来。看到香川教授用枪指着自己,他突然意识到自己的行为是多么恶劣。

私闯民宅是犯罪行为,他无论如何都有口难辩。

与夫不知所措,一脸茫然地站在原地。这个计划是大木丽强行提出的,一向敬重教授的与夫就像是受了恶魔的蛊惑,居然同意了她的提议。

"森久保,到底怎么回事,你还不肯告诉我吗?"教授的声音暴躁起来,"你们是来干什么的? 那边的女人是谁?!"

"教,教授……"

与夫的话音里带着哭腔。他颤巍巍地向前走去,两手向前伸出,像是在祈求教授原谅自己——如果这时大木丽没有开口,与夫肯定已经跪倒在地了。

"该做解释的是您才对吧,教授?"大木丽说,"怎么反倒来盘问我们,您不会是搞错了吧?"

"你……你说什么? 你们闯进了我的家里,还敢胡说八道?!"教授的眼角猛然吊起。

与夫实在想象不到,平时稳重和蔼的教授,在震怒之下竟会是这副样子。

"我叫大木丽——"大木丽镇定地说,"是卡戎的一名特工,您应该是知道的。"

"卡戎?!"

"没错,这个名字您应该很耳熟吧?"

"滚……"

教授喘着粗气说。他的神情已经不是愤怒,而是恐惧,脖子上的鸡皮疙瘩清晰可见。

"请你们立刻离开我家,否则,我现在就开枪杀了你们!只要对警察说是以为家里进了强盗,他们就不会定我的罪……"

与夫的膝盖颤抖不止。

教授显然已经失态,他说要杀人绝不是危言耸听,因为这时他已经端起枪来,瞄准了目标。

大木丽双眼圆睁,捂住了嘴巴,像是被教授的话吓得不轻。

但她肯定是装的,她的神经可是非比寻常。

说时迟那时快,大木丽把捂嘴的手迅速伸向旁边,抓住了与夫的衣领。接着,她不费吹灰之力将与夫提到半空,像扔篮球一样向教授扔去。

与夫还没来得及反抗,就已经和教授一起摔在了地上。猎枪已经被大木丽拿在了手里。撞击带来的剧痛让与夫两眼直冒金星,他对着大木丽破口大骂。

"你说什么?什么一股蠢劲儿!"大木丽狠狠瞪着与夫说,

"你还埋怨我？也不想想是谁帮你捡了一条小命！"

"那也不能这样吧！好歹也尊重一下我的人格……"

与夫愤愤不平地站起身来，向趴在地上的教授伸出一只手去。

教授没有理会与夫的手，他仍旧伏在地上，怔怔地看着大木丽。他白发散乱、两眼充血，凄惨的样子让人不忍直视。昔日的教授已经完全变为了一个无助的老人。

"现在，我们总能好好说话了吧？"大木丽对教授说，"我想问问山东陨石的事。"

"山东陨石……"

教授茫然地重复道。

"对，山东陨石。听说从它里面提取的丙氨酸、甘氨酸等氨基酸都是$D-$型的，这是真的吗？"

"这并不是什么异常现象……"教授深吸了一口气，艰难地说，"地球上的氨基酸都是$L-$型的，这才叫异常……根据概率，两种类型的氨基酸比例应该是一比一……"

"请您仔细听我说话！"大木丽打断了教授，"我说的是，从山东陨石里提取的氨基酸全、都、是$D-$型的！根据概率，$L-$型和$D-$型应该各占一半对吧？可如果全是$D-$型，怎么能说不是异常呢?! 不光是山东陨石，近年来落到地球上的陨石全是这样的，对不对？你们这些学者都在故意隐瞒……"

"……"

与夫不明所以地看着大木丽的侧脸。山东陨石里的氨基酸全都是 D-型的……他不知道那意味着什么。不,他应该很清楚那意味着什么,只是出于恐惧而麻痹了自己的大脑。

"话说回来,地球生物的氨基酸几乎都是 L-型的,这也不合常理啊!从熔点、溶解度等化学性质来看,D-型和 L-型氨基酸没有任何差别,可为什么生物的氨基酸偏偏就都是 L-型的呢?"

"因为生物的第一个氨基酸分子是 L-型的!"教授的喊声里透着绝望,"没错,就这么简单。第一个氨基酸分子是 L-型的,它催化了许多同类分子的生成……"

"这的确可以解释 L-型氨基酸为什么这么多。但是,D-型氨基酸为什么这么少,您还是没有给出合理的解释。"

"……"

"教授,您应该是知道的吧?"

大木丽耐心地分析道:

"生物进化学者和你们遗传学者总是这样说——DNA的结构就像是螺旋状的楼梯,四种碱基横在当中,当碱基中的核苷酸发生变化,就意味着发生了基因突变。如果突变对生物有利,那么这个过程就叫作进化……呵,直径区区十微米的核苷酸,竟然能让爬虫类的动物变成哺乳类?六亿年前的寒武纪生命大爆发中，原本只有水藻的地球上突然涌现出了各式各样的新物种，这也能用刚才那套说辞来解释吗？根本说不通吧?! 生物氨基酸偏向 L -型的现象也是一样！除非有什么外力在推动着生物的进化……教授，这一点您应该最清楚！"

大木丽的声音由低沉逐渐变得高亢，最后成了赤裸裸的抨击。

"……陨石中的氨基酸刚开始偏向 D -型时，我和一个同为遗传学者的朋友聊起过这件事……"

教授的声音听起来虚无缥缈。

"当时我们半开玩笑地说，如果地球一直像现在这样被广播和电视的电磁波覆盖，外星人迟早会发现我们。而我们，或许正在用基因工程做着同样的事……"

"……"

与夫不敢相信，这场对话真的发生在自己眼前。每一句对白都完全与现实脱节，像是夸大妄想狂的悲观叹息。

"细菌的原核细胞比动植物的真核细胞要小很多，结构也更简单。目前为止，自然界中还不存在原核生物与真核生物之间的基因交换，因为它们之间存在着一道绝对的遗传壁垒。而现在，那道壁垒被我们的基因重组实验破坏了……我在想，这会不会以某种形式成为一种信号……"

"原来您早就发现了。那场悲剧可能又要重演……大进化……地球上的生命将被一扫而光……"

"如果基因重组实验发出的信号被某个外力感知，促使它按下了大进化的开关，那可就太讽刺了——我们这些搞遗传学的，终究还是如愿以偿，以这种方式探明了进化的冰山一角……"教授自顾自地念叨着，又突然看向大木丽说："当然，我早就发现了！你以为我是傻子吗？如果说地球生物的氨基酸偏向 L-型，那么多半是因为曾经被陨石带到地球上的氨基酸就是 L-型。"

"您发现了这个现象，却一直默不作声。这样做就等于背叛人类，不，是背叛地球上所有的生命！"

"进化本没有善恶之分，我又能有什么办法！你们凭什么怪我?!"

教授濒临崩溃，语气变得十分幼稚，像是个躲避家长责骂的小孩子。

看到教授这副惨相，与夫心中把他视为父亲的想法无声地破碎了。

"这下你明白了吧?"

大木丽叹了口气，对与夫说：

"你的敌人是进化。"

与夫一时没听明白大木丽在说什么，茫然地看着她的脸。

房间里静得只能听见挂钟摆动的声音。那声音在与夫的耳中逐渐放大，最终化为了大木丽刚才说的话——你的敌人是进化……敌人是进化……是进化……进化……

这句话不仅荒谬绝伦，而且连措辞都前后矛盾，简直是一派胡言。存在于现实中的人，怎么能与"进化"这个抽象的概念去战斗呢？

与夫开始怀疑大木丽的精神是否正常。他感觉自己像是掉进了什么人设下的圈套，被狠狠捉弄了一番。

虽然在理智上不认可大木丽的话，但与夫心里清楚，自己在潜意识中已经对她的话深信不疑。

与夫回想起了自己在研究室看到蟑螂后发狂的样子。当时，"自己有敌人"的昂扬感和"不知道敌人是谁"的焦躁感交织在一起，那种复杂的心情现在又一次在他的心头涌起。

大木丽的话里好像有一股能让与夫心安的力量，让他想起了自己真正的使命。

但即便如此，与进化为敌也未免太过离谱了。就算如大木丽所说，人类正面临大进化的威胁，那么与之作战的为什么不是别人，而偏偏就要是与夫呢？这究竟是为什么……

"你不相信？"

大木丽像是看穿了与夫的心思，低声问道。

"这真的很难让人相信……"

与夫只好实话实说。

"是哪里让你不相信？"

"你所说的一切。"

"山东陨石里发现的氨基酸都是D-型的，这你也不相信吗？"

"这……"

与夫瞥了一眼蹲在地上的教授。教授正神经兮兮地盯着地面，表情痴傻，看上去已经是个废人。

一向沉着冷静的香川教授竟会遭受如此巨大的打击，说明大木丽的话也并非全属捏造。

"怎么，"大木丽追问道，"这你也不相信？"

"就算是真的，只从这一个现象就断言地球生物面临着大进化的威胁，是不是有点儿太草率了？大进化根本不可能发生。"

"你怎么确定不可能发生？寒武纪生命大爆发是真实存在的，爬虫类动物也确实演变成了哺乳类。大进化已经在地球上演过很多次了，你怎么确定它不会再次发生？"

"因……因为……"

与夫有些词穷，却还是倔强地反驳道："某种外力在控制着进化？这……这么荒唐的事怎么可能……"

"这也不可能，那也不可能……你怎么这么死脑筋！"

大木丽气急败坏地打断了与夫的话，把巨大的脸盘凑了上来。每当她做出这个动作，与夫便无法再反驳一句。他就像被毒蛇迷了心智的青蛙，只会沉默着对她言听计从。

"你给我听好,香川教授刚才说的都是事实。基因学家让细菌和高等生物之间发生基因重组的行为,向进化力发出了一个信号,导致大进化发生。我们有充足的证据能够证明这一点……你应该知道,高等生物真核细胞里百分之九十的RNA都是没用的吧?"

与夫当然知道。对于学习基因工程的人来说,这是一个最基本的常识。

DNA存在于染色体内,而合成蛋白质必须借助细胞质中的核糖体。因此,细胞需要一种物质,来把染色体内的遗传信息搬运到核糖体。这种物质就是核糖核酸,即RNA。

细菌的原核细胞没有核,结构和功能都相对简单,搬运遗传信息的过程也就很简单。由于染色体与核糖体之间没有核膜相隔,原核细胞合成蛋白质的速度会很快。与之相反,高等生物的真核细胞有核,RNA要想接触核糖体,就必须先穿过核膜。

不可思议的是,真核细胞中百分之九十的RNA都不会穿过核膜,而是会被直接分解代谢掉。这样一来,真核细胞合成蛋白质的效率就远远低于原核细胞。那些冗余RNA究竟为什么会被合成,至今还是个谜。

"我知道,"与夫点了点头,"可那又怎么样?"

"就在最近,穿过核膜的RNA比例突然增加了。"

"……"

"明白了吗？地球生物是为进化留有余力的，这种余力一直保存在那些多余的RNA里！现在我们不知道触发了什么机关，多余的RNA没有被分解，而是恢复了活性……这最终会带来什么还很难说，但可以肯定的是，大进化已经开始了！"

"什么？这种事怎么会……"

与夫难以置信地嘟囔着，脑袋像拨浪鼓似的摇个不停。遗传信息的传递机制发生了变化……如果这是真的，那么大进化确实已经来临。

"很荒唐对吧？"大木丽斩钉截铁地说，"但这就是事实。"

"就算这是事实，我们也没有办法啊！如果这是进化的意志，我们除了遵从还能做什么？"

与夫哀叹道，他的心里已经打起了退堂鼓。人类本身就是进化的产物，与进化作对，岂不是有如杀父弑母，罪大恶极？

"没办法？呵，怎么会没办法！爬虫类动物或许没办法阻止哺乳类动物诞生，但人类总比爬虫类要聪明些吧？"

"可你想想看，要是爬虫类阻止了哺乳类的出现，我们人类还能有今天吗？唯独人类要从进化的洪流中逃脱，这难道不是一种自私的表现吗？"

"别人叫我们下台，我们就要乖乖下台，把生路拱手让给后来的新物种？开什么玩笑！"大木丽的眼中燃起了怒火，"听好，进化并不是一个自然的过程，而是在被什么东西控制着！我们还不知道那个东西是什么,就要被它玩弄于股掌,你甘心吗? 这就像是父母把孩子养到一半,突然发现不喜欢了,就要把他扔掉。你就不想在被抛弃之前狠狠踹父母一脚吗?!"

"可是,进化是没有善恶之分的,我们能有什么办法?"

"怎么连你也这么说?!"

大木丽爆发出一声巨吼,超大的嗓音震得玻璃窗嗡嗡直颤。一瞬间,与夫只感觉五雷轰顶,大脑一片空白。

"看看香川教授,你也想变成那样吗?"

"……"

与夫下意识地看了一眼教授,又慌忙移开视线。

教授已经完全不会对外界作出任何反应,只是自顾自地嘟囔着别人听不懂的言语。一想到自己曾经把这种人视作父亲,与夫的心中就充满悲愤。

"为什么是我……"与夫的语气不再强硬,反而像是在求助,"我既没有能力,也没有钱,只是一个普通的学生。我这种人怎么可能去和进化作战啊?"

"振作点儿! 你怎么会是普通的学生? 你可是发现了孟德尔定律的森久保与夫!"

"孟德尔定律……"

愤怒和羞愧让与夫涨红了脸。他深知"自己发现了孟德尔定律"只是个愚蠢的执念,是毫无意义的妄想,现在大木丽竟敢用这件事来刺激自己，他的心情实在难以平静。

然而一刹那间，与夫通红的脸突然变得煞白，眼睛也瞪得巨大。他突然意识到，除了鸟谷部麻子，他还没有对任何人说起过这个妄想。

"怎么会……你怎么会知道？"与夫艰难地说，"你根本就不是什么自由记者，你到底是谁?！"

"我当然可以不是自由记者。"大木丽淡定地说，"同样，你也可以不是你以为的那个森久保与夫。"

"你胡说什么？我就是我……"

大木丽的话让与夫有些害怕，他向后退了半步，感觉自己像是打开了一扇不该打开的门。

"你是发现孟德尔定律的森久保与夫，不是那个每天在香川研究室洗刷烧瓶、看教授脸色行事的穷学生。"

"你一定是疯了……"与夫干笑了两声，"现实中的我就是香川研究室的学生，现实中的我没有发现孟德尔定律……难道这世界上还有另一个森久保与夫吗？"

"现实，现实……"大木丽扬起下巴，还口道，"这的确也是现实，可你怎么肯定现实只有一种？你可以一直是你，但现实却有很多种可能，至少你说的那种现实是这样。"

"我实在不明白你在说什么。"

与夫摇着头说。

"你被封锁在B级现象阈世界里了，这就是我想说的。"

"B级……现象阈世界……"

在与夫听来，这也是一个毫无意义的词。他什么都回忆不起来，也什么都联想不到。

"B级现象阈世界就是……"

大木丽正要解释，突然一阵尖锐的电话铃声响起，打破了房间里的宁静。

突如其来的铃声加上私闯民宅的心虚，把与夫吓得几乎窒息，想要立刻撒腿就跑。

然而更让他吃惊的是，大木丽居然泰然自若地走到桌边，拿起了电话听筒！

"喂？"

大木丽对着听筒说。

她沉默着听了一会儿对方的话，然后把听筒交给了与夫，"找你的。"

"……"

与夫目瞪口呆。

这一整晚真是让人心惊肉跳。不可能有其他人知道与夫在香川教授家里，可大木丽接电话时却没有露出一丝诧异的神情。

"磨蹭什么？电话是找你的！"

"谁……谁打来的？"

"自己问问不就知道了？"

"……"

与夫接过听筒，调整了一下呼吸，说道："您好。"

"呀，你还真在香川教授家里啊？我找了你好久！"

对方的声音欢快而狎昵。

"不好意思，您是……"

"是我呀，醍醐银。"

"……"

与夫紧紧攥住了听筒。

毫无疑问，无论是在新宿街头被群殴时还是现在，银一直都在监视与夫。这种被莫名纠缠的感觉让他十分反感。

"你认不认识鸟谷部麻子小姐？"

银完全无视与夫的沉默，用欢快的语气继续说道。

"什么？"

"看来你是认识喽？其实呢，麻子小姐现在在我这里。麻烦你到 T 大的生物遗传学研究所来把她领回去，好不好？"

"等等！你到底想干什么?!"

与夫紧张地喊道。与此同时，电话咔嚓一声挂断了。

与夫怎么也想不明白，银究竟为什么要绑架麻子。他让自己到研究所去，到底有什么阴谋？

与夫自然是不想去研究所的，他再也不想见到银的那张脸。

可是……与夫咬紧下唇。他知道自己非去不可，因为他必须要去救麻子。

直到这时，他才清楚地意识到自己深深爱上了麻子。

与夫还在拿着听筒发呆，大木丽问道：

"那个醒醐银是怎么跟你描述卡戎这个组织的？"

"他说卡戎是国际上一个反对基因工程的组织……还说他们的宗旨是'要立即阻止人类操控基因'，行为相当过激……"

与夫怔怔地回忆道。

"胡说！"大木丽摇着头说，"卡戎是冥河的摆渡神①。为了确保基因重组实验的安全性，人们会培养一种能裂解所有宿主细胞的噬菌体②，这个你总该知道吧？那种噬菌体也叫卡戎。"

"……"

"我们这个组织的名字也来自那位摆渡神。而我们的目的，是要阻止进化带来的一切基因侵略！"

"……"

与夫哑口无言。太多的事情让他始料未及，他已经很难再对任何刺激作出反应了。现在只有麻子，才能让他的心弦稍动。

"你好像还是没听明白……"大木丽叹气道，"你还有很多事情需要回忆起来。"

①这里指古希腊神话中冥界的船夫卡戎，负责将死者渡过冥河，也译作"卡隆"。
②即卡隆载体（Charon vector），是一类特殊的噬菌体，在基因工程中有广泛应用。

——T大的生物遗传学研究所耸立在冷澈的夜色中。

研究所的后方是一片丘陵，地势从这里开始逐渐上升，形成了一个平缓的山坡。山坡上有一片杂树林。

从正面看，研究所像是一个从地上撑起上半身的裸男；但若从杂树林处往下看，研究所的一层和二层被银杏树遮挡住，形成视线死角，使得它变成了一个蹲在地上的男人的背影。微微前倾的中央塔楼像极了男人垂丧的头颅。这个蹲在地上的男人低垂着头，仿佛正在对星空默默祈祷。

与夫和大木丽穿行在"祈祷男"上方的杂树林中。

从杂树林迂回潜入研究所的计划是大木丽提出的，她说这是为了避开银设在来路上的陷阱。在与夫看来，这纯属小题大做，离谱得甚至有些可笑。

生物遗传学研究所是与夫平时上课的地方，他根本没必要像潜入敌营一样鬼鬼祟祟地溜进去。

然而，大木丽的提议虽然离谱，与夫却一句也不敢反驳。因为对于接下来会发生什么，他现在还一无所知。为什么麻子会被绑架？为什么银非要让自己来这里？他完全没有头绪——既然如此，只好先乖乖听从大木丽的安排。

苍凉的月光射进杂树林间，被照亮的草木都已经枯萎。混杂着枯枝败叶的土地上覆盖了一层白霜，踩上去窸窣作响，不时向下塌陷。

周围寂静无声，只有夜风微鸣。一切都仿佛是被覆盖在霜里，凝结为了一片苍白。

这里似乎没什么人来过，蔓草像蛛网一样漫山延伸，阻挡着两人的去路。要是赶上夏天草木茂盛的时候，这里恐怕会寸步难行。

与夫也是第一次来这个杂树林。

可奇怪的是，他从刚才起就一直有种似曾相识的感觉。无论是地面上丛生的杂草，还是灌木的每一根枯枝，都似乎在召唤着他的记忆，让他的胸口隐隐作痛。与夫知道这不可能是真的，但无论他怎么说服自己，都还是会强烈地感觉到自己曾经来过这里。

这种似曾相识的感觉让与夫惴惴不安——有什么地方搞错了，一定是这样！

进入杂树林后，与夫和大木丽始终保持着沉默。终于，与夫实在忍受不住心头的不安，开口道：

"我现在感觉不太好……总觉得自己来过这里。"

"那是因为'B级现象阈世界'正在弱化，"大木丽的语气仿佛是在说一件极其自然的事，"所以物象出现了错乱。"

"……"

怒火从与夫心底油然而生。

他停下脚步站在原地，凝视着大木丽那硕大的背影。

大木丽竟然用"B级现象阈世界"这种莫名其妙的词来搪塞自己！她一定是想故意捉弄自己，让自己的脑子更加混乱。

"这样一点儿也不好玩！"与夫对着大木丽的背影气愤地说，"到底什么是'B级现象阈世界'，你至少应该向我解释一下吧？"

"……"

大木丽没有理会与夫的话，头也不回地继续向前方的"祈祷男"走去。她似乎是在有意冷落与夫。

"你要是不告诉我'B级现象阈世界'是什么，我就一步也不走了！"

这句话与夫几乎是大吼出来的。

他知道这样做很幼稚，可他实在遏制不住心中的怒火。他已经受够了，再也不想在一无所知的情况下被大木丽牵着鼻子走。

"……"

大木丽叹了口气,回过头看向与夫。

一与她对视,与夫的气势顿时弱了下来,在她那硕大身体的威压下后退几步。

"你被封锁在'B级现象阈世界'了!"大木丽咬牙切齿地说道,"在这种情况下,无论我怎么解释,你都理解不了'B级现象阈世界'是什么意思。这就像是无论怎么向中世纪的人解释地球自转,相信天动说的他们都无法理解一样……"

"……"

与夫只能沉默。从大木丽认真的表情来看,她应该没有骗自己。

总之,没有下过水的人,是无论如何也学不会游泳的。

"你现在明白了吧?"大木丽的语气平静了一些,"一切都取决于你自己。"

"可你不觉得这样很奇怪吗?"与夫弱弱地抗议道,"我根本不知道自己身上发生了什么,就算你告诉我大进化就要来了,告诉我卡戎是要阻止基因侵略的组织,我还是搞不懂那到底和我有什么关系……"

"那就用你自己的眼睛去看。"

"什么?"

"为什么这片树林似曾相识?用你自己的眼睛去观察。"

"……"

与夫沉默着，紧张地看了看四周。

大木丽既然这样说，就证明那种似曾相识的感觉并非心理学上所谓的"既视感"。难道说这真的不是错觉，而是自己以前看到过的景象……

与夫越来越确信，自己曾经见过这片苍凉的杂树林，可就是想不起来在哪里见过。他烦躁地咬起了指甲，内心的焦灼几乎就要化为肉体上的痛楚。

他不耐烦地反复环视树林，突然，视线停在了一丛灌木上，久久不能移开。

惊愕的表情逐渐显露在与夫的脸上。

他清楚地记得那丛灌木。不是只有模糊的印象，而是对它有着千真万确的记忆。

他仿佛是在面对一幅复杂的拼图，而就在刚刚，他成功拼出了第一块。

以这丛灌木为支点，与夫一下子全都想起来了。

他想起了自己在哪见过这片杂树林。

"怎么可能……"与夫低吟道，"这不可能啊……"

"你想起来了？"

大木丽的声音很平静，就像是在冷眼旁观一只被试的动物。

与夫呆呆地站在原地。

眼前这片杂树林与他记忆中的故乡景致完全相同。那座四国的小岛。怎么会和这里一模一样……与夫仿佛听到了自己心中坚信不疑的那个现实砰然碎裂,而自己竟然没有因此疯掉,简直是不可思议。

在与夫的脑海中,迎接他的降生、埋葬他的父母的那座小岛,现在突然变得模糊起来。他感觉脚下的地基骤然崩塌,心中一下子没了依靠。

"我的故乡……"与夫神情恍惚地说,"这里和我出生的那座小岛很像。"

"那座小岛叫什么名字?"

大木丽平静地问。

"它叫……"

与夫张了张口,却什么也说不出来。

他的表情僵住了,眼睛张得巨大。恐惧感紧紧扼住了他的喉咙,让他发出了一声痛苦的呻吟。

他想不起那座岛叫什么名字!

"你去世的父母叫什么名字?"

大木丽继续追问。

"……"

与夫这才发现,自己从来没有刻意去想过自己父母的名字。因为他一直自信地认为,自己绝对知道父母的名字。可现在,他却怎么也想不起来。

与夫的腋下生出了冷汗，他眼前发黑，身体像被冻僵一样不住地颤抖——自己何止是阳痿？甚至已经患上失忆症了！

"你想不起故乡和父母的名字，而且，这片杂树林与你记忆中的那个小岛很相似……对吧？"

听着大木丽残忍地将事实一语道破，对她的厌恶在与夫心中陡然升起。

"这些都证明了'B级现象阈世界'正在弱化，你正在逐渐从它里面脱离。"

"求你告诉我，我到底怎么了？我……"与夫的话戛然而止，表情渐渐扭曲起来，"……我真的是森久保与夫吗？"

"我不是说过吗？你是发现了孟德尔定律的森久保与夫……"

"我不管什么孟德尔定律，也不管什么'B级现象阈世界'……我只想知道为什么我想不起故乡和父母的名字了？怎么会真的有这种事?!"

"'B级现象阈世界'的特点之一就是绝对封闭。你在里面的时候，势必会与外界断绝一切联系。"

"……"

"还是不明白？"大木丽的脸上第一次露出了急躁的神色，"你只是自以为出生在小岛上，而且还是个孤儿……这就是我说的'绝对封闭'。"

"你是说这些都是幻想?!"

与夫疯狂地大叫起来。有那么一个瞬间，他竟然有点儿想笑——他确实是快要真的疯了。

"我可没那么说。这些也是现实……只不过是'B级现象阈世界'里的现实。"

"……"

大木丽的话总是那么令人费解，与夫基本上一句也没听懂。这感觉就像是被人硬拽着，在错综复杂的迷宫里乱闯乱撞。

虽说如此，大木丽提到的"绝对封闭"这个词还是让与夫心头一动。他想起了那个人——新宿的医院里，躲在氧帐里从不出来的那个人。

"行了，快走吧！"

大木丽催促道，继续向"祈祷男"走去。

与夫也紧跟着迈开了脚步。他并没有意识到，自己现在已经完全屈从于大木丽了。他像个木偶似的一步一步无力地走着，或许不只是身体，他的大脑也已经变成了一个塞满木屑的空壳。明明有什么大事正在发生，可他却被完全蒙在鼓里，只能等着被人玩弄。

"B级现象阈世界"……似乎只要弄清它是什么，所有的谜团就都能迎刃而解。

"等等！"

大木丽突然停下脚步，高声喊道，声音里带着前所未有的紧张。

就连与夫也能看出，她的全身都僵硬地紧绷了。

她下颌微微凸出，死死地盯着"祈祷男"的头——生物遗传学研究所的中央塔楼。

即使是被香川教授拿枪指着的时候，大木丽也没有表现出丝毫恐惧。但现在，她很明显是畏惧着什么。

与夫也看向了研究所的塔楼。

起初，他什么也没看出来。目之所及只有月色如雾轻笼，高耸的塔楼反射着皎洁的月光。那是一幅绝美的夜景，甚至可以说是纯净无瑕，根本没有什么可怕的地方。

然而，如果真的没有异常，大木丽的表情不可能那么严肃——她现在已经面如纸色。与夫继续凝视着高塔，集中精力上下搜寻。他想，一定是因为自己不知道具体该看哪里，所以才没有感到异常。

与夫发现了一个不明物体——它很模糊，即使就在眼前也还是看不真切，几乎与反射着月光的楼面融为一体。与夫最初还以为那是自己看得太久而产生的错觉。

塔上确实有什么东西。与夫仔细观察，才发现那是一些半透明的物质。它们相互缠绕，缓慢地盘旋而上，形成了一个悬浮在塔顶上的旋涡。旋涡就像是由月光汇聚而成的，在夜风中艰难地维持着形态。

这幅超现实的画面简直像是梦中的场景——当然，是精神病患者的梦魇。旋涡出现的那一刻，塔楼周围的空间仿佛龟裂开来，另一个次元的世界从裂缝中乍然闪现。

与夫的目光被"那只生物"吸引，久久定格在它身上。

出于内心的抵触，与夫把诡异的旋涡想象成了某种生物，认为这不过是什么人搞的恶作剧。

虽说那样的生物根本不可能存在，但与夫还是坚信，它一定是某种生物。这样想与其说是直觉，不如说是出于本能。

不知怎么，它的样子让与夫想到了显微镜下的精子。

"那是什么……"

与夫的声音很干涩。

"是抑制因子。"

大木丽严肃地说。

"抑制因子……你胡说什么？怎么可能有那样的抑制因子……"

突然，大木丽尖叫着打断了与夫的话：

"快逃！来这边！！"

"——"

与夫也发出了无声的尖叫。

那些浮游在月光中的物质忽然开始向一点聚集，亮度越来越强，朝着与夫和大木丽移动过来。它的移动方式有如豉虫[①]，

---

① 一种黑色的椭圆形昆虫，生活于池沼中，常在水面旋回游动，速度很快。

眨眼之间可以跃进数百米,稍做停留后,便又能开始下一次跃进。

与夫和大木丽肩并着肩,在杂树林里狂奔。

不用看大木丽惊惧的神色都能猜到,被那种生物袭击的后果一定相当惨烈——或许会被一击致命,或许会被带到另一个世界,又或许会酿成什么大祸……总之无论发生什么都是有可能的。

与夫已经放弃了思考,理性的判断只会让他陷入疯狂。不管发生多么难以置信的事,他都只能全盘接受,再以新的现实为基础做出行动。除此之外他别无选择。

所以,与夫在狂奔。

竭尽全力地狂奔。

——事情为什么会变成这样?与夫一边狂奔,一边拼命思索这个问题。自己本来只是一个为阳痿而烦恼的普通青年……现在回想起来,那时的烦恼是多么单纯!自己为什么误入这个离奇而费解的梦魇?究竟是哪一步走错了?!

是接受鸟谷部麻子治疗的时候?是在研究室看到蟑螂的时候?还是在电话俱乐部看到菲律宾女人的时候?不,如果自己连故乡和父母的名字都想不起来,那么整个世界从起点开始就已经不对劲了。

起点?

与夫的大脑一片空白。如果不考虑人的出生，这个世界其实并没有严格意义上的"起点"。为什么自己会想到"起点"这个词？难道说，自己真的是在某个时间节点突然来到了这个疯狂的世界？

——你被封锁在"B级现象阈世界"了……

大木丽的话浮现在脑海。一瞬间，与夫感觉自己明白了什么。更准确地说，是回忆起了什么。然而，具体回忆起的是什么却还不明晰。

月光被遮住了，一个影子像被风吹起的蕾丝窗帘，从地面上掠过。

与夫急忙望向天空，只见那个身影正在自己的上方缓缓降落。不，那东西与其说是身影，更像一团烟雾。它没有固定的形态，但却在微微蠕动着，向世人展示着它的生命。

与夫全身僵麻，动弹不得，呆呆地看着那团烟雾在视野里越来越大……

"危险！"

大木丽喊声传来的同时，与夫受到了猛烈的撞击。

那撞击力实在太过强大，与夫被弹飞到了两米多高的半空，最后背朝下重重地摔在了地上。

失去意识的前一秒，一幅奇妙的画面闪现在与夫眼中。

是黑暗冰冷的宇宙，和散布其间的群星……

"你就是信息本身……"

大木丽的声音从耳边传来。

"你是人类和进化作战用的信息，也就是人类最后的王牌。"

与夫的意识逐渐清晰。

半梦半醒间，大木丽说的每一句话都在他的意识深处激起了层层波澜。

"你不是遗传信息，而是和进化作战用的信息。不过，只有将你放入与遗传过程相似的过程中去，才可以帮助人类和进化作战。我知道你现在还听不懂，但总之我们必须这么做。"

正如大木丽所说，她的话就像是在信口开河，与夫一句也听不明白。"信息"只是一个抽象的概念，而自己是一个活生生的人，怎么可能是"和进化作战用的信息"？

然而直觉还是告诉与夫，大木丽说的都是真的。他在潜意识中已经确信，自己就是用来和进化作战的信息，是用来阻止基因侵略的信息……

"为了将你放入与遗传相似的过程中去,我们不得不采取一些必要的措施,这些措施当然也会产生一些副作用。在遗传过程中,如果抑制因子妨碍了DNA的转录,遗传信息就永远不会被表达……这就像是现在的你。你这串信息被上了锁,谁也无法打开它。"

"……"

在与夫的印象中,自己好像和什么人聊起过抑制因子,但他怎么也想不起来是什么时候和谁聊起的。

基因中有时会出现一组抑制mRNA[①]合成的"操纵子"序列。正是这个序列表达[②]出的抑制因子阻碍了完整遗传信息表达。因此,除非将抑制因子和"操纵子"统统剔除,否则遗传信息将永远不会被激活。

与夫的意识正在迅速恢复,他开始试着把"自己是信息"和"攻击自己的是抑制因子"这两件事联系在一起。

虽说事情的全貌还扑朔迷离,但他似乎找到了其中的某种逻辑。

总之应该是这样的:

自己是用来阻止基因侵略的一串信息。虽然把一个大活人

---

① 由DNA的一条链作为模板转录而来的、携带遗传信息、能指导蛋白质合成的一类单链RNA。

② 指基因转录成RNA,RNA再翻译成蛋白质的过程。

说成是信息有些匪夷所思，但如果过分纠结于此，就没办法继续往下想了。所以，只好先权且认可自己是一串信息。

好吧，我是信息，就先这样假设好了——与夫想。

然而，自己这串信息不知为什么被封锁了起来。

自己身边应该有两方势力：一方是想要阻止基因侵略的卡戎组织，另一方恐怕是以醍醐银为代表的、主张接受基因侵略的势力。

卡戎希望激活自己这串信息，让自己去和进化作战；而银的势力则一心想要将自己封锁。站在这两方势力夹缝中的核心人物正是自己——森久保与夫。

他曾经以为绝对且唯一的这个现实——用大木丽的话说，是一个叫作"B级现象阈世界"的地方——现在不太稳定，方方面面都开始出现漏洞。正因为自己这串信息就要被激活，抑制因子才会来袭击自己，想要再一次将自己完全封锁。

当然，以上纯属与夫毫无根据的臆测，听起来荒诞又愚蠢。把一个大活人当成信息，把他和遗传信息相类比，而且还真的有抑制因子袭击过来——这分明就是精神分裂患者的噩梦！按理讲，那么大的抑制因子根本不可能存在！

"不必试图一下子完全理解。"

大木丽回答了与夫梦呓出的疑惑。

与夫睁开眼睛，撑着地面坐起身来，轻轻晃了晃脑袋，感到脑仁一阵生疼。

他突然想起抑制因子还在头顶盘旋，惶恐地望向了天空。

"没事了，它已经走了。"大木丽安慰与夫道，"咱们去研究所吧，鸟谷部麻子还在等着你呢。"

"啊……"

与夫点了点头，缓缓站起来。

他现在对大木丽的话绝对听从。这不再是因为茫然无措，而是因为他看到了事情模糊的轮廓。在经历了种种怪事、被现实玩弄无数次之后，他终于开始主动思考自己是谁，以及自己身上到底发生了什么。

原来在抑制因子袭来之前，自己一直被封锁在这个现实——B级现象阈世界里。与夫心中仿佛有一条连贯的锁链乍然崩断。

他慢慢看向四周，发现周围的景象已经与先前大不一样。

杂树林还保持着原来的形状，但却已经不再是杂树林——有什么东西画着平滑的曲线延伸向四面八方，填充着视野。如果非要拿什么来做比，美国医学会上展出的巨大果蝇DNA模型或许与它有些类似，除此之外别无其他。

与夫想起自己曾经梦到过这幅场景，但却没有感到很吃惊。

因为他已经明白，B级现象阈世界就像是一场话剧，里面充斥着各种象征和隐喻。

天空一片灰暗，看不到星辰和月亮。

透过游移不定的纷乱曲线，远处的"祈祷男"依稀可见。那是生物遗传学研究所……不，它看起来已经不再是建筑物了，而是一个真正的祈祷者的巨大胸像！

"走吧？"

大木丽催促道。

"好，我们走。"

与夫坚定地点了点头，声音中的果决和之前判若两人。

——他们决定从地下潜入研究所。

因为研究所的正门没开，而且还可能有人在那里设伏偷袭。

被抑制因子袭击时的恐惧还烙印在心头，与夫再也不觉得大木丽的警惕是多余了。不但如此，他还认为再警惕些都不为过。

地下室里有一个饲养实验犬的房间，与夫想起，研究所的后院正好与那个房间的天窗相连。

采光用的天窗虽然不大，但应该可以勉强供人钻过去，不过大木丽这种大块头可能需要费点儿力气。

两人破开地下室的天窗，将玻璃碎片细心清理干净。接着，在费了九牛二虎之力后，大木丽硕大的臀部终于被顺利塞入了地下室，与夫也紧跟其后钻了进去。

野兽的气息扑面而来。

这个房间相当大，顶部却只有一盏孤零零的荧光灯。苍白的灯光下，几张破碎的蜘蛛网飘在半空。

各式各样的实验器具凌乱地堆放着，在地面上投出光怪陆离的影子。其中有些器具猜不出用途，只能让人联想到可怕的刑具。一个滚落在地上的烧瓶反射着频频闪烁的灯光，俨然是一只不断眨动的眼。木制框架和铁栅栏组成的笼子随处可见，但笼子里很暗，看不见实验犬的身影，只能感觉到一股生猛的气息。

无数的实验犬正在笼子深处屏息观望——这实在让人难以置信，狗怎么可能如此安静！难道实验犬在不知不觉间变成了更可怕的怪兽？

异样感在蔓延。与夫此前来过几次这个地下室，现在它虽然还是老样子，但总让人感觉哪里不对劲。眼前的画面看起来极不稳定，就像是舞台布景的缝隙中露出了后台的样子，抑或是两张照片在重叠显影。

一定是因为B级现象阈世界已经脆弱不堪。

与夫和大木丽蜷缩在天窗下观察了一阵，然后向着门口慢慢走去。

两侧的笼子里鸦雀无声，即便两人明目张胆地从铁栅栏前走过，也没有一只实验犬朝他们扑来。它们始终藏在笼子深处，张着两只磷火般的蓝眼默默观望。空气静得吓人。

或许是潜入地下室的过程太过顺利,让大木丽放松了警惕,又或许是因为她比自己想象的还要胖——她的裙角钩在了铁栅栏上。

只听一阵刺耳的摩擦声,铁栅栏倾斜向了右边。

瞬间,一只实验犬朝着栅栏猛扑过来!它张开血盆大口,露着雪白而锋利的獠牙,发出了一声凄厉的吠叫。

大木丽急忙闪身躲避。再迟一秒,她的裙子就要被那只疯狗咬烂了。

紧接着,整个房间里的狗就像接到号令一般,一齐狂吠起来。

几十只狗同时在地下室里吠叫,那声音已经不能用吵闹来形容,而是几乎化作一种有形的压力,就要把人的鼓膜碾碎。

与夫和大木丽的神经被逼到了极限。

在催人疯魔的吠声中,他们就像是两片随风乱飞的树叶,晕头转向地朝门口奔去。满脑子只有一个念头:赶快从这群疯狗的吠声中解脱出去!

实验犬在铁栅栏上一通乱撞,笼子嘎吱作响,剧烈地前后摇晃起来,看上去像是在闹鬼。

与夫和大木丽每每经过栅栏前,实验犬就会狂吠着向他们扑来,仿佛怀着满腔的怨念,想要一口撕碎他们的喉咙……

终于,两人手忙脚乱地逃出了有狗的房间。关上大门挡住身后的犬吠后，他们的身体已经快要虚脱。

若非情况紧急，他们很可能会就地昏睡过去。实际上他们的体力已经不支，眼看就要瘫倒在地。就在这时，银的声音在身边响起——

"欢迎二位的到来，刚才是我为你们准备的一个小小的见面礼……"

他的声音好像是从扬声器里传来的，语气里充满了轻蔑。

"我衷心希望二位能够顺利抵达鸟谷部麻子小姐的身边，只不过，要到那里去必须经过一番苦战才行。但愿你们能和我一样享受这个游戏……那么最后，祝你们好运。"

银的声音戛然而止，寂静中又只剩下了与夫和大木丽两人。

寂静？

不，一种微弱的声响正在从未知的方向传来。它低沉得像是耳鸣，只有仔细聆听才能注意到。然而不知为何，那声响里有一种催人恐慌的可怕力量，让两人感觉到了威胁。

与夫和大木丽站在原地一动不动。

"过来了……"

大木丽低声说。

渐渐地，那个声响越来越大，在两人上空化为了蹂躏鼓膜的狂暴噪声。这噪声比刚才的犬吠还要凄厉可怖。

与夫汗毛倒竖，感觉到一阵恶心。那声响不仅引起了生理上的抗拒，还带来了一种让人陷入病态的精神折磨——仿佛空中有一具半腐烂的死尸，尸体上的肉正在狂风中片片剥落……

骨节的嘎吱声、羊皮纸般干燥的皮肤被风掀起时的哗啦声……种种极度恐怖的声响被放大了数十倍、上百倍，向与夫和大木丽席卷而来，响彻了整个地下室。两人就像是在遭受一场精神上的拷问，被粗硬的锉刀磨砺着神经。

实在受不了了。

与现在的噪声相比，刚才那些恼人的犬吠已经不算什么——至少那只是纯粹的物理攻击，其中不包含任何超自然的因素。

关实验犬的房间外有一块五坪左右的小空间，四周被水泥墙包围，角落里有一段通向上层的楼梯。与夫和大木丽站在那里，感觉身边的墙壁和地面都在像脆弱的玻璃纸一样沙沙轻颤。天花板上的灯泡剧烈摇晃，闪烁不停。

噪声突然急剧增强，让人愈发难以忍受。随着一声喷气式飞机突破音障时的刺耳巨响，头顶的灯泡应声爆裂。

与夫和大木丽翻滚在地，好不容易躲开了上方掉落的玻璃碎片。

这时，就像是有什么人扬起了指挥棒，所有噪声同时收住，黑暗的空间再度回归宁静。

与夫大口喘着粗气，感觉耳边有什么东西在接连引爆。他已经精疲力竭，无法进行思考。

——我衷心希望二位能够顺利抵达鸟谷部麻子小姐的身边，只不过，要到那里去必须经过一番苦战才行……

若不是银那轻蔑的笑声还残留在耳畔，与夫可能真的会晕厥过去。现在只剩意志还勉强支撑着他的身体。

刚才的噪声不可能只是为了折磨与夫的神经，它一定还预示了接下来要发生的事。绝对不能在这种时候晕过去！与夫对自己说。

大木丽似乎也承受着同样的折磨，不然，她这个话痨不可能憋到现在都一言不发。

与刚才那个房间不同的是，这里没有天窗，看不到一缕光线。

与夫蜷缩在黑暗中，警觉地感受着身边的动静。他的心情渐渐紧张起来，太阳穴突突地跳个不停，他甚至嗅到了自己身上冷汗的味道。

与夫和楼梯仅有几步之隔，可无论他再怎么用力，都无法向前迈出脚步。黑暗像是对他抱有敌意，不肯让他轻易挣脱。

时间一秒，一秒，缓慢地流逝着，慢得让人心焦。

与夫从来没有这样惧怕过黑暗。明明只有五坪大的空间，黑暗却像是能延伸到无限远。有什么东西蛰伏在黑暗深处，正准备伺机而动……

这恐怕不光是黑暗造成的神经症式的妄想。与夫的每一寸皮肤都能真切地感知到，黑暗中已经挤满了什么东西，它们蠢蠢欲动，就要向自己扑来。那感觉格外强烈，让他的呼吸都变得艰难起来。

这时，与夫才猛然发觉蹲在自己身边的大木丽不见了！她的呼吸声不知是什么时候消失的。一瞬间，与夫陷入了极度的胆怯与恐慌，他感觉自己被抛弃了。

"大木你在哪?! 大木丽！"

与夫带着哭腔呼喊，回应他的却只有袭击。

突然，与夫的右臂感到一阵灼痛，像是被利刃割开了皮肤。他呻吟一声，赶忙抱紧右臂。

下一秒，抱着右臂那只手的手背也被残忍地割破了。

剧痛让与夫放声哀号，他像无头苍蝇一样在黑暗中乱冲乱撞，最后把自己绊倒在了地上。

接着，他的全身上下都一齐疼痛起来。那疼痛让人难以忍受，就像是被凶鸟用尖喙啄裂了皮肤，或是被鞭子抽打得皮开肉绽。

"敌人"久久不现真身，无从反抗的与夫就快要忍耐到极限了。

他瘫在地上，挣扎着想要从疼痛和恐惧之中解脱出来。

对于现在的与夫来说，黑暗和恐怖已然成了同义词。他浑身无力，四肢麻木，感到了原始人对黑暗的那种本能的恐惧。在这片伸手不见五指的黑暗中，唯一能做的，大概只有像孩子一样号啕大哭。

与夫痛苦地呻吟着，清醒地意识到自己可能就要这么死了。他的死恐怕不是因为疼痛，而是因为恐惧。

意识正在飞快地消散，与夫已经感觉不到身上的疼痛，只能听到自己的一声声喘息。一股血腥味涌入鼻腔，而他竟然对那味道心生怀念，动作渐渐迟缓下来。

他就这样放弃了挣扎，嘴角浮起了一丝微笑。若不是大木丽的喊声及时传来，他恐怕就要这样平静地接受死亡了——

"与夫，醒醒！你不管麻子了吗？你把她忘了吗?!"

这句话在与夫身上发挥了奇迹般的作用，一想起麻子的脸，与夫这块能量耗尽的电池就又一次充满了电。怒火蹿上他的大脑，给身体的每一个角落带去了新的力量。

与夫像野兽一样咆哮着站起身来，刹那间感到的刺痛让他下意识地用手捂住了眼睛。那感觉就像是有一根细针突然刺进眼球又迅速抽出，痛楚在一瞬间钻透了心窍。

抱着对失明的恐惧，与夫缓缓将双手从脸上移开。这时他发现，周围已不再是一片黑暗。

不，或许他依然站在刚才那片黑暗当中，因为眼下的状况并没有丝毫变化。破碎的灯泡依然落在地上，周围也还是没有一丝光亮。但现在，他却能隐约看到四周的水泥墙和那段楼梯了。

与夫不敢确定自己是否真的看到了它们，因为无论是粗糙的水泥墙面还是被扔在角落里的木箱，都和在可见光下看到的存在着微妙的色差。视野里的一切都模糊不清，就像是在透过不对焦的镜头看东西。

但现在，与夫已经顾不上吃惊了。他一定要先看看这发起一拨又一拨攻击、把自己折磨到如此地步的"敌人"到底是谁。

他刚一起身，"敌人"们便齐刷刷地退回到墙角，动作之迅捷有如大将指挥下的部队。

与夫呆立在原地，和他的"敌人"们对视良久。

是蟑螂。

它们通体黝黑，形状扁平，外表的确是蟑螂的样子，个头却足足有普通蟑螂的五倍大！它们看起来就像是拖鞋，但绝不是酒店里的那种高级拖鞋，而是茅厕里那种肮脏不堪的拖鞋。之所以会让人这样联想，或许是因为蟑螂和茅厕里的拖鞋都存在于臭气熏天的环境里。

数十只令人作呕的巨型蟑螂堆积在墙角。一想到自己被这些恶心的蟑螂咬伤了身体，与夫便感觉血气散尽，快要晕厥——蟑螂可是万菌之巢啊！

虽然如此，与夫并没觉得被巨型蟑螂袭击有什么奇怪的，也没有对它们的个头表示吃惊。自从被抑制因子袭击，他就早已不再用理性去思考问题了。一群好战的巨型蟑螂攻击了自己，事实就是这么简单。

与夫全身紧绷，呼吸急促，但却并不害怕。在研究室看到蟑螂时的那种盛怒和仇恨再一次从心底涌起，让他想要一口气把所有的蟑螂斩尽杀绝。现在想来，研究室里的那场蟑螂风波就像是为这一刻而准备的前哨战。

与夫向楼梯走去。顿时，所有的蟑螂一拥而上，前来阻挡他的去路。

"滚开！"与夫紧咬着牙说，"我有一个必须要见的人！"

蟑螂当然听不懂人话，它们咔嚓咔嚓地碰着触角，在楼梯上层层堆积起来。这番场景诡谲异常，就像是黑色的煤油违背了物理法则，一级一级地流上了台阶。

与夫深吸一口气，大吼着冲向了楼梯。他的愤怒达到顶点，对接下来即将面临的危险已经毫不顾忌。

蟑螂们猛地腾空而起，让与夫备受折磨的那种噪声又一次毫无征兆地响了起来。噪声像冲击波一样威力十足，拍打在与夫身上，使伤口迸出了鲜血。

为了进入兴奋状态，蟑螂似乎每到作战前都会进行摩擦翅膀的仪式，以吓退敌人，正如大猩猩示威时会用双手捶胸。那个可怕的噪声正是蟑螂摩擦翅膀时发出的声音。

然而，即便弄清了噪声的来源，它也依旧令人难以忍受。狂暴的噪声中，蟑螂一拨接一拨地飞速掠过与夫的身体，坚硬的甲壳就像锋利的镰刀，把他割得体无完肤。

与夫感觉自己就要被割成一张竹帘，他强忍着疼痛，拼命抬起手臂护住脸和咽喉。

——地球生物是为进化留有余力的，这种余力一直保存在那些多余的RNA里！现在我们不知道触发了什么机关，多余的RNA没有被分解，而是恢复了活性……

与夫被接连袭来的蟑螂团团包围，大木丽的话突然在耳边回响起来。

——这最终会带来什么还很难说，但可以肯定的是，大进化已经开始了！

现在他终于清醒地意识到，大木丽说的都是真的。大进化已经来临，他亲身感受到了这一事实。

作为直翅目①昆虫的亚目之一，蟑螂竟然强大到了这种地步，这不就是明摆着的证据吗？从石炭纪开始，蟑螂一直把顽强的生命力当作唯一的生存武器，而现在它们不仅个头巨大，还具备了进攻的本能。唯一可能的解释，就是它们发生了进化。

然而，即便知道了这些蟑螂是进化种，对于现在的与夫来说也毫无助益。他的当务之急，是想办法在蟑螂的围攻中保住性命！

①现在的新分类法将蟑螂分为蜚蠊目。

蟑螂肆无忌惮地切割着与夫的皮肤，他无力反击，只能尽可能地压低身体抱紧头部，就像是在逆风前行——如果受攻击目标的面积变小，受到的伤害也会相对减小。

值得庆幸的是，成倍的仇恨与愤怒让与夫体内的肾上腺素急剧增加，他几乎感觉不到任何疼痛。他身上的每一处伤口虽说都是轻伤，但无奈数量过多，若在平时已经足以让他晕厥过去。

"……三，四，五，六……"

与夫口中念着数字。

他在通过数数竭力维持着清醒。一个一个的数字从他苍白的唇间吐出，像是一句句祷告。

当然，与夫并不是真的在祷告。

他正在揣摩这群蟑螂的进攻规律。巨型蟑螂确实飞得极快，攻击也很精准，但却还谈不上拥有智慧。如果它们的行为都是出于——也许是人工赋予的——本能，那么他应该能从中找到某种规律。只有找到规律，他才有反击的可能。

与夫一忍再忍。

即使蟑螂在他的身上千刀万剐，他也始终保持着一动不动，避免让无谓的挣扎白白耗费体力。连他自己都惊讶于自己那超乎寻常的耐力。

"一，二，三，四……"

与夫数数的声音逐渐提高，蜷曲的身体有节奏地晃动起来。蟑螂的进攻还在继续，但与夫已经不再迷茫。

"五！"

与夫突然大叫着直起身子，同时高举手掌直直劈下。

令他难以置信的是，自己劈下的手掌正好击中了袭来的蟑螂，将它的身体打翻在了地上。

污秽的体液溅了一地，生命力无比顽强的蟑螂就这样渐渐地失去了活力。

与夫能打落蟑螂，并不仅仅是因为时机准确。也许是对蟑螂的仇恨在与夫体内唤起了超乎常人的力量，否则无论再怎么掐算时机，手无寸铁的普通人也不可能与巨型蟑螂抗衡。

确认自己打落第一只蟑螂并非侥幸后，与夫又接连打死了另外两只。他已经能够在蟑螂飞到自己眼前的一瞬将它一把抓住，然后狠狠地扔向地面。

与夫的身体机能得到了很大提升——原本慌乱的脚步稳健起来，手脚以他自己都难以相信的速度敏捷地活动着，眼睛可以准确定位极速飞来的蟑螂。那感觉简直可以用"爽快"来形容。

他真切地感觉到，自己的身体正在发生某种蜕变。软弱的与夫消失了，取而代之的是一个超人般的新与夫。这场蜕变太过突然，就连他自己都还没适应过来——在他的内心深处，甚至对蜕变抱有恐惧。

不管怎样，与夫现在没有时间操心其他，一切都要等到战胜蟑螂之后再说。

他拼死与蟑螂作战。

然而，蟑螂的数量出奇的多，无论被打死多少都不甘示弱。没有智慧的蟑螂不会想象，所以它们当然也不会惧怕"死亡"。

蟑螂摩擦翅膀的噪声让与夫头皮发麻，他的右手已经沾满了恶臭的蟑螂体液，可蟑螂还是源源不断地向他扑来。

与夫只为自己偶然获得的"神力"高兴了一小会儿。很快，他的脸色又阴沉下来，逐渐变得苍白。和无穷无尽的蟑螂持久作战可不是一件好玩的事儿，简直就像是一场在泥潭中挣扎的噩梦。

过度的失血让与夫渐渐陷入疲乏，挥出的右手有三分之一的概率会打空。

一只蟑螂迎面扑来，他伸出右手抵挡，但由于力量不够，蟑螂没有被打落在地，而是就势划破了他的腿，又退回到后方。

与夫阵脚一乱，其他蟑螂趁机掠过了他的侧腹。随着一阵被剃刀割过似的剧痛袭来，与夫惨叫一声，气力尽失。

"神力"正在像细沙一样从与夫的指缝间流走。他的视野逐渐变暗，最后什么也看不见了。"神力"不仅给与夫带来了超乎常人的敏捷，还让他拥有了夜视能力——这两种能力现在都在消散。

一旦错失时机，无论与夫怎样出掌，都再也打不中蟑螂了。他就像断了线的木偶一样东倒西歪地迈着步子，任蟑螂在胸口和腹部肆意切割……

"啊，啊，啊……"

与夫绝望地呻吟着。

他现在连蜷缩身体的力气都没有了，只是呆呆地立在那里，彷徨无措。

绝望让与夫放弃了抵抗，心如死灰。他已经感觉不到疼痛，嘴角又一次浮起微笑，就要这样坠入死亡的深渊……

突然，几声犬吠扰乱了蟑螂摩擦翅膀的声音。

与此同时，蟑螂们的攻击戛然而止。

一双臂膀稳稳地撑住了将要瘫倒的与夫。

"没想到实验犬的笼子这么难开，我费了好大劲！不过已经没事了，蟑螂不在乎对方是人是狗，现在它们去攻击狗了，我们赶快离开这里！"

听到大木丽的声音，与夫微笑着把头深陷进了她的胸口。

他从没睡过这么舒服的床，心中也从未感到过如此安稳。

——与夫并没有真的睡过去。

被"抑制因子"袭击后他已经昏迷过一次，现在他不能再昏迷第二次了。

他的大脑在恍惚中努力维持着意识，指挥着双腿一步一步登上楼梯。

楼梯尽头是一片光亮地带，来到那里后，与夫没有闲心去观察周围的环境，直接一屁股坐在了地上。

他已经累得一步也走不动了。

与营救公主的白马骑士相比，与夫的样子实在是太狼狈了。他现在无论如何都急需休息。

大木丽从提包中取出绷带和碘酒，俯下身子为与夫紧急处理伤口。想不到，体型如此硕大的大木丽居然也能轻松胜任护士的工作，她不仅能迅速完成包扎，而且手法还相当细致——与夫的伤口虽然多，但所幸都是轻伤，只需稍做休整就能恢复体力。

"受大进化影响最大的物种就是蟑螂。刚才那种巨型蟑螂现在越来越多。"大木丽边给与夫的手臂缠绷带边说，"甚至有人预言，将来蟑螂会取代人类主宰地球。"

"所以我才会在研究室里追那只蟑螂……我一定是在哪里听过这个预言，但B级现象阈世界把我的记忆封锁了，所以我完全想不起来……看来在潜意识里，我还是对蟑螂怀恨在心的。"

"你想起来了？"

大木丽激动地看着与夫问。

"不——"

与夫摇了摇头，双目无神地看向地面，然后又一次摇了摇头。

"奇怪，我怎么会那么说……刚才那些话就像是自己从嘴里冒出来的。"

此前与夫从没想过，自己在研究室的过激举动是因为潜意识里记恨蟑螂。而这种他从未想过的可能，刚才却被他自己脱口说了出来。

最让与夫吃惊的，是自己竟然熟练地说出了"B级现象阈世界"这个拗口的词。他的舌头已经逐渐习惯了这个咒语一样的词——但即便如此，他也还是不知道它究竟意味着什么。

"很快，很快你就能想起一切了。"

大木丽兴奋地说着。不知是不是心理作用，与夫感觉那双包扎伤口的手也加重了力道。

"好……"

与夫点点头，闭上了眼睛，把头埋进膝盖间。

他现在只需专心让自己恢复体力，不必急着搜刮记忆。他也有这种预感：自己很快就能把忘记的东西全都想起来了。

割肉剥皮般的疼痛逐渐减弱，与夫忽然变得十分困倦。睡意就像又香又软的温床一般难以抗拒，与夫不住地打着哈欠，最终还是支持不住，沉沉地睡了过去。

"好了，大功告成。"

几分钟后，大木丽的声音让与夫睁开了眼睛。他发现自己上身赤裸，胸前贴着一块块的纱布——大木丽的包扎技术极为高超，就连专业的医生恐怕也无出其右者。

这还是蛮横的大木丽第一次显示出女人体贴的一面，与夫终于确信她是自己的同盟了。她曾经说的那句"卡戎永远是你的伙伴"看来不是骗人的。

"谢谢……"

与夫含混不清地道了声谢，起身开始系衬衫上的纽扣。他本想更郑重地向她表示感谢，但碍于害羞，没能顺利地说出口来。

虽然只是打了个小盹，但与夫的体力已经恢复了很多。他的大脑像重获新生一样清醒无比，身上的伤口也已经不那么疼了。当然，这些都得益于大木丽无微不至的照料。

"我刚才被你吓了一跳，没想到你那么强。"

大木丽对正在穿衣服的与夫说，声音里似乎带着几分畏惧。

"你说我……强？"

与夫脸红了。他刚才打蟑螂的时候确实身手不凡，可是他还从没把"强"这个字安到过自己头上。在新宿街头被人暴打的场景又重现在他的脑海。

"是啊，不是一般的强！普通人要是不用喷火器，肯定打不过那群蟑螂……它们能'看'到紫外线！不，也有说法说它们是用大脑感知光的。可紫外线对于我们人类来说就是一片漆黑……在只有紫外线的地方遇上它们就是死路一条。银肯定是故意设置了那个只有紫外线的空间,想让我们自投罗网。就连灯泡被噪声震碎的时机都被他算计好了!"

"怪不得那里那么黑……"

与夫正要说什么,却忽然"啊"的一声把话咽了回去。

他忽然想起自己刚才是能看见东西的。虽然难以置信,但当时他的眼睛确实捕捉到了紫外线。那时双眼感觉到的刺痛,应该就是紫外线抵达视网膜时的感觉。

可是通常来说,紫外线会被人的眼角膜和晶状体完全吸收,不可能被看到。是的,这本来是不可能的……

"怎么了?"

见与夫突然陷入沉默,大木丽关切地问。

"没什么。"

与夫摇了摇头。他有种莫名的感觉,这件事还是暂且不说为好。

虽说这个世界已经充满了谜团,即使再加上一个也不足为奇。但目前为止的其他谜团都存在着某种本质上的联系,只要找到问题的关键便能迎刃而解,而且大木丽无疑掌握着解开它们的钥匙。

唯有与夫能看到紫外线这件事,似乎和别的谜团都不一样。

最明显的一处区别就是,对这个世界一清二楚的大木丽竟然毫不知情。

身边的谜团越来越多,与夫置身其中,却仍然一无所知。

"有什么地方不对劲吗?"

大木丽又问了一次,向与夫投去怀疑的目光。

"没有——"

与夫再次摇了摇头,平静地说:

"咱们该走了,得尽快救出麻子才行。"

内心里,他对大木丽深怀歉疚。

——纵贯塔楼的双螺旋楼梯已经不再是楼梯。

它确实还保持着楼梯的形状，但却失去了原有的钢铁质感，轮廓变得模糊不清。它不像是由建筑师和工人建造出来的，而更像是电子显微镜下真正的DNA双螺旋。

楼梯一直以来带给与夫的那种"异样感"急剧增强，仿佛它已经变成了完全不同的东西，只是在外形上勉强维持着与夫记忆中的形状，其他方面已经发生了彻底的变化。

B级现象阈世界正在弱化——与夫想起了大木丽的话，她的话变得越来越可信了。

其实何止是楼梯，就连塔楼本身，也已经不再是混凝土建筑物了。整个空间内部泛着蓝色，双螺旋楼梯仿佛飘浮在茫茫的虚空之中，无论再怎么凝神细看，也无法看清塔楼的内壁。

与夫和大木丽在双螺旋楼梯下方伫立良久。

塔顶高不可及，幽旷的楼梯深井让两人不寒而栗，感觉像是面对着一座巨山,而自己身如草芥。

这绝对不是与夫印象中的那段楼梯。过去他虽然也会在仰视楼梯时头晕目眩,却从没感到过现在这种令人窒息的压迫。

他们迟迟没有上楼或许还有另外一个原因,那就是不知道银在上面设置了什么陷阱。

巨型蟑螂应该不会再来了,但阴险狡诈的银不可能让与夫就这样顺利通关。楼梯上没有藏身之处,万一不小心落入圈套,后果将不堪设想。

可如果不上楼梯,两人也还是无路可走,而且也无法营救麻子。毕竟只有登上楼梯,才能算是真正进入了T大的生物遗传学研究所。

T大的生物遗传学研究所?

与夫已经不敢确定这里是什么研究所了,但也不认为这里不是。这里既是生物遗传学研究所,又是"祈祷男",同时还可能是别的什么东西。

与夫知道,不上楼而想救麻子就像是不打碎蛋壳而想做煎蛋,绝无可能。

然而,被蟑螂围攻时那种深入骨髓的恐惧还是让他对楼梯望而却步。

若不是再次听到银的声音,他和大木丽很可能会一直在楼梯下犹豫不前。

"不愧是卡戎的特工！你打蟑螂的手法可真是把我震撼到了……"

和上次一样，银的声音又是毫无征兆地响了起来。那声音在墙壁上激起沉闷的混响，向与夫和大木丽劈头盖脸地砸下来。

"为什么不上楼梯啊？你们两个不会都有恐高症吧……在下面胡思乱想多久都是没用的，横下心爬上来怎么样？当然，如果你们不想救鸟谷部麻子小姐的话，那就另当别论了。"

银不愧是天生的心理学家，他总能自如地利用别人的心理发起挑衅，让对方明知有陷阱也会心甘情愿地往里跳。

"……"

与夫脑子一热，双脚不由自主地迈上了楼梯。

大木丽在他身后喊着什么，但与夫已经顾不得许多，一心只想奔上楼梯。

咚，咚，咚……脚步声震颤着与夫的鼓膜，像是在给自己的棺材钉入钢钉。明明知道是圈套却还非要往上冲，这么做确实很不理智。

与夫知道冲动只会让他自投罗网，但还是克制不住自己的情绪。他迫切地想要救出麻子，对银的怒意也已经在胸中滚沸。

——醍醐银到底是什么人……与夫直到现在才又想起这个问题。香川教授曾说他是负责阻止反基因工程活动的民间警察，但这肯定是骗人的。卡戎不是反对基因工程学的组织，而是要与进化作战的组织,怎么会需要警察来盯梢呢?

更重要的是,银阴险狡诈得像个恶魔,还拥有近乎魔法的力量,就连进化后的巨型蟑螂都能听他指挥——他不可能只是一个普通的警察。

大木丽说与夫的使命是和进化作战,那么,频频阻挠与夫前进的银就应该是支持进化的人。如果说进化是受某种意志操控的,那就意味着支持它的银不仅背叛了人类,还背叛了地球上的所有生灵。可是,这种事真的有可能发生吗?

醍醐银,你的目的究竟是什么……

正思索间,另一串脚步声从身边传来,和与夫的脚步声重叠在了一起。

——是大木丽。

她爬上了另一座螺旋状的楼梯。拖着硕大的身躯追赶与夫让她累得气喘吁吁,但她却依然笃定地迈着步子——她可以算是真正的女中豪杰了。

与夫会心地笑了,自从结识大木丽以来,友情的暖意第一次在他的心头涌起。

他对大木丽招了招手,然后继续攀登楼梯。

双螺旋楼梯之间没有支柱,两座楼梯像两条蛇一样交缠在一起,几乎就是DNA中相互支撑的双螺旋。与夫不知道这样的楼梯是如何构建起来的,但不可否认的是,它的结构令人感觉极不稳定。

如果能看清塔楼的内壁，不安的情绪或许会有所缓解。但现在楼梯四周只有一片昏黄的暗影，这就让人愈发不安，仿佛自己的存在都不真实起来。

咚，咚，咚……

听着自己的脚步声有节奏地穿透虚空，与夫心中的怒火逐渐平息，甚至有一种魂不守舍的感觉。盘旋而上的楼梯仿佛没有尽头，在广袤的空间里无限延伸……与夫的精神恍惚起来。

他好像听到了什么声音。

那声音响过两次后，他才发觉是大木丽正在叫自己，于是停住脚步转头回看。

只见大木丽挥舞着双手，正在拼命呼喊着什么，可她的声音却无法清晰地传入与夫耳中。

"什么，你说什么？"

他用手拢住耳朵刚要发问，意想不到的事情突然发生了——

与夫并没有亲眼看到或亲耳听到什么，但他却能感觉到，某种发电机之类的装置被切断了开关。

大木丽又开始大喊。与夫听清那句话的瞬间，双螺旋楼梯突然动了起来！

盘结在一起的两座楼梯解开了缠绕，飞快地移向左右两端。

学过遗传学的与夫马上意识到，这是在模拟DNA的解旋。

在转录过程中，为了将遗传信息传递给mRNA，DNA会解开双链间的氢键，变成两条分离的单链。看来，双螺旋楼梯不仅在外形上模拟了DNA，就连功能也和真正的DNA一模一样。

与夫并没有太过吃惊。因为与大木丽的话和紧接着将发生的事实相比，楼梯的运动已经不算什么了。

大木丽喊出的话是这样的：

"小心！重力发生器被切断了！"

与夫还没来得及怀疑这句话的真伪，重力就在一瞬间突然消失了。在楼梯给出的初始速度下，与夫的身体向着上下难辨的广阔空间远远飞出。

他不记得自己当时做了什么，只感觉好像是在飞出的前一秒，用力蹬了一脚楼梯的扶手。

与夫像子弹一样飞过零重力的空间，成功抓住了大木丽从另一座楼梯上伸出的手。

自己会不会被大块头的大木丽压扁？一丝疑虑瞬间出现在与夫的脑海中，又瞬间消失了——这里根本没有重力，他的担心纯属多余。

大木丽把与夫拽到了另一座楼梯上，两人抓紧扶手，在惯性的作用下双脚腾空翻转了一周。

这时，重力突然恢复，两人重重摔在了楼梯上。

刚才的一刹可谓是有惊无险，只要重力提早出现一秒，两人就会跌入无底深渊。

这次与夫能够平安无事，完全得益于他超凡的身手。那力道精准的凌空一跃，显然是在零重力下经过反复训练的结果。

与夫并没有为此大惊小怪。他在大木丽沉重的身子下痛苦地呻吟着，突然，一个刚刚回想起的事实让他整个人都陷入了呆滞：

这里既是生物遗传学研究所，又是"祈祷男"，同时也是一个巨大的大肠杆菌DNA模型！

——鸟谷部麻子感觉自己身在梦中。

绝不是什么美梦，但也算不上是噩梦。

这是一个宽敞而又奢华的圆顶房间。

头顶的水晶吊灯闪烁着璀璨的光，壁炉和桌子上摆满了晶莹剔透的玻璃饰品，墙壁、柱子和屏风上都精巧地镶嵌着镜子，让整个房间变成了一个亮闪闪的迷宫，像极了少女梦中的水晶宫殿。

麻子所坐的藤椅也是成套的——恐怕是法国产的，由此也可看出屋主的品位。这个房间完美地迎合了麻子的喜好，几乎可以说是为她量身定做的。

但她还是十分不安。就算是在宫殿里，被绑架的人也不可能高兴得起来。

绑架？

是的，麻子被卷入了一起莫名其妙的绑架案，而且整个过程都极富戏剧性。她到现在还不敢相信，这一切真的发生在自己身上。她一向自诩为精明的心理学家，而这件事让她的自尊心彻底蒙了羞。

或许是因为事发当时已经烂醉如泥，她对"被绑架"这件事没有什么实感。回想当时的场景，麻子自己也十分后怕——被带出家门的那一刻，她竟然在醉意的驱使下睡了过去！醒来以后，她就来到了现在这个水晶宫。这样一来，她就更不容易意识到自己"被绑架"的严重性了。

精神分析师的职业素养让麻子客观地分析起了发生在自己身上的事，她想要尽快以冷静的心态把握现状。

可是她做不到。所有的事都是那么不合常理，她不可能理性地面对超现实事件！

我竟然会被绑架？是谁这么大胆，把我鸟谷部麻子……

仔细想想，这次绑架案好像也没什么特别的。但麻子却感觉目前为止充满质感的现实被戳破了一个小洞。她隐隐有一种预感，这个小洞会逐渐扩张，直到另一个截然不同的现实从洞口显露出来。

一切反常似乎都是从与夫来问诊那天开始的。麻子见与夫第一面就感觉到了一种深深的联结，这无论如何都很难解释。

夸张地说，她当时甚至听到了某种命运的召唤。

藤桌旁的屏风上有一面镜子，它与其他的镜子相互对映，让镜中的空间无限延伸。

麻子紧紧盯住那面镜子，视线沿着镜框形成的通道延伸，审视着镜中越来越小的房间。解决一切疑问的钥匙仿佛就藏在那通道的尽头。

忽然，麻子察觉背后有人，回过头去。

一个男人不知什么时候悄无声息地站在了那里——棋盘状的黑白地板上倒映着他惊为天人的美貌，他就像一枚国际象棋中的棋子，由洁白的象牙精雕细刻而成。

"敌军的国王冲着皇后来了。"男人说着莞尔一笑，"看来，我必须要把皇后挪个位置了。"

——如果不是在这种时候，与夫一定会以为自己疯了。

没来由地，"大肠杆菌DNA模型"这个词突然出现在他的脑海，并紧接着让他联想到了一艘名叫"大肠杆菌号"的宇宙飞船。

那艘飞船巨大无比，而且好像真的存在。与夫顿时感觉呼吸困难，他甚至听到了核聚变发动机发出的轰鸣。

与夫逐渐想起了"大肠杆菌号"的每一处细节，包括它的精确尺寸。

"大肠杆菌号"飞船全长五百米，与大多宇宙飞船一样，用于初期加速的核聚变发动机和用于恒定加速的离子发动机几乎占据了整个船体。此外，它的外部还装载了重力场监测仪、超精度进化力探测器控制台……这些也占据了不小的空间。相比之下，供十五名船员居住的休眠舱就如同大象身上的几只小虱子。

"大肠杆菌号"是一艘极其特别的宇宙飞船。

它除了是飞船，还是一个大肠杆菌的DNA模型。它是检测宇宙中进化力强度的工具，也是人类与进化作战的前哨基地。

如果计算机可以被比作人脑，那么"大肠杆菌号"也可以被比作工程学意义上的生物基因。它的内部既有DNA双螺旋的结构，也有相当于RNA酶的物质，可以像真正的大肠杆菌那样完成遗传过程。

连接双螺旋的四种碱基，以及三个碱基一组的密码子都通过电子工程学被完美地模拟出来。唯一不同于生物DNA的地方，就是"大肠杆菌号"不会根据遗传信息合成真正的氨基酸，而只会在计算机中把合成的氨基酸信息记录下来。

与夫的大脑中缓缓流过一幅画面：木星环与木卫二公转轨道的交汇处，飘浮着一个放大数万倍的大肠杆菌DNA模型。

很多人可能会觉得"大肠杆菌号"这个名字不太雅观，但其实卡戎的科学家们只是出于客观严谨才给它起了这个名字，并不是在故意标新立异。

用飞船模拟大肠杆菌只是出于一种习惯，因为大肠杆菌是所有的遗传学者最熟悉的生物。

——DNA的双螺旋可以进行自我复制,并通过合成mRNA精准地传递遗传信息。然而,在紫外线等太阳辐射和其他宇宙射线的照射下,DNA的复制有时会出现少量错误,这就是基因突变。

多数情况下,由突变基因合成的蛋白质都十分劣质,很快就会被分解掉。但也存在极少数的情况,突变基因有利于物种的存续,这时突变基因就会被保留下来。

基因突变的结果在自然选择作用下逐渐积累,生物便呈现出了现在的样子。

真的是这样吗?

大约四十年前——与夫简直想要抱紧自己的头,他想起的事情越来越多。到底是从何时算起的四十年前呢——一个遗传学的业余爱好者对上述突变理论提出了质疑。他认为,进化更像是一个井然有序的过程,有着明确的方向性,很难单纯用基因突变和自然选择去解释,应该还有某种意志在背后推动着它……

否则,我们将很难完全解释新物种是如何诞生的——绿藻是如何变成蕨类植物,爬虫类动物又是如何变成哺乳类动物的呢?

顺着这个思路,那个业余爱好者提出,应该在引力、强核力等四大基本物理力之上，再补充一个"进化力"。

当然，这个学说在发表初期无人问津。直到十年后……

随着引力波研究的不断推进，一位生物学家突然产生了一个奇思妙想——生物从海洋登上陆地后，进化的速度明显加快了。这或许不仅仅是因为生物的体重增加了，更重要的是因为引力与进化之间存在着某种本质上的联系。

当引力波的性质被完全判明，进化力的存在也得到了证实。科学界明确指出，地球上的一切生物都生活在进化力的作用下。

后来，后来……

——后来怎么样了？

与夫蜷缩在墙角，无力地垂下了头。他怎么也想不起来后来发生了什么。

遮挡他记忆的迷雾虽然被"大肠杆菌号"的出现拨开了一点儿，但也仅止于此。除了能清晰地回忆起飞船上的每一处细节，他再也回想不起其他的事。

"大肠杆菌号"就像唯一一个清澈透明的空泡，悬浮在与夫混沌的记忆中。

——与夫和大木丽终于爬到了楼梯顶端，在连接上层的平台上稍做喘歇。

B级现象阈世界好像已经完全崩塌。

刚刚爬上来的双螺旋楼梯，在与夫眼中已经不再是单纯的楼梯,而是连接着飞船核心区的检修通道,同时也是一个巨大的DNA模型。

进入研究所时那种微妙的异样感化为了真实的存在,整幢建筑已经被"异化作用"侵蚀殆尽。

与夫之所以如此确信,是因为平台的前方出现了一块巨大的电子显示屏。

这里绝对不是T大的生物遗传学研究所——研究所里不可能有这么巨大的显示屏,而且上面还显示着木星以及四颗伽利略卫星①的质量、表面曲率、重力加速度、与"大肠杆菌号"的相对距离等等数据。

潜入研究所的两人怎么会突然来到"大肠杆菌号"飞船里?这显然不合常理,但与夫却并没有太在意。

自从发现自己不知道父母的名字,怪事就接二连三地在与夫身边发生,他现在对这种事已经见怪不怪了。他知道,自己曾经确信无疑的那个现实,其实不过是一个叫作"B级现象阈世界"的怪异空间。单单一个"大肠杆菌号"宇宙飞船,就已然不是二十世纪的造物了。因此,这里无论发生什么都不足为奇。与夫莫名地抱着一种信念:一切很快就会真相大白。

此刻与夫更关心的,是自己与"大肠杆菌号"之间的关系。他清楚地记得这艘飞船上的每一处细节,可却不知道自己和它

①指1610年意大利天文学家伽利略用望远镜首先发现的四颗木星卫星。

有什么关联。

"我们……是不是该继续走？"

大木丽对沉思中的与夫说。

她从没这样小心翼翼地说过话，似乎是不忍心打断与夫的思绪。与夫需要去思考和回忆的事情实在太多，而她比任何人都更清楚这一点。

但即便如此，还是营救麻子更为紧迫。

"嗯……"

与夫点了点头，用手掌搓了把脸，缓缓站起身来。

脑海中的"大肠杆菌号"是那样庞大而清晰，直到现在还让他脑仁作痛，精神恍惚。

他又开始感觉到累了。

要不是想救麻子的心情和对自己身世的疑惑格外强烈，与夫一定会再次昏睡过去。

——除了通向核心区的检修通道，"大肠杆菌号"上几乎无处容身。

每一层船舱都有着各自的功能，计算机系统、通信系统、行星探测系统等设备把整艘飞船塞得满满当当。实在无路可走的时候，人就只能在各个设备之间像螃蟹一样横行往来。想要把这样一艘飞船投放到木星轨道绝非易事，首先它的宜居性就令人堪忧。

地板传来了轻微的震颤，是重力发生器正在运转。这项技术是在引力波的性质被判明之后才实现的，最大的缺点就是能耗太高。或许出于这一原因，"大肠杆菌号"上的重力加速度始终被控制在 $0.8g$。

形态各异的巨型设备有如陈列在船舱里的前卫雕塑，与夫和大木丽在它们的下方匆匆穿行。

飞船里没有其他人。与夫不知道自己身在飞船的第几层，但他的脚步坚定有力，一次也没有驻足犹豫。

也许，他是在下意识地沿着记忆中的路线前进。

之前一直负责带路的大木丽现在反倒默默地跟在了与夫身后。不过，她对此似乎并无怨言。

突然，与夫停下脚步，仰头看向上方的操作面板。

那里有一个显示屏，上面显示的应该是舱外摄像头传来的宇宙图像。

盯着那图像看了一会儿后，与夫摇了摇脑袋，继续向前走去。

冰冷而黑暗的宇宙中，群星闪耀——

显示屏上的画面和他被抑制因子袭击前看到的场景一模一样。

巨大设备之间的缝隙尽头有一扇门。

这是一扇平平无奇的金属门。与夫在门前停下了脚步，他感觉这扇门与香川研究室的大门十分相似，不禁心生怀念。看来，B级现象阈世界的残渣还没有完全散尽。

一个念头如启示般从与夫的脑海中一闪而过：麻子一定就被关在这里。虽说这是个毫无根据的直觉，但与夫却对它抱着盲目而坚定的信心。

他回头看了看大木丽。

她严肃的神情让与夫知道此时已经无须多言。

他深吸一口气，缓缓打开了那扇门。

两人走进了门内的舱室。

一瞬间，室内的场景和香川研究室的淋浴室重叠显现，让与夫感到一阵晕眩。这里当然已经不是淋浴室了。以前与夫被困在B级现象阈世界里的时候，这里或许曾经是淋浴室，但现在整个香川研究室都已经不存在了。

这个舱室比淋浴室要大得多，天花板很高，像是一个小型会客厅。地板上铺着瓷砖，墙壁被粉刷得洁白无比——这两处倒是与之前的淋浴室完全相同。除此之外，室内空无一物。

麻子不在这里，但与夫并没有灰心。他知道，如果这个舱室对应着B级现象阈世界里的淋浴室，那么在它的后面，应该还会有与红外线消毒室等对应的一系列舱室。

这个世界和B级现象阈世界之间好像确实存在着某种

联系。

"诶？怎么回事?!"

大木丽在与夫身后惊叫起来。

与夫回过头，看到大木丽正在咔嚓咔嚓地拧着门把手——他们进来的那扇门像是被上了锁。

一种不祥的预感掠过与夫心头，没想到在下一秒就变成了现实。

一种灰色的物质正在从天花板的四角渗透进来，就像是显微镜下变形虫的伪足①。

两人注视期间，那种物质也在以极快的速度向周围扩散。它逐渐布满墙壁，最后落到了地面上。

一声仿佛瀑布落地的脆响传入他们的耳中。

"是水!"

大木丽喊道。

"不，这不是水，这是……"

与夫还没说完，话音就被湍急的水声吞没了。

大木丽用尽全力反复撞门，却无奈水位越涨越高，从膝到腰，从腰到胸，将她的力量削去了大半。

他们根本无暇思考。

————————————————

① 变形虫是一种真核生物，由于原生质层的流动，使身体表面生出无定形的指状、叶状或针状的突起，称为"伪足"。

巨量的水顺着四壁流下，很快就漫到了下颌。两人的脚已经脱离地面，就算想要撞门，那扇门也已经被水吞没，看不到了。

身强力壮的大木丽原来不会游泳，她像个落水的孩子一样拼命扑腾着手脚，眼看就要被淹没。

"救出麻子以后到控制室去！"

她冲着与夫大喊。

"在那里找一个菲律宾女人，你认识她的！记住，一定要找到她，一定！"

——菲律宾女人……瞬间，菲律宾妓女和电话俱乐部女招待员的模样闪现在了与夫眼前。新宿的电话俱乐部！现在想来，那简直就像是上辈子的事！与夫几乎想要笑出声来。

不过现在可不是笑的时候。就算他们最后都会被灌满房间的水淹死，他也不能眼睁睁地看着大木丽就这么沉下去。

然而，与夫的泳技也不是很好，慌乱之中，他的身体也开始在水中缓缓下沉。

不，那其实并不是水，而是一种浓度不匀而且略带黏性的液体。

与夫一边得意于自己直觉的准确，一边挣扎着上浮。可他万万没有想到的是，越是挣扎反而会沉得越深。

液体是咸的。

尝起来就像是动物体液和海水的组成成分——盐水。

而且，它里面似乎还含有大量的氨基酸。

意识逐渐模糊的同时，与夫还在拼命思索着这种液体到底是什么。以熔岩为触媒[1]，加入热食盐水，氨基酸会化合成类似蛋白质的微粒……对，是类蛋白！

这很可能是形成于远古海洋中的类蛋白！它是一切生命的起源，能让无机物变成有机物，再合成细胞，可是……

"当我们给类蛋白加热，会得到一种相对稳定的带膜微球体[2]。这种微球体很可能就是最早期的细胞，只不过……"香川教授的声音出现在了与夫的脑海中，"要想得到类蛋白，我们必须把大量的氨基酸加热到一千摄氏度左右，然后再使其迅速冷却。它的生成条件太过苛刻，在大自然中很难实现。所以，生命起源于类蛋白的这种说法也……"

教授的讲话还没结束，与夫却已经什么也听不到了。他的肉体消失了——至少他自己是这样感觉的。体重和窒息感也一并消失，身体仿佛溶解在了满是盐水的大海之中。

与夫变成了类蛋白。

不，更准确地说是类蛋白形成之前，海水中的一个氨基酸分子。氨基酸没有生命，但一束来自远方的生命之波正拂动在它

---

①即催化剂。

②类蛋白分子与水或盐溶液相互作用后，通过自组织形成的大小较为均一、直径只有几微米的球形物，是一种相当稳定的结构。

之上,悄悄孕育着什么。

氨基酸分子在远古海洋汹涌的波涛中翻滚着,打在海面上的暴雨使它无数次上下浮沉——

与夫-氨基酸清楚地感觉到,一股力量正在把自己推向什么地方,而那股力量背后仿佛有着某种极强的意志存在……在经历了挤压和升温以后,与夫-氨基酸变成了类似蛋白质的微粒。

"……它的生成条件太过苛刻,在大自然中很难出现……"

是的,海水中的氨基酸不可能如此轻易地变成蛋白质。整个过程中有太多不确定的因素,除非有某种外力为氨基酸提供触媒和高温,促使它变成蛋白质。

某种外力——进化力……

在进化力的作用下,与夫-氨基酸硬着头皮来到了进化的大门前。它在"分娩"的阵痛下剧烈地颤抖着,即将为地球产下第一批有机物。从氨基酸到类蛋白,再到带膜的微球体、生命体……

其实严格来说,这时真正的生命体还尚未出现。那些微球体不是细胞,而只是拥有类蛋白膜的类细胞粒子。这种粒子是衍生出地球大量生命体的基石,从此以后长达数十亿年的进化征途,就是从这里开始的。

与夫-类细胞粒子在随波漂荡。

它为自己当选了众生之母而自豪，但同时也为此后无法回头的进化征途感到深深的不安。它知道，进化对于所有的生命来说都不是一条康庄大道。被赋予生命，或许并不是一件值得庆幸的事。

"为什么要给我们生命？为什么要控制进化？你到底是谁……"

与夫－类细胞粒子想要对进化力的源头发问。

然而，它却被进化力一举卷入了激流，冲向远方。类细胞粒子的形态逐渐消失。

与夫感觉自己穿过了什么东西。

瞬间，与夫－类细胞粒子也不复存在，回归本体的与夫逃出了刚才的舱室。当然，他自己也不知道这一切究竟是如何发生的。一想到大木丽被自己落在了身后，他就感到深深的罪恶。

进化力又毫不留情地席卷而来，它蹂躏着与夫，将他推向别处。

等待着与夫的，是远古地球上的原始大气。

暴雨倾盆。

天空中电光怒闪，土地上泥浆横流。

一片昏黑中，银色的雨水被闪光灯般的霹雳骤然点亮，又立即没入黑暗。

泥浆缓缓吞噬着被大雨冲垮的岩石山，整个过程就像是在播放慢镜头。

这里没有任何生命的迹象，就连氧气也极为稀缺。虽说紫外线能从水蒸气中分解出氧气，但含量也是微乎其微。

相反，这里充斥着大量的水蒸气和二氧化碳——地球原本就是一颗覆盖着二氧化碳的行星。

透过原始大气，可以看到香川研究室的消毒剂蒸气廊像幻影一样悬浮在半空。仿佛从那里喷出的蒸气消毒剂直接化为了原始大气。

B级现象阈世界的影子的确还没有完全消散。

它的残渣以淋浴室和消毒剂蒸气廊的形式，依然存在于这个世界中。

然而在数十亿年前地球风貌的映衬下，蒸气廊的影子越来越淡，最后终于消失不见了。留在这个世界上的只有连绵不绝的暴雨、灰黑色的浊流，以及闪电划过时的白光。

与夫已经不再是类细胞粒子了。他现在是分子——一个仅由氢元素组成的单质分子。它吸收着闪电的能量，被紫外线逐渐分解，又在进化力的作用下，开始了向氨基酸的演化。

啊啊啊啊啊——

与夫–氨基酸惨叫着，掉进了已经化为有机物"浓汤"的海洋，汹涌的波涛迅速将它淹没。

与夫现在才终于明白，自己是在亲身体验进化的过程。他的基因——记载着数十亿年进化历程的基因，正在将全部的记忆倾吐出来。这一切恐怕都是进化力的旨意。

与夫－氨基酸不断经历着身体的膨胀和爆裂。对那个把他引向进化金字塔顶端的强大力量感到了无限的迷茫和恐惧。

科学家们常说，具有复制能力的分子是在数十亿年前偶然诞生的，而那个分子正是脱氧核糖核酸的祖先——这显然是大错特错。进化不可能是偶然的，一切都是进化力有意的安排。

大木丽担心进化力会把地球上的生命一扫而光，这种恐惧是理所当然的。毕竟，那可是能把氨基酸变成脱氧核糖核酸的进化力！现在它的开关又一次被触发，地球上所有生命的基因都将遭到毁灭性的打击。

如果真的是遗传学的发展触发了进化力的开关，那么正如香川教授所说，这的确是一件极其讽刺的事情。

——你就是信息本身。你是人类和进化作战用的信息……也就是人类最后的王牌。

与夫－氨基酸——不，与夫－脱氧核糖核酸现在终于理解了大木丽的话。不知为何，他对进化力有一种特殊的感知能力。就像眼睛能看到光、耳朵能听到声音一样，他的身体能清晰地感知到进化力的存在……

与夫的这种能力，就连"大肠杆菌号"上再精密的进化力探测器都无法匹敌。换句话说，与夫就是一个活的超精度进化力探测器！他确实是人类与进化作战时最重要的王牌。

与夫－脱氧核糖核酸随着水流漂向远方。

突然，香川研究室的红外线消毒室在前方一闪而过，但它的影像很快就褪色变淡，溶解在了原始地球的景色中。

消毒室出现的一瞬，与夫看到照射其中的红外线已经变成了紫外线。影像消失后，强烈的紫外线依然灼烧着地表，把遍布焦岩的地球生生烧成了一片"死"的地狱。

浅海中已经出现了微生物，但每当它们被风浪搬运到地表，就会立即被紫外线烧成灰烬。对于生命来说，地表就是一块绝望之地。

然而，进化不会就这样善罢甘休。它在强烈的紫外线照射下继续摸索着生命的可能。最后，它决定要改造地球。

这可能会花些时间——大约十亿年吧。对于进化来说，这点儿时间根本不算什么。

进化力出动了。

地球上的微生物灭了又生，生了又灭，开始了无穷无尽的生死轮回。进化知道，这些都是必要的牺牲。生命就像是可以更换的齿轮，本来就是消耗品。

将无机物合成有机物的微生物、分解有机物的微生物、以其他微生物为食的微生物……它们一个接一个地出现，又一个接一个地消失。

最后,进化终于找到了它想要的那种微生物。

是可以通过光合作用分解水的光合菌[1]! 光合菌能利用太阳光里的能量对二氧化碳进行同化。很快,能生产氧气的微生物就要诞生了。对于进化来说,这只需要眨眼一瞬。

进化眨了一下眼,能生产氧气的微生物便诞生了。它们是藻类的祖先。

现在,只差一步就可以改造地球了!

进化兴奋起来了,它看着藻类逐渐布满海洋,光合藻释放出越来越多的氧气,直到大气中的氧气足够浓,把地球由一片焦黑变成了红褐色……

对地球的改造完成,紫外线不会再烧毁生命了。

接着,进化开始了对陆地的入侵。

与夫变成了海藻——利用阳光中的能量分解二氧化碳、产生氧气的绿藻。它随着波涛四处漂流,尽情享受着身为海藻的欢愉。它多么希望能这样一直生活下去!

然而,进化绝不容许海藻有片刻清闲,用力将它推向前去。

与夫感到一股巨大的力量正在自己的体内挤压。

他变成了一种类似水蚤的微生物。

---

[1] 全称光合细菌,是地球上出现最早、自然界中普遍存在、具有原始光能合成体系的原核生物,是在厌氧条件下进行非氧光合作用的细菌的总称。

——我变成了微生物，就像水蚤一样。心脏和头部的神经节都可怕地剧烈搏动着……这才是活着的感觉！

与夫的声音不知从何处传来。可无论他再怎么想，也想不起自己是在什么时候说过这样的话，只是隐约感觉和麻子有关。

他就这样被强拉硬拽着，在进化的道路上前进。

那是一条看不到尽头的折磨之路……

进化的脚步越来越快，即将到达终点时，与夫承受不住那惊人的速度，不禁失声尖叫起来。但其实，他真正害怕的是知道那个等在终点处的结局。

与夫睁开了双眼。

一瞬间，他恍然觉得自己躺在香川研究室里的气闸短廊里。

事实当然并非如此——他正躺在"大肠杆菌号"的通信廊里，面前是船外作业艇存放舱的舱门。或许正是这扇门，让他联想起了香川研究室的气闸锁短廊。

香川研究室配置了P3等级的隔离设备，就"与外界隔离"这一点来看，倒是与"大肠杆菌号"有几分相似。当然，即便它们都需要与外界隔离，在密闭程度上也存在着天壤之别。

那些一闪而过的香川研究室的场景，真的只是错觉吗？归根结底，"错觉"在现在这个世界里还有意义吗？究竟有什么证据，可以证明B级现象阈世界里的现实是假的，"大肠杆菌号"飞船里的现实才是真的? 比起遗传学研究室, 明明宇宙飞船才更像是超现实的存在⋯⋯

难道这一切都是幻想? 自己上一次这样问的时候, 大木丽是怎么回答的来着?

——我可没那么说。这些也是现实⋯⋯只不过是B级现象阈世界里的现实。

也就是说, 现实不止一种?

这样想来, 自己在梦里亲历的进化过程似乎也变得无比真实。那也算是另一个现实吗?

与夫全身湿透, 衣服也已经破烂不堪, 但他却毫不在意。他已经不知不觉地站了起来, 一动不动地呆立在原地。

忽然, 一道白光闪过他的视野。

紧接着, 一阵伴随着掌声的大笑传入他的耳中。

醍醐银的身影出现在面前的显示屏上, 他爽朗地笑着, 不停地拍着手, 动作优雅得仿佛饰演《哈姆雷特》的话剧演员。

"完美! 真是太完美了!" 银边笑边说, "我简直不敢相信自己的眼睛! 水淹、毒气⋯⋯你是怎么挺过来的? 我只能说这是个奇迹。"

如果真的如银所说, 自己刚才是从水淹和毒气的折磨下逃出生天, 与夫也觉得这是个奇迹——他不知道自己是哪里来的那么强的力量。可是, 事实真的有那么夸张吗? 亲历进化确实让他的精神痛苦万分,但对他的肉体却似乎没有什么影响。

而且,与夫完全不记得自己是怎样从险境中逃脱的。进化过程留下的印象太过深刻,其余的事都已经被他抛在了脑后。

与夫推测,自己很可能是和打蟑螂的时候一样,发挥出了超乎常人的"神力"。至于自己用"神力"具体做了什么已经无关紧要,因为就算他想去追究,目前也无从下手。

与夫更在意的,是自己为什么能感知进化力,以及自己为什么会突然爆发出"神力"。

我还算是人类吗……

"既然如此,就请你再加把劲儿。"银无视了与夫的沉默,继续说着,"这是最后的关卡,过了这一关,你就能救出麻子了。"

话音刚落,银那如花的笑颜就从显示屏上消失了,取而代之的是麻子的身影。

与夫一眼便认出,画面里的地方是船外作业艇的存放舱。这不仅是因为麻子身后有一艘船外作业艇,还因为他感觉自己对那个地方似曾相识——自己很可能就是"大肠杆菌号"上的一名船员!

麻子的身上没有受伤,这让与夫松了一口气。但是,她看起来十分不安,不停地张望着四周。

"如你所见,她就在船外作业艇的存放舱里,舱门近在咫尺……好的,接下来就看你的了,骑士先生。"

银的笑声越来越尖,最后戛然而止。与此同时,麻子的身影也从显示屏上消失了。

与夫盯着存放舱的舱门看了一阵。

门离自己不到二十米,的确是"近在咫尺"。然而一想到陷阱就横亘在这区区二十米间,与夫便无论如何也不敢贸然上前。

要是大木丽在就好了——与夫迫切地感到自己十分需要大木丽。只要她在身边,自己就会变得勇敢起来。他曾经很反感她的强势,但现在却对那种感觉备感怀念,就连他自己也觉得不可思议。

与夫不太担心大木丽的安危。因为他乐观地相信,大木丽可以独立面对绝大多数的困难。虽然不担心,可他还是很想她。

不管多么想念大木丽,她也不可能瞬间出现在自己身边,与夫只能靠自己前往存放舱。

他深吸一口气,下定决心,迈出了第一步。

果然有陷阱!

与夫迈出的那只脚忽然变得十分沉重。毫不夸张地说,有一瞬他甚至担心自己会把地面踩穿。

他的身体开始不听使唤,脚腕传来的疼痛让他失去了平衡,摔倒在地。

"啊……"

与夫发出了痛苦的呻吟。

明明只是摔了一跤，可他的身体却与地面发生了极其猛烈的撞击，就像是从二楼掉到了一楼。疼痛让与夫全身发麻。

他想要赶快爬起来，身体却怎么也离不开地面，反而像是要被吸进地底。他感觉体重急剧增加，仿佛有人死死压在背上。

忍受着骨骼相轧的痛苦，与夫终于意识到发生了什么：银把重力发生器的功率调到了最大，现在"大肠杆菌号"上的重力恐怕就要超过 $6g$！

脸上的皮肤被向下拉扯，血液也都沉到了身体底部，只有沸腾的脑浆在大脑内回荡着锅炉一样的嘶鸣。眼球像要爆出，喉咙发出哨子般的干响……

与夫大口喘着粗气，看向了存放舱的门。浑浊发红的视野里，那扇门仿佛遥不可及。

他目不转睛地盯着那扇门，开始了无比缓慢的爬行。

他的体重已经涨到了平时的六倍以上，随便站起一定会把腿骨弄折。在这种情况下，且不说活动身体，就连呼吸都变得十分困难。体重的倍增会夺去人的气力，同时也阻碍了人的思考。

但即便如此，与夫还是毅然决然地向前爬去。因为他想到了麻子此刻也在承受着同样的痛苦，而银却正深陷在耐重力缓冲垫里，看着痛苦的两人咧嘴奸笑。

门分明就在前方二十米处，可它看上去却是那么遥远……

与夫全身贴地，伸出双手将自己的身体拖向前方。他的指尖肿成了黑紫色，眼看就要喷出血来，感觉已经不像是自己的手指。

血液的下沉导致的大脑缺血让与夫的意识渐渐模糊，他甚至怀疑自己的脑子里现在只剩下空气。

这简直就是极刑！与夫痛苦地呻吟着，时而发出一声惨叫，但始终没有停止爬行。他的指尖开始冒出血来。

这时，他听到了一个声音。

——我现在是肺鱼……我想就这样继续待在水里，但那个力量却把我往陆地上推，它非要让我登上陆地……

与夫一时间没能听出自己的声音。又过了一阵，他才终于想起那是自己被麻子催眠时的梦呓。

进化力又开始在与夫体内涌动。

此时的他，是即将从海洋入侵陆地的植物、微生物，还有肺鱼。背负着重力的枷锁，他被逼无奈地走上了充满歧途的进化之路。所有的生物都是与夫，而进化对他来说只有痛苦。

6g以上的重力让与夫切身体验到了进化带给生物的痛苦。

或许正因如此，与夫才能在进化力的摧残下努力维持着意识。在化身为生物登上陆地的同时，他也没有停止在通信廊中的爬行。

一分为二的两个与夫之间，相隔着数亿乃至数十亿年的漫长时光。

不知为何，微生物从无机物中汲取养分入侵陆地时的痛苦、植物忍耐着干旱向燥土里扎根的痛苦，都和与夫的痛苦重合在了一处。

这些痛苦全都是重力带来的，是纠缠于生物自身、挥之不去的进化之苦。

与夫的手指抓挠着地面，肺鱼的侧鳍深陷在泥中。与夫凄惨地哀号着，肺鱼艰难地挣扎着。

——就这样，我提出了"进化力可能与重力有关"的假说……与夫脑中没来由地冒出了这句话。在那个遗传学的业余爱好者发表"进化力假说"之后，是我将它与引力波理论结合，总结出了"进化力理论"……

现在，与夫已经不认为自己是香川研究室的学生了。那只不过是B级现象阈世界里的幻象，掩盖了与夫的真实身份。

他的真实身份，其实是首次将"进化力理论"体系化的科学家。至于这件事是在什么时候、何种背景下发生的，与夫暂时还想不起来。但他十分确信，这才是真正的自己。

你怎么会是普通的学生？你可是发现了孟德尔定律的森久保与夫！

大木丽好像曾经这样说过。

是的，他的确不是普通的学生，而是一个科学家。可"发现孟德尔定律"又是哪里的话？怎么听起来像是在开玩笑……

颈椎发出脆响，与夫小声叫了起来。他正在思考什么是"孟德尔定律"，不觉中忘记了重力的存在，把头抬了起来。下一秒，他的脸"啪"的一声重重地砸在了地面上。

在6*g*的重力下，仅仅是抬头都有可能让人丧命。与夫决定还是先把"孟德尔定律"的事放在一边，专心地继续向前爬。

然而，疯狂涌动的进化力又一次唤起了基因的记忆，与夫体内的肺鱼再次醒了过来。与夫在走廊里爬行的同时，肺鱼也在泥泞的陆地上爬行，两者都即将被压在身上的重力碾成碎片。

不能向进化力低头！与夫－肺鱼拼尽全力统一信念，试图找到自我，重新变回与夫。

是的，用鳍笨拙地在泥泞中挣扎的肺鱼变回了与夫——赤红色的远古海岸消失不见，他的眼前又只剩下"大肠杆菌号"的通信廊。

值得欣慰的是，与夫已经爬过了一大半路程。船外作业艇存放舱的舱门在视野里显得格外庞大。

呼，呼，呼……

他的耳中只有自己粗重的喘息。由于重力过大，从他鼻尖滴下的汗水像子弹一样飞速打在地板上，眼睑也重重下垂，不住地痉挛。

他伸着双手，用指头摩擦着粗糙的地面，把身体向前拖。由于肘关节无法支撑起增加了六倍还多的体重，他就连匍匐前进都无法做到。

这就像是在平地上攀岩，体力以极快的速度消耗殆尽。

在6g重力之下，与夫的意识越来越模糊，只知道机械地将身体向前拖去，僵滞的思绪还停留在那个被自己体系化的"进化力理论"。

当时——虽然与夫也不知道具体是什么时候——我对"物理中的基本相互作用力只有四种"产生了怀疑。强核力、电磁力、能破坏电子和中微子的弱核力、引力……基本力怎么会只有这四种？与夫怎么也无法相信。

电磁力、强核力和弱核力可以先放在一边，问题的关键在于引力。四种基本力中，唯有引力与众不同——它与基本粒子、原子核和原子物理都不相干，是一个被完全孤立的存在。

这不可能，钟爱对称性的大自然不可能允许这样的偏颇存在。现有的四种基本力之外，应该至少还存在着与引力相关的两种基本力。这样，大自然才能维持住"三对三"的对称性……

能在三十年前偶然看到遗传爱好者发表的那篇"进化力假说"实属万幸。随着引力波研究的推进，人们对引力的性质已经有了相当深入的了解，这也是上天赐给我的一个良机。

未知的两种基本力中，我假设进化力是其中之一，然后用不到一年的时间完成了"进化力理论"的推演。再之后，科学家们纷纷通过实验证实了我的理论，我取得了莫大的成功。

可恶，身体为什么这么重……

成功的喜悦让我骄傲自负，深信自己是一个天才。当然，这都是因为我当时还太年轻。现在的我很清楚自己不可能是什么天才。

年轻？也就是说……我现在已经不年轻了？这个疑问从与夫脑中一闪而过。

然而现在，他还有更重要的事情要想。

我不是天才，之所以能总结出"进化力理论"，完全是命运使然——当时我只是隐隐有过这种感觉，但现在我明白了，那是因为我能够感知到进化力的存在！

在地面上爬行的时候，也是在用全身感受着进化力……

电磁力、强核力、弱核力……在此之外仅仅加上引力和进化力，还不足以达成对称。物理中的基本力应该还有一个，加上它，大自然才能将对称性维持下去。

我立即重新投入研究，想要找出剩下的那种基本力是什么。

然而，当时的形势已经不允许我继续潜心研究了。"进化力理论"确立之初，地球上的生物就已经在进化力的影响下饱受摧残。进化力正在酝酿一场大进化，屈服于它就等于要让地球上的绝大多数生命走向灭亡。

我迫不得已加入了人类与进化的作战。"大肠杆菌号"飞船修建完成后，我登上它，飞向了太空……

其实我真正想做的，是找到最后一种基本力。把大自然的对称性完美地勾勒出来，那才是我的理想，不是吗？

我多想快点找到那种基本力啊……

与夫继续着爬行。

伸手，用力，伸手，再用力……

当他突然回过神来看向前方时，指尖触到的已经不是地面，而是存放舱的舱门。他终于顶着6g的重力穿过了通信廊！

奇怪的是，喜悦并没有从心头涌起。或许是因为穿越廊道的过程太过痛苦，消磨掉了人类一切本能的情绪。

得赶快去救麻子……模糊的意识中，只有这个念头像咒语一般在循环咏唱。

这时，与夫忽然感觉身子变轻了许多，他甚至担心自己会飘浮起来。但其实，只不过是重力回归到了1g。

与夫长舒一口气，在地上蜷缩成了一团。他的每一个关节都疼痛难忍，每一寸肌肉都僵硬紧绷。他就这样缓了一段时间，待全身的紧张感逐渐减弱，才慢慢地站了起来。他的后背像是被压成了一块铁板。

与夫对银的伎俩了如指掌。他知道银一定正等在船外作业艇的存放舱里，准备着和自己决一死战。

正因如此，银才会把麻子关在那里，还故意用6g的重力耗尽与夫的体力，又在与夫到达存放舱的那一刻把重力复原。

银这么做不可能是出于同情，他这种人不可能有同情心。

与夫起身的同时，存放舱的舱门左右开启。

宽阔的存放舱里亮着苍白的灯，一艘船外作业艇尾部朝外停在其中，飞行器天线和精密作业用的机械臂看起来像是高高翘起的鸟尾。

然而这时，除了倒在地上的麻子以外，与夫的眼里已经没有其他。

一个最坏的念头从他的脑海中掠过，让他快要窒息——麻子会不会已经被银杀死了？

与夫不顾一切地冲向麻子。回过神时，他已经将麻子抱在了怀中。

麻子的身体还有温度，他的手臂也能感觉到她微弱的呼吸！与夫几乎就要喜极而泣——他经历了那么多磨难，现在总算有了回报。

应该是$6g$的重力让麻子昏了过去。她苍白的脸上挂着汗珠，嘴唇上渗出了点点鲜血，似乎是曾经紧咬过下唇。与夫心急如焚地摸了摸她的身体，好在并没有骨折。

与夫抱着麻子静坐良久，他多想就这么一直抱着她！

即便是在这种危急关头，与夫还是被麻子的美深深震撼了。他抱着她时的表情就像是个纯情的少年，无论如何都要保护好她的念头盈满了他的心。

事实或许恰好相反——不是与夫在守护麻子，而是麻子守护着与夫。正因为有麻子在，与夫才能鼓起士气勇往直前。

与夫犹豫着，把手指伸向了麻子的嘴唇。他想要为她擦去唇上的血迹，同时也无比迫切地渴望能够触碰她的嘴唇。

麻子动了动身体，睁开了双眼。

她好像还没明白过来发生了什么，目光呆滞地看着与夫。

"与夫……"

终于，麻子开口说话了，一抹微笑出现在了她的脸上。

"受伤没有？"

与夫问。

"嗯……"麻子点了点头，"不过不要紧。"

"那就好。"

"我们在什么地方？"

"在宇宙飞船里。"

"宇宙飞船……"

麻子的眼睛吃惊地睁大了一瞬，很快又恢复了常态。

她似乎也已经走出B级现象阈世界，开始重新认识这个现实了，而契机恐怕就是银的绑架。

麻子和与夫之间已经不再是精神分析师和患者的关系，之前两人间的那种羞涩忸怩已经完全消失，取而代之的是一种令人怀念的、至亲重逢般的归属感。他们仿佛都因为终于见到了

"命中注定之人"而感到无上的幸福。

其实，与夫和麻子本就是一对恋人。在B级现象阈世界里，他们两个都忘记了这个事实，但还是有少量的记忆残留下来，让他们对彼此一见倾心。此刻他们心中涌起的炽烈真情，比任何语言都更有力地印证了这一点。与夫暂时还想不起自己在现实中和麻子的关系，但不用着急，很快他就会明白的。

"能站起来吗？"

与夫抱着麻子试图站起来，却不料两腿一软差点儿摔倒，幸好有麻子及时扶住了他的身体。

不知怎么，与夫的双脚绵软无力。难道是在 $6g$ 重力下爬行的疲惫还没缓解？

"怎么会这样……"

与夫正想苦笑，表情却突然凝重起来。

——那是什么声音？

只有仔细聆听才能听到，的确有一个极微弱的声音在振动着存放舱里宁静的空气，就像是叹息声或是衣服的摩擦声……

与夫看了看周围，苍白灯光下的存放舱内一切如常，看不出有什么奇怪之处。那个声音也不知道来自哪里。

"是什么声音？"

麻子也面露不安，紧紧抓着与夫的手臂，指甲几乎要嵌进他的肉里。

"不知道……"

与夫感到呼吸有些困难，转头轻咳了两下，但呼吸的不畅感却依然没有缓解。

他下意识地回过头看向门口。

不知什么时候，门已经被关上了，超合金质的表面反着冷光。

不安感扼住了与夫的喉咙。不，与夫是真的被扼住了喉咙！由于缺氧，他感觉到自己的肺正在像风箱一样嘶叫。

嘶——嘶——嘶——

空气从存放舱中排出的声音越来越大，逐渐变成了压迫两人鼓膜的尖啸。这样下去，存放舱里很快就会形成真空。

与夫终于明白银为什么要把他们引诱进存放舱了——他是想让他们窒息而死！

与夫的每一寸皮肤都能感受到空气的流失。他的头越来越重，鼓膜在高声鸣响，自己的喘息声仿佛来自很远的地方。

这一次，他是真的无路可逃了。无论他能在绝境中爆发出多强大的"神力"，也无法阻止空气的减少。银的这一招根本没有任何办法防御。

麻子剧烈喘息着，紧紧缩在与夫的怀里。而与夫能做的，就只有用力去抱紧她。

一个人影出现在了与夫浑浊发红的视野中。

是醍醐银。他身穿宇航服站在两人面前,不知是什么时候、从什么地方进来的。

银所穿的万能型宇航服配备有核聚变炉,能对空气进行还原处理并再利用。因此,只有他拥有着源源不断的空气。透过头盔面罩,与夫清楚地看到了银那张冷漠的脸。他的表情就像是科学家正在观察小白鼠的死亡经过。

这时,麻子突然拨开与夫的手,转身向着船外作业艇爬去。

——原来如此,也许她是对的……与夫模糊地意识到。作业艇里没有氧气罐,必须穿着宇航服才能搭乘。不过,驾驶舱的气密性依然完好,其中的空气应该还没有泄漏。如果钻进作业艇,大概能维持十分钟的呼吸。是的,十分钟左右,如果只有她一个人的话……

与夫膝盖一软,跪在了地上。

银的笑容隔着头盔映在了与夫眼中。似乎对银来说,看着与夫一点点地衰弱下去,是一种至高无上的快乐。

与夫的大脑骤然升温,他无法容忍自己就这样在银的面前屈膝下跪!

他的第一反应是要赶快站起来。但就在这时,有什么东西从背后稳稳抓住了他的手臂。

与夫回过头,目瞪口呆地看着抓住自己手臂的那个东西——是作业艇精密作业用的机械臂!

驾驶舱里的麻子露出了微笑。

银像是在大叫着什么,但就在这时,船外作业艇的推进器被点燃了。即使在稀薄的空气中,推进器发出的爆破音也震耳欲聋,完全淹没了银的叫声。鲜红的火舌从推进器的喷射口熊熊冒出。

被固定在地面的船外作业艇微微转向,使推进器的火力集中在舱壁上的一点,在那里打出了一个大洞。存放舱里顿时狂风大作,与夫不禁惊叹,剩下的空气居然还有这么多!

银被狂风卷到半空,瞬间消失在了舱壁上破开的大洞里,根本没来得及发出惨叫。

洞外,是冰冷广漠的宇宙空间。

与夫也险些被狂风卷走,幸好麻子用作业艇的机械臂牢牢固定住了他的身体。

不到三秒的时间里,气密门及时落下堵住洞口,应急供氧装置开始运作。

与夫并没有晕厥,但当机械臂张开钩爪把他放下来的时候,他还是感觉两腿发软,几乎就要原地瘫倒。他还不敢相信自己真的捡回了一条命。

"振作点儿,与夫!"

麻子的声音听起来格外清晰,这说明存放舱里又一次充满了氧气。

与夫抬起头,对麻子笑了笑。

"想不到你还会开船外作业艇。"

"是啊,我自己也吓了一跳。"麻子也笑了起来,"为什么会这样?难道我是这艘飞船上的船员?"

"……"

与夫小声念叨着什么,麻子没有听清。

"你说什么?"

"啊……没什么。"

与夫慌忙摇头掩饰。

其实,他是在说"不是我在守护你,而是你在守护我"。但出于害羞,他还不敢当面对麻子说出这句话。

与夫缓缓站起身来,说道:

"走,我们去控制室。"

——控制室小得出奇。

控制飞船航向的中央计算机不在这里，所以，"大肠杆菌号"其实并不需要严格意义上的控制室。

控制室的墙面上布满了显示屏，把这里称作"观测研究室"或许更为合适。

其中的两个显示屏上分别显示着引力波和进化力强度的实时数值，数字以肉眼难以跟上的速度飞快地变化着。另一个显示屏上显示着重力发生器的运转功率。此外还有一台用于记录的计算机正在嗡嗡低响。

墙面正中的主屏幕上一片空白，前方设置着一张控制椅。

一顶插满电极的巨大头盔悬垂在控制椅的上方。

"一个人也没有。"

麻子不安地说。

"是啊。"

与夫点了点头，不假思索地向控制椅走去。

他在控制椅上坐下，前方的屏幕忽然亮了起来，上面显示出了这样的字符：

正常DNA	GAG	GTT	CTT	AAA	CCT	TAA	AGC
	CTC	CAA	GGA	TTT	CGA	ATT	TCG
M侵略1	GCG	GTT	CCT	AAA	CCT	TAA	AGM
	MCM	MTT	GGA	TTT	MMA	ATT	TMM
M侵略2	MMM	MAA	MMT	AAA	MMT	TAA	AMM
	MMM	MMM	MMA	MMM	MMA	AMM	MMM
M侵略3	MMM	MMM	MMM	MMM	MMM	MMM	MMM
	MMM	MMM	MMM	MMM	MMM	MMM	MMM

看到字符的一刹那，仿佛有什么东西"啪"的一声从与夫体内崩离了出去。紧接着，各种各样的记忆如决堤的洪水涌入了他的脑海。瞬间袭来的巨量记忆让与夫头痛欲裂。

目前为止，零星拾起的记忆碎片，终于像七巧板一样，拼凑出了完整的图形。

与夫深陷在控制椅里，与脑内汹涌而来的记忆狂潮做着抗争。

突然，屏幕上的密码子序列消失了，取而代之的是一张女人的脸。

"你终于回来了。"

屏幕上的女人——菲律宾女人说道。

这应该是一段经过电脑处理后的仿真影像。地球上的电磁波很难到达遥远的木星区域，而菲律宾女人此刻也显然不在"大肠杆菌号"上。也就是说，和与夫说话的只是一台计算机。

但即便如此，与夫还是感觉到了一种故友重逢般的激动。

"你离开了那么久，我还在担心你是不是陷进B级现象阈世界里出不来了呢。"

与夫不确定计算机是不是真的能"担心"自己，但他还是感到很开心。就算菲律宾女人只是台计算机，听说有人在担心自己，也总能让人振奋许多。

更何况，她并不是一个完全架空的存在——她本人在地球，也是卡戎的一名特工，计算机只是拷贝了她的人格。

"我一直想要见你来着……"与夫对菲律宾女人说，"在B级现象阈世界里，我也一直想着要来见你！"

现在回想，他之所以会梦到她，又在新宿的电话俱乐部为了和她说话而大打出手，都是因为受到了深层意识的指引。当时他怎么也打不通她的电话，这其中似乎也蕴含着某种象征意义。

与夫作为特工的任务之一，就是要尽快联络菲律宾女人。然而，他却一不小心掉进了B级现象阈世界。那个世界的影响力实在太强，如果不经历一番仪式性的苦寻，恐怕很难完全脱身。

"让我们从山东陨石开始说起……"菲律宾女人像小学教师一样，用柔和的嗓音说，"它是什么时候坠落到地球上的，你还记得吗？"

与夫出神地望向了远方，轻声说道：

"是一九九九年……"

说到这里，他痉挛似的发出了一声干笑，"没错，一九九九年，诺查丹玛斯预言的世界末日那年……从山东陨石上提取到的氨基酸都是 $D-$ 型的，这在学术界引起了小范围的轰动，因为从概率上来说，$D-$ 型和 $L-$ 型氨基酸的比例应该是一比一。'山东陨石现象'显然是不正常的……但那时还没有人注意到，这其实只是一个开始。"

"什么的开始？"

"DNA 错乱的开始。"与夫面无表情地答道，"所有地球生命灭亡的开始……"

最初，异常表现为癌症发病率的激增。

医生们竭尽全力寻找病因，结果却发现问题的根源在于基因层面：DNA 上的特殊癌基因被激活了。对此，医生们束手无策。

当时，还没有人意识到这是一个关乎人类种族存亡的问题。癌症病发率的增加暂时还没有影响到社会运行，因此人们格外乐观地相信，特效药总有一天会出现。

他们不知道的是，如果DNA本身发生变异，与人类作对，人类是不可能有特效药的。

当各种遗传病开始蔓延，出生率下降到极低，人们才终于意识到事态的严重性。

有什么变化正在基因层面上发生。什么"变化"？事到如今，已经有学者明确指出这种变化应该叫作"进化"。就像爬虫类动物进化为哺乳类时一样，地球上的生命又将面临一场大进化的洗礼。

大量的物种在这一时期相继灭绝，也间接佐证了这个事实。

目前为止，地球上绝大多数的生物氨基酸都是 $L-$型的。而现在，$D-$型氨基酸的数量急剧增加，无法承受这种变化的物种纷纷走向了灭绝。

终于，"山东陨石现象"背后的深意在学术界引起了热议，但为时已晚。山东陨石很有可能就是大进化的前兆，但人们目前却无从证明这个猜测。

所幸，氨基酸类型的转变暂时还没有发生在人类身上。

然而，人类最终还是没能逃过DNA的异变。人体必需的各种酶和蛋白质都必须依据DNA上的密码子来合成。而现在，密码子中包含的四种碱基——腺嘌呤、鸟嘌呤、胞嘧啶、胸腺嘧啶，会被篡改为一些完全不同的分子，导致遗传信息错乱。正是这种错乱让癌症和遗传病大量暴发。

取代原有碱基的分子类型并不唯一，人们不知道篡改过程是怎样发生的，但都约定俗成地把这些分子称为"M"——"Monster（怪物）"的"M"。

当DNA中含"M"的人数占到世界总人口的百分之二十，人类灭亡的倒计时便开始了。

一种精神障碍像热病似的在男人之间悄悄蔓延。

最显著的症状就是自闭。恐惧"M"的男人们开始封闭自我，以为只要将未来拒之门外，就可以让自己忘记进化的存在。

还有不少人偏执地认为进化会把自己变成怪物，整天为此担惊受怕。但其实，这只不过是同种精神障碍的另一种表现。越来越多的人害怕自己的手脚会突然消失，或是长出尾巴和指蹼。

"啊……"

与夫小声惊叫起来。

他回想起了自己在B级现象阈世界里住院时的场景。当时与他同病房的三个病人，恰恰分别是躲在氧帐里的自闭者、没有脚却有幻肢痛的老人、妄想自己长了指蹼的老人……

那三个患者就像是这个世界的影子，被投射到了B级现象阈世界。但当时的与夫并没有发觉他们是另一个世界的象征。

"还有一种更为普遍的精神障碍也大幅增加，就是性无能。这个就不用我过多解释了吧？"

菲律宾女人继续说道。

"呃，不用了……"

与夫嘟囔着说。

"这种现象的反作用，就是女人们在性方面变得更加大胆。为了能让男人们兴奋起来，她们这样做也是迫不得已。比如，所有的女人都开始有了不同程度的暴露倾向……"

"啊！"

这次是麻子叫了起来。

与夫看了看麻子，却发现她红着脸把头转向了别处。

在进化面前，女人要比男人坚强许多。她们始终坚信自己是要生孩子的，什么进化，什么DNA，在这份信念面前都是一纸空谈。男人们对"M"的恐惧，在女人看来无疑是可笑至极的。

女人能够通过肉体切实感受自己在进化中的地位，因此比起男人，"M"对她们的影响要小得多。事实表明，精神障碍在女人中的发生率仅有男人的五分之一。

女人们付出了艰苦卓绝的努力，接替男人在各个领域挑起了重担，勉强支撑起了衰退中的社会。

然而，随着出生率的持续下降和精神障碍患者的日益增加，这个瘫痪的社会仅靠女人已经无法维持运转了。虽然女人们绝不想承认，但人类这个物种行将就木已经是明摆着的事实。她们想要力挽狂澜，可身为战友的男人们却早已萎靡不堪。

在这一时期,男人占主导地位的领域仅剩下了科学、艺术和烹饪。

二十一世纪、二十二世纪、二十三世纪……科学技术突飞猛进的同时,人类自身却在日渐衰弱——这种怪异的失衡一直存在。

世界总人口有减无增,人类社会的活力迅速丧失。再这样下去,人类总有一天会像凋零的花朵一样走向灭亡。

女人们不甘心,但最终还是不得不咬着牙,像男人们一样接受了这个事实。

然而就在这时,进化力的存在得到了证实。

率先把"进化力理论"体系化的人正是与夫。虽说如此,从预测进化力的存在到将这个推测证实,绝非与夫一人之功。同一时期发现进化力存在的学者,仅仅登记在册的就有近二十名。

这时,距离那位遗传学的业余爱好者提出"进化力假说",已经过去了整整三十年。引力波探测器的改进也推动了这一突破。

也正是在这一时期,人们纷纷开始怀疑,是盛行于二十世纪后半叶的基因重组实验触发了进化力的开关。毕竟,基因重组实验打破了大自然的规律,让原核细胞与真核细胞之间的基因交换成了可能。

自那之后,人们对进化的理解发生了重大转变。此前,他们把"进化"视为"命运"的同义词，认为人类只能被动接受它的旨意。但现在他们知道，进化也只不过是一个物理现象，人类有与之作战的可能。

紧接着，又一个惊人的事实被发现了：

极少数人能感知到进化力的存在……

与夫就是其中之一。

这个事实重新点燃了女人们的希望。

"我们用整整七年的时间建造出了'大肠杆菌号'飞船。它是一个超大功率的进化力探测器，将成为人类与进化作战的前哨基地……而这艘飞船的统帅，必须由像你这样能感知进化力的人来担任。'大肠杆菌号'的性能再优越，最多也只能做到将进化力波从引力波中筛选出来。在那之后，我们还必须将进化力波的振幅放大，才能将它调整到肉眼可观测的程度。而你，与夫，就是我们的增幅装置。"

与夫目不转睛地盯着悬在自己头顶的巨大头盔。他戴着它与"大肠杆菌号"一同追逐着进化力前进的记忆在脑海中突然复苏。

"等我们观测到进化力，分析出它的性质，自然就能找到对抗它的办法……当然，我们也知道这个想法存在着很大的漏洞。归根结底，人类自身也是进化链条中的一环，与进化在本质上一脉相连。因此，人类不可能绝对客观地对进化力进行观测和研究。这和量子力学中的'不确定性原理'有些类似,在研究进化力时,我们能想到的一切观测手段和实验方法,都会对研究对象造成影响。而且在对进化力的研究中,这种影响会带来更加可怕的后果——可怕的不是研究者会对研究对象造成影响,而是研究对象也会反过来对研究者造成影响。或许,身为进化产物的人类企图研究进化力,这件事本身就是个悖论……"

如果研究进化力会影响到研究者自身,那么我身上会发生什么?我还能继续活在坚不可摧的现实中吗……现在,与夫终于对B级现象阈世界的真相有了模糊的认知。

"B级现象阈世界只是幻觉吗……"

与夫喃喃自问。

"不,那也是一种现实。"

菲律宾女人否定了与夫的话。

"请你不要误解,对于受到'不确定性原理'影响的人来说,现实已经不再是唯一不变的了。真相或许只有一个,但真相衍生出的现实却可能有无穷多种。这些现实的层级各不相同,但它们的确都是真实的存在。这个世界上已经没有确定唯一的现实了,但同时,也没有纯属虚构的幻觉。换句话说,我们现在所处的这个现实,其实与B级现象阈世界没什么区别……只不过,B级现象阈世界是一个完全封闭的、二十世纪八十年代的世界。那时DNA的异变还没有发生,所以陷入B级现象阈世界的人会把这件事情完全忘记，当作一切都还没有发生。当然，B级现象阈世界里也会出现一些来自这层现实的投影，只不过身陷其中的人绝对不会察觉到它们。我觉得那个世界就是地狱。"

地狱……与夫想起了自己在B级现象阈世界里软弱无能的样子。每天的生活都毫无质感，更别谈什么丰富多彩了。是啊，这么说来，那个世界确实很像地狱。可是，自己又是怎么掉进"地狱"的呢？

"我们在木星周围探测到了振幅最强的进化力波，于是决定把这里作为'大肠杆菌号'的巡逻区域。我们将你的意识与飞船上的进化力探测器同步，构建出了这场作战的前哨基地。我们称这个阵地为EK4。"

"EK4……"

与夫低声重复道。

根据一九七六年美国国家卫生研究院发布的实验准则，基因重组细菌的物理防护分为P1到P4四个安全等级，生物防护分为EK1到EK3三个安全等级。

所谓的"生物防护安全等级"，指的就是能在多大程度上将细菌的可存活范围限制在研究室内。但看样子，不知从何时起，这个概念已经被泛化，应用在了对进化力防御等级的描述上。把"飞船与人体合二为一、共同抵御进化力"称为EK4，也就意味着这是人类与进化的终极对决。

"和'大肠杆菌号'同步后,你就可以为进化力波增幅,我们期待着这艘模拟了大肠杆菌DNA的飞船能够对进化力作出反应,从而帮助我们进一步了解进化力与DNA的相互作用。这样一来,我们就有可能探明进化力的性质……知道了它的性质,我们才能找到对抗它的方法。

"以前,人类还不知道有细菌这种东西存在的时候,会把微不足道的传染病当作神明降下的天灾。我们在想,进化或许也和当时的细菌差不多……"

这时,与夫插嘴道:"我想起来了!登上'大肠杆菌号'的时候,你好像也这样说过。"

"是的,我们当时是这样盼望的。盼望能像拯救得传染病的孩子一样,把人类从进化的魔掌中拯救出来。为此,女人们用尽最后的力量结成了卡戎组织,并启动了作战计划……而与夫你,是女人们唯一的希望。"

即使在B级现象阈世界里,与夫的伙伴也总是女人。鸟谷部麻子、大木丽、菲律宾女人……就连饿得不行的时候,免费为他递上特级套餐的也是女人。现在,与夫终于知道了这是为什么——女人,只有女人,才是自己的伙伴!

或许在意识深处,与夫很难接受这个事实。因为他自己是个男人!他之所以那样敬爱香川教授,正是因为能从教授那里感受到父亲般的关怀。当然,这只不过是他的幻想。从某种意义上说，从对香川教授彻底失望的那一刻起，与夫就开始脱离B级现象阈世界了……

"我们始终抱着不安，因为'不确定性原理'会让研究进化力的人不再拥有确定唯一的现实。"菲律宾女人继续说道，"我们很担心'不确定性原理'会打乱我们所有的计划……所以，我们决定在你与'大肠杆菌号'同步的时候，'固定'住你的意识。只有这样才能让你一直作为全人类的'大DNA'与进化作战。否则，'不确定性原理'衍生出的多层现实将会让你迷失自我，忘记自己本来的任务。我们认为DNA是不需要精神生活的……"

总之，为了让与夫在和飞船同步期间不陷入其他现实中去，女人们只保留了他作为人类"大DNA"的功能，剥夺了他的精神自由。至于这到底是通过药物还是什么电子装置实现的，目前还不得而知。但至少，与夫明白了为什么自己几乎没有与"大肠杆菌号"同步时的记忆。

——你不是遗传信息，而是和进化作战用的信息。不过，只有将你放入与遗传相似的过程中去，才可以帮助人类和进化的作战……

与夫回想起了大木丽的话。

"关于这个任务的性质，我现在总算明白了……"与夫低声说道，"我是和进化作战用的信息……而你、大木丽和鸟谷部麻子，是把我这串信息转化为实体的RNA。"

"我们分别扮演着三种不同的RNA——把遗传信息从DNA运送到核糖体的mRNA、根据遗传信息搬运来对应氨基酸的tRNA[1]、构成核糖体自身的rRNA[2]。"

"原来分得这么细,就像是在演话剧!"

"没错,这整个计划就是一场用象征组成的话剧。与夫,你好像还没注意到一件事:在'不确定性原理'衍生出的多层现实里,只有'象征'才具有实际的意义。你不就是因为寻着那些象征才从B级现象阈世界回到这里的吗?"

"可是,怎么会连我也掉进了B级现象阈世界?"一旁的麻子不解地说,"我也和与夫一样,完全忘记了自己是'大肠杆菌号'上的船员。"

"你登上飞船前是一名精神分析师,在B级现象阈世界里会产生那样的幻想是很自然的。"

说到这里,女人的声音突然变得温和起来。

"至于你为什么会陷进去,大概是因为你深爱着与夫吧。"

与夫眼角的余光看到麻子的脸唰的一下红了起来,但他自己却还顾不上害羞,他还有几件事急于弄清。

---

[1] 又称转运RNA,可借由自身的反密码子识别mRNA上的密码子,将该密码子对应的氨基酸转运至核糖体合成中的多肽链上。

[2] 又称核糖体RNA,与蛋白质结合而形成核糖体,其功能是在mRNA的指导下将氨基酸合成为肽链(肽链会在内质网、高尔基体作用下盘曲折叠,形成蛋白质)。

"大木丽说我这串信息被'上了锁'……你们为什么要中断我和'大肠杆菌号'的连接？我究竟是怎么掉进B级现象阈世界的？"

"这也正是我想问的。"菲律宾女人反问道，"你和醍醐银之间，到底发生了什么？"

"银……"

"你不记得他是谁了？"

"完全不记得。"

"他也和你一样，负责为进化力波增幅。只不过，他执行任务的地点是木卫一……我想问的是，你擅自离开'大肠杆菌号'，去木卫一做了什么？"

"……"

醍醐银和自己一样，也在与进化作战？与夫无论如何都难以相信。如果真是那样，就意味着银也是卡戒的一员。那他为什么还要三番五次地和自己作对？

"你失踪以后……银率领他的部下袭击了'大肠杆菌号'。"女人叹气道，"我不知道B级现象阈世界里发生了什么。总之，银一直在想方设法地阻止你恢复记忆。只要把你封在B级现象阈世界里，我们就无法继续与进化作战。"

"醍醐银……"

与夫想起了银的那张脸。这个人究竟在想些什么？他真的在和自己并肩作战吗？与夫怎么也想不通，最后只好放弃思考。银已经被抛入了冰冷的宇宙空间，与夫恐怕永远都无法知道事情的真相了。

"其实在打那些巨型蟑螂的时候，你就已经开始脱离B级现象阈世界，逐渐返回这个现实了。为了研究进化力对生物的影响，我们在'大肠杆菌号'上饲养了一些蟑螂。你打的其实就是它们。"

"是吗……"与夫沉默了片刻，又低声自语道，"'发现孟德尔定律'什么的，果然只是个玩笑……"

据说，孟德尔在做豌豆杂交实验时，至少还有其他三位学者也在从事同样的实验。如果他的研究成果发表得再晚那么一点点，遗传法则发现者的荣誉就要被别人抢走，孟德尔定律也就不会叫"孟德尔"定律了。

相似的状况也出现在了进化力被发现的那段时期。数名学者几乎同时观测到了进化力的存在。与夫之所以能作为第一发现者留下姓名，纯粹是运气使然。

出于自嘲，与夫把这种"重大发现出来之前很多人都在同时研究"的现象称为"孟德尔定律"。

"……"

与夫全身僵硬地呆立在原地。

菲律宾女人的解释让他回想起了一切。但不知为何，他还是觉得有什么地方不太对劲。他不知道究竟是哪里出了问题，心中始终躁动不安。

"银带人来袭击'大肠杆菌号'是多少天前发生的事？"

麻子问。

"多少天？"菲律宾女人苦笑着回答，"哪有什么多少天？以地球上的标准时间来看，也就是不到三小时前的事儿。"

与夫眼前一黑。那么多的事情，都是在不到三小时的时间里发生的?! 他终于对"不确定性原理"衍生出的多层现实有了实质性的感触。

震惊平复一些后，与夫用确认的语气问：

"也就是说，是银的袭击让我与飞船中断了连接，掉进了B级现象阈世界？"

"唔……也不完全对。"

菲律宾女人犹豫了一下，最后终于开口道：

"我也不知道这是为什么，但你确实是凭着自己的意识，主动脱离'大肠杆菌号'的。"

"什么……"

就在与夫难以置信地扬起脸的时候，一道刺眼的红光割裂了眼前的空间。

空气中的氧气瞬间化为臭氧，释放出一阵恶臭。

与夫下意识地跳离控制椅，将麻子扑倒在地。顷刻间，主屏幕爆裂的碎片从他们的上方噼啪砸落。

麻子小声惊叫起来。

与夫吓出一身冷汗,他知道自己必须做点儿什么,却又不知道自己能做什么。毕竟,在拿着射线枪的对手面前,手无寸铁的人根本无力抵抗。

与夫抱着麻子,全身紧绷。他想要看看对手是谁,却也知道只要抬头,脑袋就会在一瞬间被打爆。

他只好就这样等下去,等待射线枪喷出的红光把自己和麻子的身体贯穿。

这时,一个声音传入了他的耳中。

"没事了,敌人已经击毙。"

是大木丽的声音!

与夫依然紧紧抱着麻子。就要被射线贯穿的紧张感如潮水般褪去,一种疲倦到虚脱的感觉缓缓蔓延至全身。此刻,唯有怀中麻子的体温,是他无可替代的至宝。

与夫忍不住打了半个哈欠。

大木丽的出现并没有让他觉得意外。她就像是与夫的守护天使,总能在紧要关头帮他化险为夷。而他,也一直心安理得地接受着这份帮助。

"好重……"

麻子笑着在与夫耳边说道。

"啊……"

与夫慌忙从麻子的身体上挪开身子。他现在身心俱疲,膝盖一离地,竟一时使不出站直的力气。

控制室的入口处,大木丽正手拿射线枪站在那里。可能是因为刚杀过人,一向镇静自若的她显得十分紧张,苍白的脸上表情僵硬, 和与夫目光相接的时候也没有露出一丝笑意。

地上躺着两个男人。他们的背上各有一个黑黢黢的洞, 却没有鲜血从中流出——高热的射线使伤口瞬间碳化, 血液早已被烘干。

他们正是在新宿的电话俱乐部里殴打与夫的那两个酒保。即便发现了这一点, 与夫也并没有感到惊讶。这个世界在向B级现象阈世界投射 "象征" 时显然遵从着某种规律, 与夫现在终于悟出了其中的玄机。

"谢谢你救了我们。"

与夫笑着就要向大木丽走去, 却又在中途止住了迈出的脚步。

只见大木丽端着射线枪, 把温度高达几千摄氏度的灼热枪口对准了与夫的胸膛。

"不许动! "

大木丽用低沉的嗓音厉声命令。

"大木……"

麻子吃惊地叫了起来。

"你终于想起来了, 麻子! "

大木丽说话时, 视线也从未离开与夫。

"得知你掉进B级现象阈世界, 还被银他们绑架的时候, 我真是担心得不行! 现在好了, 你终于想起来了。"

"大木……"

麻子已经无法思考该说些什么，只是怔怔地看着端枪的大木丽。

"……"

与夫也不敢相信自己的眼睛。本应是守护天使的大木丽，现在居然在用枪指着自己！和刚才担心射线会从背后射来的时候相比，现在他感受到的恐惧更加强烈。

"我已经看不透你这个人了……"

大木丽叹着气说道。

"与夫，你为什么要离开'大肠杆菌号'去木卫一？一旦与飞船的进化力探测器断开连接，就很可能掉进'不确定性原理'衍生出的B级现象阈世界，这一点你应该很清楚才对！"

"……"

与夫被问得哑口无言。菲律宾女人的说明已经让他了解了事情的大致轮廓，但只有一件事他无论如何都想不起来，那就是自己去木卫一的理由。

木卫一——人类与进化作战的另一个前哨基地。

与夫宁可离开"大肠杆菌号"也要前往那里，到底是为了什么呢？正如大木丽所说，那样做极其危险，很可能会让他掉进B级现象阈世界——而事实也正是如此。在这种情况下，他还是选择了冒险前往木卫一，一定是出于某个重要的目的。可那个目的究竟是什么，他却一点儿也想不起来。在木卫一上，自己与银之间发生了什么？

银和与夫一样，都是前哨基地的统帅之一。他们把自己的身体与进化力探测器相连，为人类探索进化力的性质贡献着力量。然而，银却突然对人类举起叛旗，袭击了"大肠杆菌号"。他的这种做法让与夫百思不得其解。不过话说回来，与夫和银的身体为什么能够感知到进化力？这已经是一个很令人费解的谜团。

和在B级现象阈世界时不同，现在的与夫几乎可以断定，自己想不起去木卫一之后的事，是因为他自己不愿意想起。

"我们认为，你去木卫一必定有你的理由。"

大木丽继续说道："我们逼着自己去相信你，相信你从B级现象阈世界出来之后就能向我们解释一切……但看来是我们想错了。"

"……什么意思？"

与夫颤抖着声音说："哪里想错了？"

"我已经不把你当成人类的同伴了。"

"……"

"我就知道会有这么一天。是的，我早就猜到了……"

大木丽的声音里透着疲惫，像是已经心灰意冷。"从地球生命体中出现大量的D-型氨基酸、被激活的癌基因开始爆发式增长的时候起，我就已经猜到了。"

"大木丽……"

与夫心碎地念着她的名字。

直到现在他才意识到，自己在精神上一直强烈依赖着大木丽。他的潜意识把香川教授视为了父亲般的存在，同时也在不知不觉间将大木丽视为了母亲的化身。他已经摆脱了父亲的束缚，却依然没有走出母亲的襁褓。

现在，这位"母亲"已经对与夫彻底失望，决定狠心弃他而去。这让与夫想要放声痛哭。

"其实大家一直都有一种隐隐的预感，只不过没人敢去证实……"

大木丽说话时的神色悲哀，声音低哑。与夫知道，只有彻底绝望的人才会是这副样子。

"我以前应该和你说过，在高等生物的真核细胞里，突然有很多本该被分解掉的RNA穿过了核膜，上面的遗传信息被激活了……这让癌症患者数量急剧增加，还导致了各种其他遗传病的爆发，其中……"

"等等！"与夫大声吼道，"能不能先停一下？！"

"其中，会不会有些人正在逐渐适应进化力的作用？每个人都抱着这种预感……"

大木丽没有停下，继续说着。

"当极少数能感知进化力的人被发现的时候,所有人都立即想到了一个问题: 会不会只有他们, 才是能继续生存下去的适者……他们, 会不会就是新人类……"

"你说我是新人类? "

"对, 因为你和我们不一样。我们一直都在怀疑你是新人类……但我们不敢去证实。我们需要你的力量帮助我们对抗进化, 我们也很怕知道这是真的。"

"我是新人类……"

与夫的大脑一片空白。

——自己怎么会如此平静地接受 "新人类" 这个称呼……他突然感到口干舌燥。或许在他的大脑深处, 早就已经产生了同样的怀疑。

和巨型蟑螂对战的时候, 与夫偶然得到了一股 "神力"。在淋浴室和红外线消毒室亲身体验到的进化过程, 只用 "能感知进化力" 来解释也未免有些牵强——由此看来, 他或许真的是适应了大进化的新人类。

与夫久久站在原地, 仿佛一座冰雕。

"我亲眼看到许多奇迹发生在了你身上。你绝对不是普通人, 而是新人类……" 大木丽继续说道, "我现在很想知道你和银之间到底发生了什么, 以及你为什么要离开 '大肠杆菌号' 去木卫一。本来我的任务只是把你从B级现象阈世界里带回来,但现在这个任务已经不重要了。与夫，我对你表示怀疑！"

"怀疑我什么？"

与夫哑着嗓子问。

"我不知道银为什么会来袭击'大肠杆菌号'。但可以确定的是，与夫——你在那之前去了木卫一，并和银说了话。你们都说了什么？莫非是你们两个新人类打算联起手来消灭'大肠杆菌号'？"

"……"

"人类自身也是构成进化的一部分。因此，想要观测进化力的人必会受到'不确定性原理'的影响，失去'现实'这块基石……有人说，你们这种能感知进化力的新人类会与旧人类产生观念上的分歧，更容易对眼下这个现实视而不见。"

"……"

"为什么不说话？你有义务回答我的问题。"大木丽的声音变得更加尖厉，"与夫，回答我！"

愤怒与怀疑交织在她的脸上。或许是因为她之前一直在拼命说服自己相信与夫，所以现在的情绪反弹也格外强烈。她扣在射线枪扳机上的手指已经因紧张而僵硬发白。

她可能真的会开枪，与夫想。

然而，他还是没能回答她的问题。不是因为他想不起去木卫一的原因和与银的对话，而是因为那段记忆在他的脑海中逐渐清晰，反倒让他更加难以启齿。

"与夫！"

大木丽高声叫喊的同时，麻子压低身子，从地面上跳了起来。

"大木，扔掉射线枪！"

麻子翻滚一周，单膝跪地直起身来，冷冷地说道。她已经把从尸体身上夺过来的射线枪紧紧握在手中。

"麻子……"

大木丽目瞪口呆。

"扔掉射线枪。"

麻子重复道。

大木丽苍白如纸的脸上没有任何表情，她依然用枪指着与夫的胸口，没有半点儿想要扔枪的意思。

时间仿佛停止了流动。两个女人就这样一动不动地对峙着，像是在等待手中的枪对她们下达射击的指令。

麻子的体势并不占优，大木丽只要在转身的同时扣下扳机，就能让高热的射线把她击穿。她们两个都很清楚，此刻绝不能轻举妄动。

——或许，这也是来自另一个现实的象征……与夫突然产生了这种想法。如果说大木丽是母亲的象征，那么现在这场对峙就是男孩为了实现精神自立而必须经历的一场仪式——母亲和恋人，他只能选择一个。他必须接受一次精神上的"断奶"。

对于与夫这种能感知进化力并企图观测它的人来说，现实会由于"不确定性原理"而变得层叠可塑。他们的现实并不唯一，而是像洋葱一样层层嵌套。

这有点儿类似于数学家常说的"平行世界"，但本质却并不相同。现实虽然有无数层，但与夫却始终只有一个。他就像是一把插进了洋葱芯的叉子，是一个穿透了多层现实的存在。

至于想要活在哪一层，其实完全可以由他自己决定。

B级现象阈世界的确是一个极度封闭的现实，但从多层现实的角度来看，它和与夫此刻所在的现实也没什么两样。

这个现实也正在被"不确定性原理"影响着，其中充斥着由真相——洋葱芯——投射过来的象征。

与夫把大木丽和麻子的对峙视作了一种象征：他必须在母亲和恋人之间做出选择，而且要尽快。

他决定了。

"你们都放手吧。"与夫疲惫地说，"我离开'大肠杆菌号'。大木，这样你就不会再怀疑我和银暗中勾结，想要破坏这艘飞船了吧？"

"与夫！"

麻子喊道。

大木丽眼中的光芒熄灭了，取而代之的是一种疑惑的神情。

她缓缓放下拿着射线枪的手，身体里一直紧绷的什么东西忽然松弛下来，让她像泄了气的皮球一样瞬间干瘪下去。

"说得倒是轻巧，出了飞船可就是外太空……"大木丽无力地问，"你要到哪里去？"

"我去找银……他的宇航服会发射求救信号，驾驶木星探测艇的话，应该不难找到他。"

"找银？你承认自己是他的同伙了？！"

"……"

与夫一时不知道该如何作答。

他已经想起了自己去木卫一的原因，也想起了自己和银之间发生了什么。只不过这一切解释起来会十分困难。再加上他在那之后就坠入了B级现象阈世界，事情就更加难以说清了。无论他怎么解释，都很有可能会遭到误解。

整件事情从表面上看，是银背叛了卡戎，把与夫封在B级现象阈世界里。然而事实并非这么简单。

与夫和银之间确实发生过一些争斗，但也不能绝对地说，他们就不是大木丽所怀疑的那种"同伙"。他们都是能感知到进化力的新人类。他们之间的争斗，必然有着如大木丽这般的旧人类所不能理解的原因。

与夫不知道该怎样回答，才能不让大木丽产生误解。

"你不肯回答我……"

大木丽喃喃自语，声音里透着深深的失望。

她会失望是自然的，因为与夫的沉默就等于默认了他与银是同伙这个事实。

与夫微微低下头，转身走开了。

他不忍心再去看大木丽失望的样子。她是把与夫从B级现象阈世界里救出来的恩人，也是他潜意识里母亲的象征。从这一点来看，与夫的做法完全可以算作一种背叛。

然而，与夫也有他的难言之隐。大木丽已经先入为主地认为新人类要与旧人类为敌，在这种情况下，无论与夫再怎么辩解都无济于事。

与夫作为一个即将与进化作战的男人，不仅要摆脱香川教授的束缚，还要与大木丽作出精神上的诀别。

身后传来了脚步声。

与夫不用回头也知道，是麻子跟了上来。

存放舱里的木星探测艇全长十四米，宽十八米，看上去就像一只又肥又扁的甲虫。无论是在甲烷和氨气构成的木星大气层，还是在广袤的宇宙空间里，这艘探测艇都可以自由穿行。它的最大荷载为六吨，除两台小型无人探测器之外，还可以搭载十名装备齐全的船员。当然，它也能进行各种地表作业，以便人们对诸如木卫一这样的卫星进行探测。

与夫不理会跟在身后的麻子，径直走到了探测艇前。

犹豫了一阵后，他才终于下定决心转过身来。

"你听到大木丽的话了吧？"与夫说，"我可能是新人类。不，我就是新人类！你确定要跟我一起来吗？"

"这还用问？"

麻子笑着说。

她似乎一下子成熟了许多。B级现象阈世界里的那个纯情少女，现在已然蜕变成了一个沉着冷静、目标明确，又怀抱着坚定信念的女人。面对麻子强大的气场，与夫有些自愧不如。

"我很可能会背叛人类。"与夫说，"我是适应了大进化的新人类，我可能根本就不想和进化作战……"

"我知道。你是新人类，是银的同伙，我作为卡戎的特工不该这么草率地和你一起行动——但是我也知道，你绝对不会背叛人类。"

"你怎么能这么肯定？"

"我就是知道。"

麻子笑了，就像是在说一件理所当然的事。

与夫哑口无言。如果他再拒绝麻子，就等于辜负了她的信任，是对她的侮辱。于是，他只好点头催促道：

"那我们走吧？"

走向木星探测艇的时候，与夫才意识到自己也在暗暗期盼着麻子的陪伴。她的陪伴能给他带来勇气。

接下来就是与进化真正的较量了，他们需要比以往更多的勇气。

——你可算来了……

坐进驾驶舱的同时，银的声音突然在与夫的脑海中响了起来。

与夫并没有大惊小怪，从知道自己是新人类的那一刻起，他就想起了自己可以通过意念直接与银沟通。和此时的与夫相比，B级现象阈里的那个与夫简直就是还未出世的胎儿。

——我正在被吸向木星……说真的，一个人在这种地方好可怕……要是你能快点儿来就好了……

银的声音逐渐清晰起来。他并没有真的说出这些话，而是他的思想直接传递到了与夫的大脑，又被与夫的大脑转换成了语言。

银的情绪也原封不动地传了过来。与夫看到那是一种鲜红的期待，而不是冷黑的敌意和仇恨。

与夫把身体固定在配备了各种缓冲装置上的驾驶座里，确认麻子也已经在副驾驶座上坐好后，他把手伸向了探测艇的控制台。

——对了，那个时候，银的声音也出现在了大脑里，就像刚才一样……

　　与夫忽然想起了什么,却没有为此而太过激动,只感到思绪一阵滞涩。

　　收到探测艇发出的信号后,存放舱的舱门徐徐拉开。

　　凝望着门外的苍茫宇宙,刚才的闪念又一次划过了与夫心头。

　　——那个时候,银的声音也出现在了大脑里……

那个时候，银的声音的确出现在了与夫的大脑里。

汹涌而来的记忆狂潮让与夫仿佛经历了一次涅槃，那件事也格外清晰地被他回忆起来。但至于那是几小时前还是一天前发生的事，与夫暂时还不能确定。

与"大肠杆菌号"的进化力探测器同步时，为了防止与夫的意识被"不确定性原理"影响，女人们为他的意识深深抛下锚栓，把他禁锢在了一种没有任何思维活动和肢体感觉的麻木状态。其实，说"没有任何肢体感觉"未免有些夸张。与夫作为人类的"大DNA"，可以真切地感受到进化力正在推动着巨大的大肠杆菌DNA模型发生突变。

与夫被进化力浇灌全身，感受着它在体内的起伏逐渐强烈……那种刺激与兴奋很难用语言来形容。

有时它像海浪，有着潮水的声音和微腥的气息，而与夫化身为绿藻和微生物，随波漂流，仿佛自己就是其中的一朵浪花。

有时它像时间,跨越了永恒,弹指间万年飞逝。而与夫化身为树,沐浴着阳光,幸福地享受着进化赐予自己的光合作用能力。

还有极少数的时候,它像是闪电。当有什么东西从与夫的基因中一闪而过,他便能获得始祖鸟①长出翅膀时那种战栗般的快感。

这就是进化力。

它让与夫完全忘记了自己是由"引力波理论"推导出"进化力理论"的人。至于加入卡戎这个与进化作战的组织、与"大肠杆菌号"这个人类的前哨基地同步、在木星周围的轨道上巡逻……这些都已经无关紧要了。

现在,与夫终于明白了"能感知进化力"意味着什么。这种能力的获得绝非偶然,也和体质没什么关系。一个人能否感知进化力,在于他或她能在多大程度上重拾基因的记忆。

作为一个科学家,产生这种想法或许有些幼稚。但在与夫为微生物的自由而心醉神迷、为肺鱼的痛苦而翻滚挣扎的时候,他确信这就是基因的"走马灯现象"。正如濒死之人能在瞬间回顾自己的一生,饱受大进化摧残的基因也正在回顾着属于它的一生。

在大进化的推动下,古老的旧基因走向衰弱,携带着全新可能性的新基因逐渐抬头。与夫亲身体验到的进化过程,或许也

①一种生活在侏罗纪晚期的小型恐龙,曾被认为是最早的鸟类。

可以解释为新基因的一次剧烈"胎动"。

因此，与夫坚定地认为自己就是新人类。

哪怕是在与"大肠杆菌号"同步、失去情绪波动的那段期间，他也对这一点深信不疑。

新人类……这个带着新鲜感的词语在与夫的胸中久久激荡。对于即将被大进化的浪潮吞没、濒临灭绝的人类来说，与夫就是他们唯一的希望。然而，在振奋昂扬的同时，与夫也感觉自己就像是背叛人类的犹大，一种深深的罪恶感油然而生。

为了尽量消除"不确定性原理"的影响，与夫在和进化力探测器同步期间被控制在了半睡眠状态。插在他肩上的针头会不断将巴比妥酸盐①注射进大静脉，让他像接受治疗的精神分裂症患者一样失去情绪波动。

此外，营养液也会被定期注入他的体内，以维持他的身体健康。

与夫的基因回应着进化力的呼唤，但他本人却只能听任摆布，无法在这个过程中占据主动。从意识到自己是新人类的那一刻起，一种不安的情绪和一个百思不得其解的困惑就始终萦绕在他的心头。

进化树②的每一个分枝最终都以一个种族的灭绝作结。那

①一类作用于中枢神经系统的镇静剂，应用范围可以从轻度镇静到完全麻醉。
②生物学中用来表示物种之间进化历程和亲缘关系的树状图表。

么，进化究竟只是随机发生的生化反应，还是一场存在某个终极目标的蓄意谋划？

进化，是有意义的吗？

人类把进化力对地球生命的干涉视为一场基因上的侵略。在帮助人类与进化作战的同时，与夫也深刻感受到了这场劫难的严重性。它就像是大地震一样的天灾，会给人类带来毁灭性的打击。在此之前，他始终不肯相信进化的背后会有某种意志存在。

然而，当身体赤裸裸地暴露在进化力的波动之下，并确信自己是新人类后，与夫强烈地感受到了进化背后的那种意志。在他的认知里，进化再也不是什么随机的生化反应了。

从那时起，与夫便逐渐脱离了探测进化力的任务。他已经不满足于用几组数据去描述进化力的性质，而是想要理解进化背后的全部内涵。之所以会产生这种想法，或许正是因为他进化为了新人类……

在与夫的心目中，掌管一切生灵命运的进化显然已经成了"神"的代名词。

从大静脉注入的巴比妥酸盐已经将与夫的基础代谢降到了与无机物相近的最低水平。为了排除不必要的刺激，他始终被控制在慢波睡眠的浅睡期，不会像快波睡眠时那样做各种光怪陆离的梦。即便有梦，也都是慢波睡眠时做的那种逻辑正常的零星碎梦。

然而，自从认识到自己是新人类，并把"进化"与"神"同等看待，与夫便开始做起了专属于快波睡眠的离奇怪梦。他的脑波图像呈现出了起伏剧烈的 δ 波[1]，眼球在眼皮底下快速地颤动着……这下，控制与夫生理状态的那些电子仪器恐怕要不知所措了，就连与夫也不知道自己身上发生了什么。

说不定从那时起，与夫就已经感应到了银的意念，只不过他当时并未察觉。

与夫的梦境诡谲难解。那些时而猥亵、时而残暴的画面毫无逻辑可言，更像是纯粹的意识洪流。

他梦到了蜷缩在混凝土废墟中的孤独老者、鲜血淋漓的阉割仪式，还有无数女体相互交媾的同性狂欢……

在那场狂欢上，所有的男人都面色惨白，他们缩进自我的躯壳里，嘟囔着别人听不懂的语言。而女人们则疯狂地舞动着纤细的腰身，像母兽般痴号着。她们娇声呻吟，麻子愉悦的叫喊也夹杂其中。

不知什么人的低语声在梦境底层悠悠回荡。

那好像就是与夫自己的声音——

---

[1] 频率在 4Hz 以下的脑电波。成人的 δ 波只在睡眠时出现，如果非睡眠时出现，则属异常。

我何不堕胎而死，何不甫产而亡？胡为膝接我、乳哺我······①

与夫的眼前闪过一道利刃的寒光。

他被绑在了一张桌子上，大木丽拿着刀，站在他的身旁。阶梯教室里坐满了女人，她们都在看着全身赤裸的与夫和手持利刃的大木丽。

大木丽伸出左手抓住与夫，开始用手指刺激与夫。可与夫却始终惨兮兮地塌软着，丝毫没有勃起的迹象。

与夫屈辱地流出了泪。教室里的女人们哄堂大笑，麻子的笑脸似也混在其中。

"他是性无能！"

大木丽喊道。

"性无能！"

女人们齐声高呼。

"男人都是性无能！"

大木丽喊。

"性无能！"

女人们喊。

"人类都是性无能！是阳痿！"

······

---

①《圣经·旧约·约伯记》第三章中的语句，参见文理和合译本。大意为：我为什么不一离开母胎就死去？一离开母腹就断气？为什么有双膝承接我？为什么有母乳哺育我？

手起刀落。

尔手造我……乃欲灭我……昔尔造我，犹之合土，今使我复归尘埃乎……我望福祉，而祸害至，我待光明，而幽暗来……我肤既黑而脱，我骨因热而焦，我琴成悲声，我箫发哀响……①

一个身穿囚服的自杀癖患者对与夫说道：

"进化有意义吗？它把我们造出来，现在又要把我们毁掉……它竟然忍心杀掉自己的孩子！"

穿着囚服的男人不知何时变成了与夫，正在聆听一个不知从何处传来的声音。这一次，他听到的不是自己的声音——

当知上帝罚尔，较之尔罪所应受者，犹为少也。尔以考究，可测度上帝乎？尔能洞悉全能者乎？其智高于穹苍，尔能何为？深于阴府，尔有何知……②

与夫在布满铁屑和混凝土碎块的荒野上逶巡游荡。

天空中阴云密布，不时有电光闪过。远方的地平线上，DNA双螺旋状的石塔赫然耸立。

"为什么要把进化比作'上帝'？"

---

①《圣经·旧约·约伯记》第十章和第三十章中的语句，参见文理和合译本。大意为：你亲手创造了我，现在却想把我消灭。你用泥土造我，现在又要使我复归尘土吗……我期待幸福，来的却是灾祸，我期待光明，来的却是黑暗。我的皮肤变黑脱落，我的骨头因热而焦，我的琴瑟奏出哀调，我的箫笛发出哭声。

②《圣经·旧约·约伯记》第十一章中的语句，参见文理和合译本。大意为：你当知道，上帝已经减少了对你罪孽的惩罚。你岂能探究主的奥秘，洞悉全能者的完美？他的智慧高于天庭，深于地府，你又怎能识透？

与夫对那个声音大声反问。

"我们成功探测到了进化力,发现它与强核力、引力一样,不过都是物理学上最基本的相互作用力。就算它的背后存在着某种意志,我们也没有理由向它低头!"

然而,那个声音没有理会与夫,继续说道:

必死之人,岂义于上帝乎?世人岂洁于造之者乎?即其臣仆,犹不足恃,即其使者,尚责其愚。况居土舍,基尘埃,为蠹所败者乎……①

听着那个声音,与夫猛然间意识到,那是自己不知何时在《圣经·旧约》里读到的句子!他在梦里把自己当成了《圣经》中的人物,究竟是哪个人物来着?

就像是在回应那个声音,与夫的声音也出现在了梦境里。

我诚欲与全能者言,与上帝辩……俱为无用之医,愿尔缄默无言……②

远方的DNA双螺旋石塔突然剧烈摇晃起来,无声地崩塌了。

紧接着,有着茶褐色和白色带状纹路的巨大木星缓缓侵占

①《圣经·旧约·约伯记》第四章中的语句,参见文理和合译本。大意为:在上帝面前,谁配自称公正?在造物主面前,谁配自称纯洁?主不信任他的臣仆,连他的天使都被指责愚昧,更何况那些住在土房里、比蛀虫更易被压碎的人呢?

②《圣经·旧约·约伯记》第十三章中的语句,参见文理和合译本。大意为:我要对全能者说话,与上帝理论……你们都是无用的庸医,惟愿你们闭口不言。

了视野，周围还飘浮着光环和几颗卫星。

不知为何，看到木星的一瞬间，梦中的与夫和正在做梦的与夫都不约而同地感到了极度的恐惧。

这时，一个非人般冷酷的陌生嗓音，像轰鸣的炸雷一般响彻了与夫的梦境。

我问尔，其答我，尔欲废我所拟、罪我以义己乎？尔有臂若上帝乎？能如彼之发雷乎……岩间野羊生羔，尔知其时乎……谁令野驴任意游行……马力尔赐之乎……雕鹗腾空，营巢高岭，岂因尔命乎……①

与夫几乎就要被那巨大的声音惊得瘫坐在地。然而，对进化强烈的仇恨和愤怒意外地支撑住了他的身体，没有让他当即倒下。

"是的，一切都是你给的！"

与夫大喊道。

"可你不能因为这个，就随随便便从我们手中夺走一切！进化，你太傲慢，太贪婪了。我们既然降生于世，就应该拥有活下去的权利！"

---

①《圣经·旧约·约伯记》第三十九章和第四十章中的语句，原文中引用的《圣经》语句调换过部分顺序，参见文理和合译本。大意为：我问你，你要告诉我……你怎么能推翻我的判断？怎么能定我有罪，来彰显自己的正义？你有上帝那样的膀臂吗？你能像他那样发出雷霆般的声音吗……你知道山间的野山羊何时生产吗？你知道是谁让野驴逍遥自在吗？骏马的力量是拜你所赐吗？雄鹰腾飞、在高处搭窝，难道是因为你的命令吗？

与夫已经与"大肠杆菌号"的进化力探测器完全脱离。也就是在这时，他不慎坠入了"不确定性原理"衍生出的另一个现实。

插在与夫肩上的中心静脉导管脱落下来，掉在了生理状态控制仪上。控制仪的玻璃电极爆裂开来，白色的火花四处迸溅。悬挂在控制椅上方的巨大头盔嘎吱作响，剧烈地摇颤着。

与夫不知道自己究竟是怎样与"大肠杆菌号"断开连接的。他只记得当时自己像迷路的孩子一样，在恐惧和孤独中茫然伫立了很长一段时间。

其实从某种意义上说，与夫的确是变成了迷路的孩子。他脱离了"大肠杆菌号"这个子宫。

在此之前，与夫的一切生理活动都被"大肠杆菌号"完美地控制着——麦角酸类药物模糊了他与飞船之间的界限，氨基丙苯削弱了他对时间的感知，巴比妥酸盐缓解了他的紧张情绪，头盔控制着他的脑波，让他始终保持在慢波睡眠状态。

然而在一刹那间，与夫和"大肠杆菌号"突然完全中断了连接，只身一人来到自由的空间中。在这种情况下，他会感到孤独得想哭，也是在所难免。

出问题的不只是与夫。

负责监测与夫血液中的生物脉冲电流的计算机，也由于与夫的突然失踪而受了惊。对于这台计算机而言，监测对象的消失就意味着它的功能失去了意义。这是一个关乎它存在价值的重大事件。

计算机的指示灯拼命地闪烁起来，宣布紧急事态的警报音在空无一人的"大肠杆菌号"里阵阵回响。

计算机的屏幕忽然亮了起来，上面出现了一张菲律宾女人的脸。她是卡戎的最高层长官之一，此刻正身在地球，推进着全世界人类与进化的作战计划。她并没有真的从地球发来消息，屏幕上出现的只是电脑合成的虚拟影像。

"怎么了，与夫？回到你的座位上去！"她焦急地说，"如果不与进化力探测器连接，你很可能会受到'不确定性原理'的影响，离开这个现实。一旦进入B级现象阈世界，后果将不堪设想。"

与夫渐渐从脱离"大肠杆菌号"的震惊中回过神来，意识蒙眬间，他终于意识到了事情的严重性。

卡戎之所以拼尽全力建造"大肠杆菌号"，就是为了让能够感知进化力的与夫和进化力探测器同步。这项工程对于身心俱疲、活力全失的人类来说已经是莫大的负担。如果与夫和进化力探测器断开了连接，那么"大肠杆菌号"就只不过是一个做成了DNA模型样子的普通飞船。

与夫明知这一点却还是要离开，这到底是为什么呢？他的行为完全可以看作是在背叛人类。

与夫揣度着自己的心理。

"与夫,现在还来得及,快回到你的座位上去。快,快呀!"

菲律宾女人的声音逐渐变得高亢,最后化为凄厉的尖叫,在控制室里回荡。然而下一瞬,她的脸就从屏幕上消失了。

"快,快呀!快……"

遗憾的是,她的声音没有传进与夫的耳朵。此时的与夫正被一个突然出现在脑海中的意念裹挟,陷入了茫然无措的境地。

那意念就像是人在极度疲劳时产生的不着边际的幻想,或是喝得烂醉时毫无意义的杂乱思绪。然而,从发现意念中夹杂着某种陌生的情感那一刻起,与夫就知道它并不属于自己。

就像是要故意引起与夫的注意,那个意念闪着明艳的橙光从他的脑海中飞驰而过,然后又以极快的速度翻卷形成了一个漏斗状的旋涡。与夫顿时感到头痛难耐,呻吟着抱住了头。意念翻卷得愈发嚣张,颜色越来越灰,把与夫逼向了发疯的边缘。

在那灰暗旋涡的中心,有一个红色的物体正在慢慢变大。它发着偏红的橙色光芒,在强烈的明暗对比中显得格外清晰——是木卫一!

这时,与夫终于在混沌的脑海中把那个意念转换成了语言。旋涡和木卫一骤然消失,刚才的痛苦仿佛从未存在过。与夫已经可以顺畅地读懂那个意念了。

——能听见我的声音吗?能听见吗……

那个意念说。

——如果能听见，你就在大脑里想一下。这样我就能知道……

与夫慌忙闭上张开到一半的嘴，在大脑中想道：

——能……能听到！

他感觉思维的大门像是被上了闩，即使一个简单的想法传达起来也十分艰难。或许是"想"这个行为太过日常，所以刻意要去做的时候反而会让人变得紧张。当你告诉自己"必须去想某件事"，反而会更容易去想其他的事。你忙着打消一个又一个本不该出现的念头，最终便会陷入意念的泥潭。

这样想来，意念交流也并不是一件容易的事。与夫一边在意念的泥潭中苦苦挣扎，一边感受着意念交流的神奇与奥妙。也许，从意识到自己是新人类的那一刻起，他就已经预感到了会有这么一天。

其实只要抓住诀窍，控制思维也并不是很难。意念交流可以让对话变得更快捷，而且传达的信息比真实的对话要多得多。

与夫逐渐适应了自己的新能力，并开始乐在其中了。

——你是谁？

与夫问。

——是你让我与"大肠杆菌号"断开连接的吗？

——我叫醒翾银……我和你一样，都能与进化力探测器同步，为进化力波增幅。只不过，我在木卫一上执行任务……

——那么，你也是卡戎的一员？

——曾经是。

银的声音里带着轻蔑。

与夫不知道这段"对话"发生在几小时前还是几天前。但总之，这是他第一次知道银的存在。

——我再问一遍，是你让我与"大肠杆菌号"断开连接的吗？

与夫的意念里夹杂的愤怒像一团明黄的火焰在熊熊燃烧。虽非刻意为之，但他还是清楚地感觉到，愤怒的情绪直接传递到了对方那里。

——你应该已经知道自己是新人类了。

银没有表现出丝毫畏惧，继续"说"道。

——能感知进化力并亲身体验基因记忆的你……不，是我们，已经站在了所有地球生命进化金字塔的顶端。你与进化力探测器同步、全身沐浴在进化力中的时候，应该也已经知道了吧？

——但那又怎么样呢？

——我们急需见一次面。旧人类把进化力的影响增大、大进化的征兆显现视作对地球生命基因的侵略，所以才会结成卡戎这种与进化作战的组织……但其实他们完全想错了。说得更直白些，这不过是旧人类的贪婪。

——旧人类……

与夫默念着这个词。这极大地满足了他的自尊心，但同时也让他脊背生寒。

——我们急需见一次面。

银重复道。

——不能再让旧人类一直这么误解下去、任性妄为了。

——我不知道该不该相信你。我凭什么要听你的？

——因为我们都是新人类啊！这难道还有什么可质疑的吗?!

银的口气霸道而狎昵，根本不给人还嘴的余地。这种态度确实让他的话显得有那么几分可信。

——我明白了。

与夫点了点头。

——我们约在哪里见面？

——你到木卫一来。垂直起降式的木星探测艇在这里降落应该问题不大。我会在你快到的时候发信号给你指路。

银的意念在这时突然消失了。"大肠杆菌号"上又只剩下了与夫一人，孤独感再次袭上心头。

刺耳的警报音依然在飞船内回响。

与夫对自己脱离进化力探测器的行为感到十分愧疚，觉得就像是临阵脱逃。然而，正如那个名叫醍醐银的男人所说，为进化力波增幅的无聊工作已经让他忍无可忍。他想要在探索进化力的道路上更进几步，去追索它的本质。他不知道是不是因为自己是新人类，所以才会产生这种想法。

不管怎样，与夫现在已经与进化力探测器断开了连接，摆在他面前的路只剩一条——前往木卫一。

与夫在走出飞船控制室的瞬间停下了脚步。

面前，一个巨大的医疗机器人挡住了他的去路。它高两米、宽三米，把整个通道堵得满满当当。

这种超合金机器人长得就像一个只做好了手脚的人偶，却能够监测人的心跳、体温、血压和脉搏，并配备有从钴-60治疗机①到脑波探测仪等一系列医用器械，可以说是一个"移动的医院"。除此之外，它还能够自主判断何时该给病人喂药、注射麻醉剂等等，因此也是一个能干的护士。

与夫看着面前寸步不让的机器人，一时陷入了迷茫。在没有起重机的情况下，想要铲除这么大的障碍物是不可能的。

这时，伴随着嗡嗡的电噪声，一个女人的声音从飞船的扬声器里传了出来。

"与夫，立刻回到你的座位上，与进化力探测器恢复连接！

_____
① 一种用于基础医学、临床医学、预防医学与公共卫生学领域的核仪器。

由于你的擅离职守，'大肠杆菌号'的性能出现了严重失调，你知不知道？"

这个声音听起来很耳熟，与夫想起它的主人是一个名叫大木丽的女人。登上"大肠杆菌号"之前，与夫曾经和她见过几面。

大木丽在卡戎组织中的地位相当高。她是"大肠杆菌号"的实际负责人，同时也是与夫坠入B级现象阈世界时的紧急救援人员。

"回到你的座位上！你不可能再往前走了，医疗机器人是不会放你过去的。"

罪恶感让与夫的心隐隐作痛，但他却还是不想回到控制椅上。大木丽强硬的语气让他有些气愤，想去木卫一的念头反而愈发强烈起来。

挡在面前的医疗机器人就像红酒瓶上的软木塞，如果不先将它拔掉，与夫永远也别想喝到瓶子里的美酒。

与夫与机器人对视良久，思考着该如何拔掉这枚瓶塞。然而空想无益，医疗机器人通过微波与飞船的中央计算机相连，与夫想得再多也无法解除中央计算机对它下达的指令。

与夫深吸了一口气，又将它缓缓吐出。随后，他向着机器人撞去。

果不其然，他被机器人弹了回来。

肉体与超合金制的机器人相撞，不可能毫发无伤。与夫被反弹到了三米开外,重重摔在了地上。他感觉自己是在和一辆重型装甲车肉搏,脑袋里嗡嗡直响,眼前一片血红,意识差点儿就要丧失。

"与夫,你在干什么?你疯了吗?快停下!与夫!"

大木丽的喊声尖锐起来,对讲机里的电噪声骤然增大。

与夫的太阳穴被划破了,细细的血流顺着脸颊淌了下来。他左摇右晃地站起身来,用模糊的双眼怒视着医疗机器人。

紧接着,他开始了又一次的冲刺。

医疗机器人用红外线捕捉到了与夫的动作。被激活的继电控制系统操纵着机械手臂抱起与夫,就要向他的体内注射麻醉剂。趁此空当,与夫奋力钻到了机械手臂的下方,再次用头撞向机器人的超合金表面。

"呜……"

与夫发出了一声呻吟。这一次他被反弹到了墙上,随后又重重摔落在地。四处游走的剧痛让他全身发麻。他本以为自己就要晕过去,却不知为何唯独意识始终保持着清醒,没有受到任何影响。

他艰难地喘着粗气,缓缓站了起来。一丝笑意像痉挛似的掠过他的嘴唇,带着一种自暴自弃的坦然。

就在与夫准备第三次冲刺的时候,医疗机器人默默地转过九十度,靠到了墙边。

与夫不禁神经兮兮地怪笑起来。

医疗机器人的最高使命是保护人类，它们绝不允许眼前的人类受到任何伤害。因此，与夫故意撞伤自己触犯它的禁忌，让它不得不放弃执行"挡路"的指令。

与医疗机器人的作战顺利告捷，与夫迈着飘摇的步子走向前方。他知道，自己现在已经彻底不能回头了。

即使这就是对人类的背叛……

前往木星探测艇存放舱最快捷的方式，是乘坐飞船内的磁悬浮车。虽说"大肠杆菌号"全长只有五百米，但其中穿插着各式各样的传动杆和连廊，步行通过十分不便。

磁悬浮车的轨道设在一条直径四米左右的筒状隧道里。车厢形似一个罩了顶棚的摩托车跨斗，最多可以供三人乘坐。

坐进车厢，系好安全带后，与夫轻轻按下了发车键。整个加速过程几乎没有任何感觉，只能通过隧道两侧向后飞逝的灯点连线判断车在开动。

与夫深陷进座椅，闭上了双眼。或许是因为长期被进化力探测器束缚的身心突然获得了解放，他现在既兴奋又疲惫，总是没法冷静下来。

他手指轻按眼睑休息了片刻，又用左手揉了揉僵硬的脖子，才终于睁开了双眼。

不知何时，磁悬浮车微弱的震动化为了地铁的摇晃。

与夫凝视了一阵悬挂在车厢上方的药品广告，然后将视线缓缓移向下方。

这里像是地铁车厢。惨白的光线下，乘客们的脸也都像死人一样枯槁苍白。他们有的双目无神地仰望着车厢顶，有的低垂着头一动不动地坐在座位上。窗外只有一片黑暗。

与夫又用左手揉了揉脖子。感觉自己刚才像是在小睡中做了个梦，又像是在思索一件极其重要的事。但现在，做的梦和思索的事儿是什么，他却一点儿也想不起来。

也许根本就没有什么重要的事儿，他只是一时被某些琐事绊住了思绪。

从车厢发出的摩擦声和震动声来判断，这列地铁配备了制动单元①，很可能是营团②地铁的千代田线……与夫环视着乘客们的脸，默默想道。他本想看看窗外，确认一下在列车行驶的铁轨旁是否还铺设着供电用的第三轨③，以便推断出这是哪条线

①全称为"变频器专用型能量回馈单元"，主要用于控制机械负载比较重的、制动速度要求非常快的场合，将电机所产生的再生电能通过制动电阻消耗掉，或者是将再生电能反馈回电源。

②即帝都高速度交通营团，是日本曾存在的一个特殊法人机构，主要经营东京都内的地铁路线。成立于1941年，2004年后公司化改制为东京地铁股份有限公司。

③又称供电轨，是指安装在城市轨道（地铁、轻轨等）线路旁边的，单独用来供电的一条轨道。其与受流器（集电靴）配套工作，为轨道交通列车上面所有设备提供电力支持。

路。但最后却因为嫌麻烦而放弃了努力。

这时，与夫忽然苦笑起来。自己竟然连正在乘坐的地铁线路都不知道，这也未免太马虎了！就算是再疲惫，也不至于糊涂到像得了失忆症一样吧？

不过，他并没有把自己的失忆太当回事——想不起地铁线路也没什么大不了的，只要不去管它就好了。

与夫接连打了几个哈欠。他现在什么都不想去思考，只觉得全身倦怠，需要睡上一觉。

他又一次闭上双眼，任身子跟着车厢一起摇晃。

然而，这一次他却怎么也睡不着。

他明明很困，但却总感觉有什么东西在阻碍着睡眠的降临。他开始莫名烦躁，就像是发着低烧或牙疼的病人，身体的什么地方在隐隐作痛，无论做什么都提不起兴致，却又不想撒手什么都不管。

与夫感觉自己忘记了什么重要的东西，却无力去把它回想起来。记不起地铁线路的事果然还是让他耿耿于怀……

虽说没睡着，但当与夫察觉有人在拍自己的肩膀睁开双眼时，疲惫感还是减轻了几分。他或许是在迷迷糊糊间小睡了片刻。

一名乘务员站在他的面前。

由于是逆光，再加上乘务员的帽檐低到遮住了眼睛，与夫看不清他的样子,只能听到他的声音从那张黑脸上的白牙间传出。

"请您出示车票。"

"车票……"

与夫点了点头,在裤兜中翻找起来。但即使不找,他也很清楚自己身上根本就没有车票。他不记得自己买过车票,也不记得自己是从哪里上的车。

"请您出示车票。"

乘务员重复道。

"呃……好像被我弄丢了……"

与夫含糊其词地应付着,感觉自己像是一个十恶不赦的罪犯。

"哦。"

虽然看不到表情,但依然可以从声音判断,乘务员的情绪没有任何起伏。

"那么,请问您要去哪里?"

"这个……"

"您的目的地是什么地方?"

与夫无言以对。他不仅忘记了所乘的地铁线路,还忘记了自己是从哪里来的,以及自己要去哪里。

"您这是怎么了?"

乘务员的声音好像有些不耐烦了。

"呃，那个……"

与夫惶恐不安地正要解释，表情却突然定住了，盯着地面发起呆来。他想起了自己刚才一直在思索的那件重要的事是什么。对于要去哪里这个问题，他的心中也渐渐有了答案。

他记得曾有人对自己说过，坠入B级现象阈世界十分危险——B级现象阈世界又是什么来着？

与夫环顾车厢。

乘客们仍旧鸦雀无声地坐在各自的座位上，然而与夫却察觉到了周遭的异样：那些乘客的身体缺乏立体感，看上去很不真实，就像是与自己隔着一堵隐形的墙壁。这显然不是光线的原因。

"怎么了？"乘务员追问道，"您不记得自己要去哪里了吗？"

这一次，与夫勇敢地盯着乘务员的眼睛，舔了舔干燥的嘴唇，深吸一口气说：

"木卫一。"

瞬间，B级现象阈世界产生了裂痕。

乘务员朝与夫猛扑过来，想要掐住他的脖子。其他乘客也都从座位上跳了起来，双手像钳子一样弯曲着，向与夫发起了进攻。他们的怒吼与咆哮在与夫耳际环绕不休。

与夫提起膝盖，用力顶在了乘务员的肚子上，乘务员惨叫一声，捂着肚子倒了下去。与夫见状士气大振，双手一通乱挥，又把好几名乘客打翻在地。

他眼前发黑，很怕自己就这样被 B 级现象阈世界吞噬掉。

这时，随着脚下一阵轻微的震动，地铁缓缓停了下来，车门打开的声音传入耳中。试图起身的与夫和把他往座位上压的乘客展开了肉搏，痛苦的喘息和皮肉相撞的闷响在车厢里回荡。

突然，与夫大吼一声，撞开面前的乘客，向着门口仓皇逃去。

奋力挣脱纠缠住自己的几条手臂后，与夫终于从即将合拢的车门间钻了出去。

回头看时，他的身后已经没有地铁，只有关闭了舱顶的磁悬浮车静静地停在轨道上。

与夫喘着粗气。他终于领略到"不确定性原理"对现实的影响是多么可怕。

变成地铁的磁悬浮车不能说是绝对的幻觉，不，应该说绝对不是幻觉。世界上已经没有唯一确定的现实，也没有完全虚构的幻象，而是存在着无数层截然不同的现实。虽说只有与夫这种能感知进化力的人才会被"不确定性原理"影响，但也有人认为，他们看到的才是真实的世界。

"现实只有一个"不过是个人的幻想，或者说是由人们的共同幻想构筑起的巨大错觉。

其实已经有许多事实都可以佐证这一点，只是现在的与夫还不知道。

不管怎样，他深刻感受到了 B 级现象阈世界的恐怖。由于自己一直在为脱离任务的行为感到愧疚，刚才的地铁里才会上演"查票"一幕。当心中的愧疚以那种形式投射在现实中，他才猛然意识到自己坠入了"绝对封闭"的 B 级现象阈世界。

那个世界里的每样东西都散发着腐臭，陷入其中的人最后都会变成行尸走肉。

如果不想再次坠入那里，与夫就必须尽快从木卫一赶回"大肠杆菌号"，继续执行自己的本职任务。

他准备进入木星探测艇的存放舱，却在回过头的一刹那惊得目瞪口呆。

鸟谷部麻子正站在他的面前。

麻子也是卡戎的一员。与大木丽不同的是，她不是"大肠杆菌号"的负责人，而是飞船上的精神分析师。与夫在和进化力探测器同步时，生理活动基本可以完全交由计算机控制，但精神状态却还是需要人工辅助才能够维持稳定。

麻子始终在借助精神状态控制仪和与夫保持着"通话"。她疏通他僵滞的思维、滋润他干涸的情感。总之，麻子一直都在陪伴着与夫。

登上飞船前，女人们已经对麻子和与夫的性格匹配度进行了反复确认。然而，他们爱上对方并不是因为性格相合，而是因为他们在精神状态控制仪的两端共同度过了无数亲密的时光。他们的相爱可以说是命中注定。

最令人难以置信的是,如此深爱着对方的两人,在与夫和进化力探测器连接之前仅有过一面之缘。或许正因如此,现在的第二次相逢才让他们之间的情意更加浓烈……

"麻子……"

与夫正要开口,却看到麻子把食指竖在了唇前。

"什么都不用说了。"

"可是……"

"你不说我也知道。"麻子笑着说,"我是来送你的。"

"能听我解释一下吗?"

"解释什么?"

"我现在擅离职守是因为……"

"因为你有这个必要,对吧?"

"对……"

"那就不用多说了,赶快去木卫一吧,记得早点儿回来。"

"我这样做真的好吗?"

"没什么好不好的。"麻子的表情变得严肃起来,"我只知道我相信你。"

"可大木丽不相信我,她好像是在怀疑我会背叛人类。"

"大木是飞船的负责人……"

"所以呢？"

"你要理解她的立场。"

"就算这样，你还是愿意相信我？"

"我也有我的立场。"

"你是什么立场？"

"傻瓜！"麻子瞪了与夫一眼，"快点儿走吧！"

"嗯……"

与夫点点头，后退了两三步。突然，一丝阴云从他的脸上飞速掠过。

"万一我掉进B级现象阈世界怎么办？我可能会连你也想不起来！"

"那我就让你想起来。"麻子笃定地说，"不管发生什么，我一定会让你想起来的。就算连我也一起掉进B级现象阈世界也在所不惜！"

与夫和麻子相视而笑。

这下，与夫终于没有后顾之忧了。他放心地转过身，走向了存放舱。

那时的与夫做梦也没有想到，这将会成为一场漫长征途的开端。

他更不会想到，自己从此肩负起了人类的命运……

——与夫坐在木星探测艇的驾驶座上，忽然感到一阵恐惧：万一自己没有把探测艇开到木卫一，而是直接坠入了B级现象阈世界，恐怕就再也出不来了。想到这里，他不由得紧紧握住了座椅的扶手。

他不相信自己能从B级现象阈世界再一次侥幸逃脱，一旦坠入那个到处散发着腐臭、毫无精神生活可言的地狱，自己说不定就要像行尸走肉一样过完一生。

握着座椅扶手的手掌已经被汗水浸湿。

如果自己乖乖和生理状态控制仪保持连接，就不用担心坠入B级现象阈世界，也不会像现在这样出一身的冷汗了。与夫怀疑自己犯下了不可挽回的错误，或许他从一开始就不该轻信醍醐银这个陌生人的话，离开"大肠杆菌号"而前往木卫一。现在回想，自己的决定是那么草率。

——趁现在还来得及，回头吧！

与夫的脑海中回荡着另一个自己的尖叫。他闭上双眼，把座椅扶手攥得更紧了些。

他已经不可能回头了。

他不确定自己会不会开木星探测艇。却没想到按下主动力按钮后，手指就轻车熟路地自己活动起来，完成了对控制仪表的一系列检查。

与夫的本职任务是为进化力波增幅，但作为一名能够登上

"大肠杆菌号"的合格船员,他自然也具备驾驶木星探测艇的技能。只是,他已经想不起自己是什么时候学会的这项技能。他的现实已经在"不确定性原理"的影响下化为了层层叠叠的"洋葱",因此,他的过去也已经变得不再确定。

这时,只听"嗡"的一声,驾驶座上方的各种仪表同时开始运转。存放舱的外部舱门显示在与夫面前的大屏幕上。

伴随着一阵金属摩擦音,将木星探测艇固定在地面上的机械钩爪全部张开,与控制仪表同步的外部舱门开始缓缓抬升。

看着星点闪烁的浩瀚宇宙在面前拉开帷幕,与夫感觉一把冰凉的刀抵在了自己的喉咙上。

是孤独——让人精神颓丧、气力尽失的孤独。与夫知道,宇宙中不可能有人会来救自己,木星探测艇上也没有能让自己进入慢波睡眠的生理状态控制仪。

为了驱散胸中的孤独,与夫慌忙伸出手去,按下了控制台上的初期加速按钮。

船体监控器的屏幕上出现了探测艇的三维透视图,喷射流量、船体温度、恒星相对速度、推进器推力等各项数值在透视图的周围变化不停。

加速带来的超重几乎没有让与夫感到任何不适。由不同方向上的三根绳索吊起的缓冲垫就像柔软的篮子一样,很好地替与夫吸收了多余的压力。

艇内计算机仅在五秒内便让探测艇完成了初期加速，惯性飞行一段时间后，探测艇转为依靠主推进器继续航行。

现在，与夫已经没有什么可做的了。电磁场的变化、随之而来的等离子体流的变化、木星表面爆炸产生的荷电粒子流……这些都只好全权交给计算机来处理。木星周围的气象瞬息万变，人类根本应付不来。

虽说探测艇的电磁屏蔽外壳能够将荷电粒子屏蔽在外，但在狂乱的等离子体和荷电粒子之中航行终究还是件折磨人的事。无论多么老练的驾驶员，只要开着木星探测艇在木星周围持续航行十小时，体重都必定会减掉三千克。

然而，此时的与夫却没有心思关心船外的粒子风暴。

他已经被大屏幕上缓缓逼近的巨大木星深深吸引。木星是如此庞大，仅仅是它上面那块半径七万千米的大红斑，就能装下整整四个地球。它的巨大已经超出了人类所能理解的范畴，接近木星的人无一不会被它的巨大所震撼，感觉世界观从此被颠覆一新。

此前，与夫一直作为活体进化力波增幅装置，与"大肠杆菌号"一起绕着木星航行。但那时的他自始至终被固定在生理状态控制仪旁边，从未像现在这样亲眼看到过木星。

木星的表面呈橙红色，白、棕、黄三色的条纹和无数斑点遍布其间。白茫茫的云雾翻腾不息，下降气流拖曳出一道茶褐色的轨迹，飞速旋转的大红斑比世间任何一样东西都要汹涌可怖——

唯有凝视木星时，与夫才能把对B级现象阈世界的恐惧暂时抛在脑后。零下一百四十摄氏度的表面温度、甲烷和氨气构成的云雾、高达三百米每秒的瞬时风速……无论"不确定性原理"如何影响现实，这颗令人胆寒的行星的真实性都绝对不容置疑。在木星面前，B级现象阈世界就像海市蜃楼一样虚无缥缈。

更重要的是，木星区域存在着振幅最强的进化力波，这个发现本身就足够惊人——这或许意味着某种威胁。目前，人类还没有探明进化力的性质，也没有对木星区域进化力强的原因进行深入研究。但或许，这才是他们最先应该搞清楚的问题。

与夫死死盯着屏幕上的木星。不知为何，他产生了一种强烈的预感：自己在不久之后会降落到木星的大气之中……

突然，屏幕边缘出现了一颗明亮的小型天体。它在漆黑的宇宙中闪着光芒，从巨大木星的身旁匆匆掠过。

那就是木卫一。

探测艇没入了木星磁层内的等离子体海洋。

在一亿摄氏度的超高温等离子体湍流中，探测艇拖着一万伏高压的放电尾迹，向木卫一飞驰而去。

所幸等离子体的密度并不高，否则，探测艇的外壳无论多么耐热耐压，都会在转瞬之间化为气态。

屏幕上的影像开始卡顿不清——这是侵入艇内的钠、硫离子，以及绝缘部件放电造成的干扰。

距离木卫一越近，大质量的木星作用在探测艇上的引力就越强。与夫驾驶的探测艇正在以三十千米每秒的速度一头扎向木星。逆向推进器已经在持续喷射，但却仍然无法与木星的强大引力抗衡。

一些荷电粒子穿透探测艇的电磁屏蔽外壳，侵入了艇内。尽管它们的数量还不至于对人体造成影响，但因此产生的电噪声和仪表数据的频频异常仍然会让人烦躁不已。

与夫担心自己很可能就要这样直接坠入木星了。然而就在这时，控制台上的指示灯闪烁起来，这意味着探测艇捕捉到了来自木卫一的导航信号。

转向推进器开始喷射，与夫的身体瞬间深陷进了缓冲垫里。与此同时，屏幕上的影像逐渐清晰，巨大的木卫一出现在了眼前。

半径一千八百二十一千米……木卫一的大小与月球相近，但却有着相当强的引力，让探测艇的速度逐渐提升。黄、白、红三色组成的卫星表面以极快的速度迎面扑来。

屏幕上的影像突然一片混乱——是探测艇没入了木卫一轨道上的环状气体云，即等离子体环。不过，计算机很快就重新完成了舱外摄像头的对焦，屏幕上的影像恢复了正常。

　　与夫长舒一口气，让身体深深沉入了缓冲垫。

　　这场短暂的宇宙航行让他感到了前所未有的紧张。现在，凝结在胃中的硬块才终于开始慢慢化开。接下来只要让自动驾驶系统跟着导航信号走，应该就能顺利抵达木卫一。

　　木卫一是一颗充斥着硫的卫星。

　　遍布它表面的硫黄呈现出了各种颜色——从一百摄氏度以下的纯白到二百二十摄氏度以上的焦黑，应有尽有。此外，还有六百摄氏度以上的高温硫黄汇流而成的熔岩湖、剧烈喷发着二氧化硫的活火山……所谓"地狱"，说的也许就是木卫一这种鬼地方。

　　探测艇追踪着导航信号进入了木卫一的大气层。

　　是的，木卫一上有一层极稀薄——气压仅有零点二毫巴①——的二氧化硫大气。硫存在于这颗卫星的每一个角落。

　　与夫从缓冲垫中站起身来，穿上了宇航服。这种万能型宇航服配备有核聚变炉，可以将空气进行还原处理并再次利用。

　　头盔面罩闭合时的声音让与夫心头一颤。咔嚓——我给自己的棺材钉入了钢钉……或许，坠入B级现象阈世界的感觉就跟死亡的感觉差不多吧。

　　与夫感觉自己的精神状态极不稳定，脖颈上的汗水又滑又黏，让他很不自在。

---

　　①气象上压强的非法定计量单位。1毫巴等于100帕。

　　成为能感知进化力的新人类,这真的值得高兴吗? 归根结底,新人类也不过是进化的产物。身为进化链条中的一环,即便是新人类也不可能与自己的 "母亲" 为敌吧?

　　打个不太恰当的比方,这就像是人想要看自己的眼睛一样——在不借助镜子的条件下绝无可能。

　　即便是用镜子,也很有可能遇到镜面凹凸不平或是有污损的情况。

　　能感知进化力的新人类正像是在通过这些镜子看现实。映在镜中的画面虽说不是幻象,却也因为镜子的种类繁多而不再唯一。"不确定性原理" 对现实的影响,就像是让一个人站在无数面镜子前照自己。

　　——只要别掉进B级现象阈世界就行……与夫发自肺腑地祷告着。千万不要再掉进那里去了……

　　探测艇不断接近目的地。

　　它跟着导航信号,在木卫一两千米高空的大气中顺畅无阻地飞行。

　　有时,火山喷发出的高温二氧化硫会将探测艇完全吞没。然而对于已经穿越过一亿摄氏度等离子体流的探测艇来说,这点儿温度根本不算什么。

　　一个火山口出现在了屏幕上。它像是一张逐渐张大的嘴,慢慢逼近到与夫的眼前。导航信号似乎就是从那里传出的。

垂直起降式的木星探测艇开始降落。

火山口周围的硫化物矿砂颜色发白，说明此处气温较低，火山活动已经停止。二氧化硫的白霜[①]仿佛给火山口镶上了一圈亮银的花边。

木卫一的地表活动极为频繁，如果想在这里建一座探测并增幅进化力波用的前哨基地，唯一可选择的位置就是地下。

随着火山口的影像逐渐增大，一个闪着冷光的金属平台进入了视野——那是前哨基地的屋顶。

探测艇卷扬着硫化物矿砂，在平台上完成了着陆。与此同时，一阵微弱的震动从下方传来，平台载着探测艇缓缓下沉。

与夫进入了木卫一上的前哨基地。

平台在两三分钟后停止了下沉，与夫走出探测艇，观察整个基地。

基地像是被建在一个"大山洞"里——这已经算是善意的评价了。实际上，这个地方很难算得上是一个基地。

用于加固硅酸盐地壳的塑料混凝土裸露在外，不锈钢支架、电缆管、高压混凝土管等各种建材也全都堆放在岩质地表上。门式起重机歪斜地立着，锈迹斑斑的集装箱随处散放，让眼前的场景愈显荒凉。

---

①木卫一从木星背后通过时，其表面温度骤降，会导致80%的二氧化硫大气凝结成霜。

最说不过去的是，基地的建造者似乎根本没有考虑这里的宜居性。不同区域间的坡道仅仅由几块焊接在一起的钢板铺成，没有任何用来保障气密性的设施。

与夫在钢板上呆立良久。

不锈钢支架上安装了许多探照灯，但它们的亮度还远远不能照亮整个基地，充其量只能让稀薄的二氧化硫大气看起来微微泛红。

地球上的女人恐怕把绝大部分精力都用在了"大肠杆菌号"的建造上，没有余力去完善木卫一上的基地了。但即便如此，这里也未免太荒凉了。注入了塑料混凝土的岩质地表因为高温而龟裂变形，阴森可怖。与其说这里是作战基地，还不如说更像是一个地下墓穴。

突然，与夫感觉背后有人，急忙转过头去。

只见两个头戴气泡式头盔、身穿宇航服的男人正背着氧气瓶悄无声息地站在他的身后。

气泡般向前凸起的头盔面罩呈深蓝色，因此与夫无法看清男人们的脸。他们肩并肩地站立时，两顶头盔就像是某种巨大昆虫的一对复眼，盯得与夫心里发毛。

"你就是森久保与夫吧？"

一个声音从与夫的耳机中传来，不知是哪一个男人在说话。

"是……"

与夫点了点头，感觉到一阵莫名的不安。两个男人的身影毫无生气，声音也没有一丝起伏。他甚至怀疑面前的两件宇航服里没有活人，只有两个幽灵。

"醍醐银先生已经恭候多时，请跟我们来这边。"

其中一个男人这样说道，随后他们同时转身，背对与夫向前走去。

木卫一的引力仅有地球的六分之一左右，两个男人的脚步就像是在云中漫步一样轻飘，这让他们看上去更像是幽灵。

与夫盯着两人的背影犹豫不决，最后还是无奈地遵从了他们的命令。

男人们把他带到了一处装设着电梯和绳索的硅酸盐断崖，三人乘上电梯，持续下降了五分钟。

走出电梯后，他们来到了一处地面由横梁和透明硅胶焊接而成的开阔空间。比起上面的"大山洞"，这里才更像是一个真正的基地。

当然，这指的仅仅是地面之上的空间。在透明硅胶地面的下方，有着与"基地"这个词格格不入的另外一番景象。

即使相隔百米，地下深处交错纵横的大量管道也清晰可见。它们有的平行排列，有的在中途分叉，在广阔的空间中四下延伸。管道像是用特殊的耐热树脂制成的，鲜红的高温硫黄和温度略低的白色硫黄在管道中汩汩流淌……

　　与夫很快便看出那是一种利用硫黄温差制作的供能装置。然而，他却总感觉有什么地方不太对——这些管道还像是什么别的东西。

　　为了想出那东西是什么，与夫凝视了管道很长时间。突然，他倒抽一口冷气，惶恐地喘息起来。

　　流淌着鲜红硫黄的管道像是动脉血管，流淌着白色硫黄的管道像是静脉血管，连接在粗管道之间的细小管道像是毛细血管……

　　那是一个平躺着的人！他被放大了数百倍，双臂放于体侧，只有血管的部分被用管道模拟了出来。

　　管道确实只模拟了人的血管，但与夫却在脑海中完完整整地描绘出了一个躺在地底的人。这个流着硫黄血液的人巨大得过于离谱，让与夫有些喘不过气。

　　——就像"大肠杆菌号"是DNA模型一样，木卫一的前哨基地里也有一个人类模型。

　　这个突然传来的声音是银的意念，而与夫竟一时没有察觉。

　　——我把它叫作"抽象人"，毕竟它既没有名字也没有性别。

　　"抽象人"……的确，那些管道看起来很像是被剥离一切身外之物、只保留了人类精髓的一个透明的抽象物。换句话说，它可以象征整个人类。

　　与夫逐渐适应了"抽象人"的庞大。他俯视着它，一种践踏人类的快感在心头莫名升起。"抽象人"所象征的人类就像微不足道的虫子——能这样想的人或许就是尼采所说的"超人"吧。

如果身为新人类的银时时刻刻把这个"抽象人"踩在脚下，那么他的思想会扭曲到何种程度？想到这里，与夫不寒而栗。

他从"抽象人"的身体上踩过，透明硅胶地面的尽头是两面高耸的硅酸盐岩壁，一条黑黢黢的狭窄隧道夹在正中。

隧道的入口处停着一辆磁悬浮车，两个男人中的一个用下巴示意与夫坐上车去。与夫这下才终于放心——即便是在引力仅有地球六分之一的木卫一，穿着绝对质量四十公斤的宇航服移动也相当费力。

两个男人似乎并不准备一同乘车。

与夫在座位上坐下，系好安全带后，磁悬浮车无声地驶入了隧道。

隧道两侧的岩壁上每隔五十米就装有一盏探照灯。充斥着二氧化硫的大气中，岩壁在灯光下显现出滑腻的红色，让与夫不由自主地联想起了女人的产道。之所以会产生这种联想，或许是因为一直被机器呵护在"大肠杆菌号"这个"子宫"里的他即将开启一场未知的旅程——从某种意义上说，与夫是在自己分娩自己。

磁悬浮车大约行驶了五分钟，最后在隧道终点处的一扇门前停了下来。

与夫走下磁悬浮车的同时，门也自动打开了。他就像是受到了某种召唤一般，径直迈入那扇门。

大门关闭时那叹息般的声音从外部传进了耳机。这个房间完全气密，因此与夫能够听到声音。

房间不大，弧状墙壁与圆形穹顶无缝相接，内部铺满了能够吸音的软木板。一面墙壁由整块的玻璃制成，向外凸出，形成了一个鱼缸似的露台。露台下方，硫黄的海洋正在微弱的引力下缓慢地翻涌着，仿佛是在播放高速摄像机拍摄的慢镜头。

房间正中摆着桌子和沙发，一个戴着红围巾的年轻男人正悠然自得地坐在那里。他的美貌惊为天人！

"我就是醍醐银。"

男人绽开如花的笑颜，用说话代替了意念传输。

"把头盔摘了吧，别那么拘束。"

翻涌的硫黄浪潮映红了银的脸颊，他那张美丽的面庞仿佛瞬间化为了嗜血的骷髅，叫人脊背生寒。

在木星巨大的潮汐力作用下，硫黄海洋一刻不息地掀着波澜，亚硫酸的浪花四散飞溅。

松软的硅酸盐地壳被海潮加热到了一千三百摄氏度的高温，在潮汐力的作用下像软糖一样熔化变形。如此一来，也难怪这里的硫黄海洋会像飓风刮过一样汹涌异常。

银在沙发上泰然静坐的样子与窗外波浪滔天的硫黄海洋形

成了鲜明的对比。静与动……巨大的反差让硫黄海洋看起来很不真实，仿佛只是用投影仪投射出来的一个幻象。

面前这个名叫银的男人身上散发着一种支配者的威严，他貌似对木卫一了如指掌，无论发生什么都能够坦然应对。

——就像是支配着地狱的撒旦……

这个念头从与夫的脑海中一闪而过。

房间里的人工重力被设置为了 $1g$，与夫掀开头盔面罩，顿时感觉舒服了许多。他作为宇航员的经验还不够丰富，长时间吸着还原氧气在低重力下活动，果然还是给他的精神带来了很大的压力。

然而，与夫还是无法像银所要求的那样完全放松警惕。即便不是在这里，只要与银四目相对，他就会感到紧张。银虽说已经美到无可挑剔的地步，但他的美貌之下总像是隐藏着什么扭曲的东西，让与之对视的人坐立不安。

"这下好了，我们两个新人类总算是见面了！"银对与夫说，"先干杯庆祝一下如何？"

与在"大肠杆菌号"上接收到的那些意念一样，银的口气一如往常地霸道且狎昵。他说话时眼中不带一丝笑意，实在无法让人感到亲切。

真是个神秘的家伙，与夫心想。他完全猜不透银在想些什么。

"我特意从'大肠杆菌号'赶来这里，不是为了找你喝酒的。"与夫没有碰那杯已经为他倒好的红酒，"如果你也是卡戎的一员，想必应该知道，我们这种能感知进化力的人与进化力探测器断开连接是多么危险！"

"你看，我现在在和进化力探测器同步吗？我身上连接着生理状态控制仪吗？"

银像是舞台上的主持人一样高高举起双手说，戏谑的口吻中带着几分挑衅。

"可是一旦脱离了生理状态控制仪，我们的现实就随时有可能会被'不确定性原理'影响……"

"你是想说B级现象阈世界？"银打断了与夫的话，"原来你是在担心这个？"

"对……我刚一脱离任务就差点儿掉进那里去。"

"没想到你这么弱。"

"你说什么?!"

"难道不是吗？"银吐出鲜红的舌头，舔了舔嘴唇，"确立'进化力理论'、发现进化力与引力有关的男子汉森久保与夫，竟然会怕B级现象阈世界？"

"你不知道那里有多可怕、多黑暗……"

与夫痛苦地说。

在B级现象阈世界乘坐二十世纪八十年代东京地铁的场景

重现在他的脑海,让他顿时汗毛倒竖。他想起了那阴冷的地铁、僵尸一般毫无生气的乘客,还有他们与乘务员一齐扑向自己的惊悚一幕……不知不觉,两腋之下已经冰凉如铁。银根本就不懂,掉进B级现象阈世界就等于活生生地坠入腐烂的深渊!

"B级现象阈世界是什么样子,我自然再清楚不过。"银冷笑着反驳道,"毕竟我也去过那里不止一次了。"

"你?!"

与夫大吃一惊。

"是啊。"

"那你还说它不可怕?"

"可怕也好,不可怕也好,我们必须承认的是,那里只不过是另一个现实。相反,认为现实只有一个的人才是异想天开……每一层现实其实都差不多。"

"……"

与夫像看怪物似的看着银。他难以想象,能坦然面对B级现象阈世界的人究竟拥有什么样的精神结构。

菲律宾女人是怎么形容B级现象阈世界的?

"地狱",对,她说那里就是地狱!可面前这个男人却把那个地狱仅仅当作无数现实中的一个,毫无抵抗地接受了它的存在。他要么是拥有铁打的意志,要么就是撒旦的化身……

"对于人类来说,确定无疑的东西只有生命。无论我们把它当作神授的圣物，还是进化的产物，它的真实性都不会动摇。只有在此基础之上，唯一的现实才能确立……"

银呷了一口红酒，继续说道：

"可是，我们本以为绝对不容置疑的生命，实际上不过是一种虚拟。进化力把我们玩弄于股掌，看我们这些提线木偶成天跳着毫无意义的舞蹈。既然生命是假象，构建于其上的现实也就成了海市蜃楼……与夫，事到如今你还有什么好怕的？只有能感知进化力的我们会受到'不确定性原理'的影响，获得层叠嵌套的现实。这是进化赐予我们的补偿，无论什么样的现实我们都应该欣然接纳。"

"你这是失败主义……"与夫咬牙切齿地说，"绝对的失败主义！"

两个人就这样陷入了沉默，房间里一片寂静。

与夫和银相互对视，在气势上明显比银弱了一截。银的眼神里透着一种轻蔑的冷光，与夫拼命压制住内心的恐惧，抵御着银的视线。

窗外，硫黄的海洋依旧翻涌不息。亚硫酸浪涛高高腾起，缓缓分裂成无数细碎的液滴。二氧化硫从浪花中逸散、凝结，在空中划出标准的抛物线，最后又被火山喷吐而出。

银率先移开了视线。一丝与他秉性不符的脆弱神情在他的眼底一闪而过，然而当他下一秒再次开口时，却已经又变回了先前那副傲慢的样子。

"不管怎样,我们是新人类。我们可以在某种程度上控制现实,而不必一直任它摆布。最关键的是,我们要去适应这种改变。相信用不了多久,你也能在没有生理状态控制仪的状态下把自己固定在同一层现实里了。到时候,你就不用再怕什么B级现象阈世界了。"

"能不能别张口就提什么新人类?"与夫气愤地说,"我还没有认可自己就是新人类呢!"

当然,他这样说只是为了与银作对。其实在他的内心里,从连接着生理状态控制仪的时候起就已经预感到自己是新人类了,现在他更是对这一点确信无疑。

"我们就是新人类。"

银不顾与夫的反驳,郑重地重复道。

"正因为是新人类,我们才能感知进化力、亲身体验从绿藻到肺鱼的进化历程、还原所有地球生命基因深处的记忆……正因为是新人类,你才会为了维系大自然的对称性,用'进化力理论'证明了引力波与进化力有关。我说得没错吧?"

"我确实能感知进化力。我也知道这不是因为聪明,而是因为我的体质天生特殊。我有幸建立了'进化力理论',这些我都不得不承认……可是,光凭这些就能证明我是新人类吗?"

"你还是没听明白我的意思。你建立'进化力理论'已经是五十年前的事了。再往前推三十年,那个提出'宇宙中存在进化力'假说的遗传学爱好者就是我!"

与夫确实没听明白银的话。即便是现在,他还是感觉一头雾水。只有"五十年"和"三十年"这两个空洞的数字在他的脑海里不断回旋。

"怎么会……"

突然,与夫回味过来了银的意思,被震惊得说不出话来。他感觉脑袋像是被什么人踢了一脚,强烈的冲击让他的脸色变得煞白。

"我们的DNA承载了有史以来基因的全部记忆,因而比普通人的强大得多。我们的衰老速度极其缓慢,或者说,同时生活在多层现实让我们的寿命得到了延长……总之,如果这还不能证明我们是新人类,那还有什么能证明呢?"

"……"

与夫无言以对。

此前,他一直以为自己记忆中的空白是"不确定性原理"造成的影响,然而事实好像并非如此。超长的寿命也很有可能是他记忆缺失的原因之一——为了活得更长久,他必须学会忘记。"进化力理论"确立后,女人们不可能在短短几年之内就着手建造"大肠杆菌号"这个大功率进化力探测器。她们必然是经历了长达数十年的研究与试错,才慢慢走到这一步的。如此想来,一切便都能说得通了。

"不过，我们这些新人类也没什么可骄傲的……人们常说，当一个国家濒临覆灭，总会先有预言者跳出来把这个事实宣告于世。新人类的出现，或许仅仅是为了给地球生命的灭亡做出预言。"

说出"灭亡"两个字的时候，银的脸上竟然幸福洋溢。他不仅否定了自己作为新人类存在的意义，还对人类面临灭亡的事实表现出了难以置信的喜悦。这是怎么回事？

"你就那么肯定地球生命都会在大进化的作用下发生基因突变，无可奈何地走向灭亡？"

震惊让与夫的大脑停止了思考，他努力集中精神，才终于对银发出了质问。

"进化力与强核力一样，都是物理学上的基本相互作用力之一。虽然我们现在只知道它和引力波相关，还不知道它具体是怎么产生的……但只要它是一种物理基本力，我们就会想尽一切办法去征服它，而不是听天由命地接受灭亡——这才是最自然的想法啊！"

"与夫，你不愧是卡戎的优等生，果然了不起啊！"

银撇着嘴巴嘲讽道。除了嘲讽，他的语气中还有一种极力克制的憎恶，让与夫感到很不自在。

"而我，是卡戎的背叛者。不，更准确地说，是卡戎的死敌。地球上的生命对我而言无足轻重，我真正在乎的是进化力本身。"

银将手指伸到桌下，一层灰色的薄膜立即覆盖在了飘窗上，窗外的硫黄海洋消失了。与此同时，"抽象人"的全身像在灰膜上显现出来。

流淌着硫黄血液的"抽象人"平躺在地面上，正在发出阵阵喘息。与夫觉得"他"就像是一个濒死的病人——骨骼、肌肉和内脏都被剥离体外，只剩血管还在苟延残喘。

"这就是我眼中的人类。从被大进化蹂躏的那一刻起，人类就已经成了走上灭亡之路的'抽象人'。人类的灭绝就和恐龙的灭绝一样，在大进化刚开始的时候就已经被决定好了。换句话说，我们都是亡魂一般的存在。"

突然，"抽象人"身上的"血液"毫无征兆地停止了流动。

与夫看着"抽象人"，仿佛真的感受到了"他"的苦闷与挣扎，痛苦像刀片一样在与夫的体内四处游走。

"啊……"

与夫呻吟一声，紧紧闭上了双眼，耳边只剩下银那震耳欲聋的狂笑在不停回响。

必死之人，岂义于上帝乎？世人岂洁于造之者乎？即其臣仆，犹不足恃。即其使者，尚责其愚。况居土舍，基尘埃，为蠹所败者乎……

银的笑声里夹杂着一个低语声——是与夫在生理状态控制仪带来的慢波睡眠中听到的那个声音!

此前,与夫只知道他是在梦里把自己当成了《圣经·旧约》里的某个人物。而现在,他终于想起来了那个人是谁。

那个人拥有虔诚的信仰和高尚的品格,却承受了来自神明的种种考验。他财产尽失、子女惨死,自己也罹患重病,命运悲凉……他就是《圣经·旧约》里的约伯。与夫与约伯——难道仅仅是因为名字相近[①],与夫才会做出那样的梦?又或者,是因为约伯和被大进化逼到灭绝边缘的人类一样,都是被造物主的任性送上绝路的生灵?与夫认为,很可能是后者催生了自己的联想。

尔手造我……乃欲灭我……昔尔造我,犹之合土,今使我复归尘埃乎……

约伯一定会对折磨自己的神明发起反抗。

——凭什么你要让我受苦?

——因为你是被造物。

神这样答道。

——被造物必须绝对顺从造物主的意志,不得违逆。人类是进化的造物,背叛进化是你们太过狂妄,不可能成功……

——我不要!

---

① 日文中,"与夫"与"约伯"的发音相同。

与夫在脑海中反驳道。

——难道仅仅因为进化是造物主，我们就得顺着它的意思自取灭亡？不管《圣经》里的约伯是怎么做的，我绝不接受这样的安排……

回过神时，银的笑声已经停了下来，房间里静得出奇。

银疲惫地陷进沙发里，飘窗上的"抽象人"消失了，只能看到那层盲眼般的灰膜。

与夫也感到了深深的疲惫，疲惫中夹杂的空虚感让他无助得想哭。

"所以……现在我们各自的立场已经很明确了。你认为人类会无可奈何地走向灭亡，而我却无论如何都不愿向大进化低头。不管是不是新人类，我都无法接受大进化对生命的干预。"

与夫在空虚的内心中搜刮出最后一丝气力，说出了上面的话。对于现在的他来说，仅仅是让语气保持镇定就已经十分困难。

"是啊，我们的立场都明确了。"银点头道，"遗憾的是，我们两个永远只能走平行线。"

"我从你身上学到了很多……可如果真的像你说的那样，我们是站在进化金字塔顶端的新人类，我们就应该用我们的能力去保护一切生灵，这才是我们的义务啊！地球生命已经受到了大进化的摧残，这种时候还袖手旁观，和临阵脱逃有什么区别？"

"义务……临阵脱逃……"

银的嘴巴歪向了一边，美丽的面容转瞬间化为一副可怖的凶相。

"与夫，你是个幸福的人。"

"什么意思？"

"就是字面上的意思，你很幸福。你什么都不懂，所以可以理直气壮地说出'应该''义务'之类的漂亮话。"

"我哪里不懂？"

"还记得在'大肠杆菌号'上第一次接收到我的意念时，我说了什么吗？我当时应该是这样说的——旧人类把进化力对地球生命的干涉视为基因侵略，但其实他们想错了，这不过是旧人类的贪婪。与夫，你还记得吗？"

"……"

与夫陷入了沉默。

想错？贪婪？不知怎么，银的话让与夫心头一颤，胸口像是有一片乌云迅速蔓延开来。或许，是自己从根本上搞错了什么……

"与夫，你看——"

银戏谑地说道。与此同时，灰膜上出现了一片莹亮的橙光，将整个房间照得十分亮堂。

与夫很快意识到，这是硫黄海洋内部的景象。混合了硫黄和二氧化硫的海浪翻卷着红白相间的浪花，在木星的潮汐力下剧烈地涌动着。

然而，最让与夫惊奇的不是硫黄海洋，而是在海浪中时聚时散的那些类似菌群的物质。它们像银针一样反射着亮光，拼凑出了一张张野兽的脸。时而像狮子，时而像苍鹰，时而像牛，时而又像人……变化一刻不停，叫人看得眼花缭乱。

不知是不是因为对《约伯记》的记忆过于深刻，与夫立刻想起了《启示录》里写的"第一个像狮子，第二个像牛犊，第三个有人的面孔，第四个像飞翔中的鹰……①"。或许从某种意义上说，那些野兽正是人类终结的预兆。

"你觉得怎么样，与夫？"银的语气依旧带着戏谑，"这就是木卫一上的生命。"

"木卫一上的……"

与夫目瞪口呆。

"当然，这是放大了几万倍后的影像……但它们无疑是诞生在木卫一上的生命。地球上也有能在超高温下生存的微生物，所以木卫一上的生命能在高温硫黄中生活也并不稀奇——它们是通过分解硫化氢获得能量的。有意思的是，这些生命体里蕴藏着智慧的萌芽。它们聚集在一起时会做出一些类似于智慧生

①《圣经·新约·启示录》第四章中的语句，参见当代《圣经》译本。

命的行为。我们可以把它们称为'群体智慧'或者'群脑'。"

突然，一个可怕的念头像闪电一样劈过了与夫的脑海，他痛苦万分地喊道：

"所以，其实进化力……"

"看样子你终于明白了。为什么木星区域能探测到最强的进化力，现在你应该知道了吧？"

银咧开鲜红的嘴唇，做出了一副嘲笑的表情。不知为何，他的笑脸看起来反而像是在哭。

"进化力之所以运作，才不是为了让大进化发生在地球上！进化根本就不关心地球生命的死活，而人类却自作多情地以为它要对地球进行基因侵略……明白了吧？进化力是为了让大进化发生在木星区域才开始运作的，它的目标从来就不是地球。"

一时间，与夫的大脑像是被注了铅，彻底丧失了思考能力。

他感到手脚麻木，记忆模糊，一阵强烈的睡意由心底袭来——他显然已经退化为了一个不成熟的孩子，面对难以承受的精神重压，他想要选择与世隔绝，躲进自我的躯壳里。

对于此时的与夫来说，B级现象阈世界无疑是一个甜美的梦乡。

"自从发现这个事实，我就决定放弃任务，与进化力探测器断开连接。"

银自顾自地继续说着，不给与夫半点坠入B级现象阈世界的机会。"卡戎完全是一个建立在误解之上的组织。明确了这一点以后,我便知道继续完成任务毫无意义。人类总以为太阳是绕着自己转的,人类就是夸大妄想狂!"

"就算大进化作用的对象在木星区域,可如果地球生命碰巧会因此遭到波及,面临灭亡,阻止这件事情发生也是我们应有的权利啊!"

"应有的权利? 你管这叫应有的权利?"

银的声音在一瞬间表现出了极少有的激动,但嘲讽的笑容还是在下一瞬立即回到了他的嘴角。"与夫,你刚才说你无论如何都不愿向大进化低头,还说无法接受大进化对生命的干预,对吧?"

"对,我是这样说过……"

虽然是在点头,但与夫却深感这个动作是那么空洞无力。他很清楚银接下来要说什么。

"那么,你凭什么认为我们有权干预其他星球上的生命? 你有什么权力阻止木星区域的生命进化?"

"……"

与夫只能沉默。

他当然没有权利。如果大进化的目标是木星区域的生命,那么人类为了自保而做的一切研究和抵抗,都无异于利己主义行径。卡戎那无上崇高的作战理念也会发生一百八十度大转弯,变为利己主义者的丑恶信条——因进化力的干预而义愤填膺的人类，反倒干预起了木星区域的生命，这显然是自相矛盾！

与夫在过大的精神打击下深深垂下了头。银依然继续说着话，像是故意要把与夫一步步逼入绝境。

"与夫，有时候我会想，进化可能是对地球生命失望了。站在进化金字塔顶端的人类在它看来只是一件残次品，所以它打算转移阵地从头再来。虽然没有诺亚①出现，但现在洪水确实来了——大进化的洪水正在裹挟着我们走向灭亡。进化力催生了我们这些新人类，这实在是让人哭笑不得！它是想让我们充当地球末日的预言者，大公无私地告诉木星区域的生命：'我们失败了，但你们要继续努力。'我们该给后来者让路了！"

银的声音微微颤抖，写满嘲讽的冰冷假面在一瞬间破裂，露出了他最真实的面孔。

那是一副被绝望浸透了的憔悴面容。

在脱离卡戒的任务、接受人类灭亡的事实之前，银想必也在苦恼的地狱里挣扎了很久。正因如此，他才会变得这样冷漠无情。

而现在，他又把同样的苦恼带给了与夫。人类是如此不堪入眼的渺小存在，在进化面前不过是一个需要替换的齿轮……

---

①《圣经》中的人物，被上帝选中作为新一代人类的种子，在灭世的洪水中依靠一艘方舟幸存下来。

让木星区域的生命为人类牺牲究竟有没有意义？最令与夫苦恼的是，支撑他一直活到现在的信念基石已经彻底崩塌，他的内心只剩下了无尽的空虚。

现在，与夫终于明白了银需要"抽象人"的原因。如果不将人类抽象化，拉远他们与自己之间的距离，人类灭绝的事实将会变得极难接受。仅仅是想象一下与自己拥有同样身体构造的人类正在走向灭绝，就会让与夫痛苦到抓狂。

"你现在还认为我们应该用自己的能力守护地球的生命吗？"银漫不经心地问，"还认为在大进化袭来的时候袖手旁观是临阵脱逃吗？"

"……"

与夫没有回答。更准确地说，是无法回答。

他低垂着头，怔怔地看着脸上的汗珠滴落在地板上，留下一小块黑色的痕迹。

他的脑仁生疼，之前的那个声音又不知从哪里传了过来。

当知上帝罚尔，较之尔罪所应受者，犹为少也。尔以考究，可测度上帝乎？尔能洞悉全能者乎？其智高于穹苍，尔能何为？深于阴府，尔有何知……

那声音越来越大，最后变成炸雷般的巨响，击溃了与夫心里的最后一道防线。极度的绝望感逼上心头，与夫像是染了疟疾一样浑身打起了寒战。

被造物背叛了造物主,就应该像约伯那样甘愿认罪吗? 在名为进化的造物主面前,人类这种残次品就应该毫无怨言地退场,为木星区域的生命让路吗? 卡戎和自己过去所做的一切都是错的吗……

"与夫,目前能与进化力探测器同步、为进化力波增幅的新人类,就只有我们两个。"银叹着气说,"一旦我们离开卡戎,人类就不可能和进化作战。你不觉得这才是我们应该做的吗? 我们仅剩的一项任务,就是拆散被人类中心主义蒙蔽了双眼的卡戎组织,给木星区域的生命一个机会,难道不是吗?"

与夫缓缓抬起头来。

由于内心的挣扎太过激烈,他的脸颊在不到十分钟的时间内以可怕的速度凹陷下去,眼窝处浮出了重重的眼袋。在他那张苍白疲惫的脸上,只有两只眼睛依然放射出狂乱的光。

"不,我不这么认为。"与夫的声音嘶哑,充满绝望,"银,我们确实只能走平行线了。"

"与夫,你……"

银诧异地叫了起来。他本已确信与夫会同意自己,没想到等来的却是与夫的反驳。

他激动地从沙发上站起,半弓着身子死死盯着与夫的脸。

"我们或许真的是残次品。也的确,如果进化把希望寄托在了木星区域的生命上,人类或许就应该毫无怨言地为后来者让道……可是,制造出我们这些残次品的进化本身,难道就一点儿罪过也没有吗……"

与夫沉重的嗓音里饱含恨意,就像是在咬牙切齿地念着某种诅咒。

"最该受到惩罚的,应该是进化才对!"

与夫的话让房间里的空气仿佛瞬间冻结。

银颤抖着站直身子,轻轻走到与夫身边,微微俯身与他正面对视。

"这是仇恨……与夫,你现在完全被仇恨冲昏了头脑。"

"没错。"与夫点头承认,"这是仇恨,但却是正当的仇恨!"

两人就这样沉默着对视了一阵。突然,银咧嘴一笑,从与夫身边走开了。

"你说得对,我们只能走平行线。"银边走边说,"我相信地球上的生命必将灭亡,而你却始终不肯屈服于进化。我们之间根本就没有妥协的余地。"

人性的脆弱在银的脸上闪现了一瞬,又立即消失。他马上又变回了原先那个冷酷刻薄的醍醐银。毫无表情的端整面容好似假面,眼中透出的冷光令人胆寒。

"既然如此,你打算怎么办?"与夫的声音疲惫至极,"在这里杀了我吗?"

"我们玩个游戏怎么样?"

"游戏？"

"赌注是人类的命运……如果我赢了，你就放弃与进化作战；如果你赢了，我就加入这场作战，如何？用全人类当筹码，没有比这更刺激的游戏了！"

"你是认真的？"

"当然是认真的……无论是探测进化力、研究它的性质并做出防御，还是宣告人类即将灭亡，都只有我们这两个新人类才能做到。所以，由我们两个来决定人类的命运，也没有什么不妥……这难道还需要考虑吗？"

"……"

的确，或许根本就不需要考虑。

虽说自以为能决定人类的命运纯属新人类的妄想，但银可不会就这么轻易地放走与夫。他已经没有选择的余地。

"好吧。"与夫点了点头，"请告诉我游戏的内容。"

"很简单，这个游戏真的非常简单……木卫一上的进化力探测器已经损坏，所以，现在谁能占据'大肠杆菌号'，就意味着谁能决定人类的命运。我会带两名部下去袭击'大肠杆菌号'，而你的任务就是阻止我……你看，是不是很简单？"

确实是个简单又可怕的游戏。正如银所说，"大肠杆菌号"争夺战将是一场押上全人类命运的赌博。

"什么时候开始？"

与夫艰难地问。

"就现在,立刻。"

银再次露出如花的笑颜,旋即转身奔向了门口。

与夫急忙追赶上去,却忽然感觉身子一轻,两腿发软,摔倒在地上。

重力发生器被关闭了!

随着"嗡"的一声轰响,地板开始倾斜,与夫感觉自己正在微弱的重力下缓缓加速。

他连忙抓住固定在地板上的桌子稳住身体,这时房间里已经没有了银的踪影。

飘窗外的硫黄海洋波涛汹涌,仿佛一头满口獠牙的野兽扑面而来。二氧化硫化作支离破碎的云块,翻卷着掠过窗前。

与夫这才意识到,这个房间是用船外作业艇改造而成的。现在,他独自一人被困在了拆除了控制系统的作业艇里,眼看就要被硫黄的巨浪吞没。

沉没前的短短两三秒内,与夫迅速拉下头盔面罩,启动了宇航服内的核聚变炉。作业艇的外壳应该足以抵御硫黄的高温,就算墙壁被烧熔,耐热耐压的宇航服也可以保护自己不受伤害——与夫这样盼望着。

"抽象人"的影像再一次闪现在了飘窗上。"他"体内的硫黄血液浑浊沉淀，显然已经死去。

这时，一阵落入草坪般的轻柔震动从地面传来。与夫知道，是作业艇落入了硫黄之海。

不要慌——与夫告诉自己——所有作业艇肯定都能承受一千三百摄氏度的高温。

然而事实却给了与夫当头一棒。伴随着冰裂般的"咔嚓"声，作业艇的墙面上出现了裂痕。它就像糖块一样不堪一击。

与夫睁大双眼凝视着飘窗上的影像，感觉全身的血液都在倒流。

在他的眼前，木卫一上的生命体就像是逆流而上的鲑鱼，它们丝毫不受浪潮的影响，向作业艇发起了进攻。

是的，与夫真的看到了那些只有微生物大小的生命体！它们的菌丝——或者说是触手——相互联结，组成了层层叠叠的多重巨网，将作业艇紧紧裹住。这些巨网极其强韧，让具备耐压结构的作业艇都要濒临散架。

——有趣的是，这些生命体里蕴藏着智慧的萌芽……

银的话在与夫的耳边响起。

——它们聚集在一起时会做出一些类似于智慧生命的行为……

与夫已经毫不怀疑这些生命体拥有智慧。它们的行动并非出于单纯的本能，而是显然受到了意志的驱使。是意志让它们对作业艇发起了攻击。

此时的作业艇就像是一个被剥去了外壳的核桃仁。

与夫还没来得及应对，作业艇就在刹那间分崩离析。下一瞬，与夫坠入了硫黄的海洋。

宇航服里的恒温装置开始高功率运转，发出了可怖的尖啸，如果没有这身万能型宇航服，与夫恐怕早已在一瞬间化为灰烬。

然而，即便是穿着万能型宇航服，在硫黄海洋里翻滚的滋味也绝不好受。一想到自己正被一千三百摄氏度的硫黄包围，与夫就快要把身体缩成一团。

其实不是快要，与夫是真的已经缩成了一团。木卫一生命体结成的巨网像渔网一样在他的面前张开，回过神时，他已经被完全包裹在了网中。

虽然备感惊奇，但与夫还是认为这些生命体不足为惧。他在内心深处藐视着它们的存在，并没有阵脚大乱。

万能型宇航服的耐压程度远远胜过作业艇。即使是在气压巨大的木星大气层里，它也能下潜到相当深的位置。按照常理，无论多么强大的生命体都不可能将其破坏。

然而，当这身不可能被破坏的宇航服胸前的警报灯开始闪烁，与夫顿时陷入了恐慌——这意味着宇航服承受的压力已经濒临极限。

与夫在硫黄的猛浪中拼命挣扎，试图挣脱生命体的巨网。

可他越是挣扎，生命体的网就收得越紧，警报灯的闪烁也更加频繁起来。宇航服的空气还原系统似乎早就出了故障，氧气泄漏的声音在头盔中回响，仿佛无奈的叹息。

巨网逐渐收紧，与夫的手脚已经无法动弹，更别提什么挣扎了。现在，核桃壳里任人宰割的核桃仁已经不再是作业艇，而是与夫的血肉之躯。

当电子控制系统在宣告压力异常的同时也开始宣告空气还原组件出现异常，与夫终于不再抵抗，全身僵直地陷入了深深的无奈。

面对连万能型宇航服都能压碎的生命体，再怎么挣扎都是徒劳。想不到自己刚夸下海口说不会向进化低头，就被进化搞得如此狼狈。一旦宇航服内的电子元件停止运转，与夫就会在一千三百摄氏度的高温下瞬间化为灰烬。能够毫无痛苦地死去，或许是他能获得的最后一丝慰藉。

与夫的意识逐渐模糊，视野慢慢变窄，硫黄海洋在顷刻之间黯淡下去。在昏厥前的迷离状态下，他面带微笑，准备好了就这样迎接死亡……

——我是角斗士。

突然，一个念头没来由地从与夫的大脑里冒了出来。

——我是罗马帝国斗兽场上一名拼死厮杀的角斗士！

这个念头有如晴天霹雳，在他的脑海中轰然炸响。与夫感到一阵头痛,不觉发出了痛苦的呻吟。

此时此刻,在进化前来观战的斗兽场上,与夫和木卫一上的生命体正在为各自物种的命运而战。如果与夫认输,就意味着人类将要走向灭亡……

与夫大概是发出了声嘶力竭的呐喊,但他自己却已经记不清了。至于被木卫一生命体包裹到连手指都无法动弹的自己究竟是如何摸到肘部的发射按钮的,他也完全没有印象。

他唯一能隐约记起的,是宇航服上的太空移动推进器开始喷射,自己在反冲力的作用下穿透了生命体的巨网,在硫黄之海中极速回旋着不断上浮。

那段时间里,与夫已经悬在坠入B级现象阈世界的边缘。因为无论是生命体的穷追不舍还是自己的死里逃生,事后回想起来都如梦似幻,没有让他感到一丝紧张。

他不知道自己是向着哪里、如何逃脱的。总之清醒过来的时候,自己已经回到木星探测艇的驾驶舱,飞离了木卫一。

意识就像被酸侵蚀过一样模糊不清,与夫完全丧失了对外界的兴趣,感到把自己封入躯壳的欲望无比强烈。B级现象阈世界是一个绝对封闭的世界——他想起曾有什么人对自己这样说过,不禁毛骨悚然。毫无疑问,他正在滑向那个世界……

与夫用尽最后的力气,拼命向不知名的人和物做着祷告——一切还没有结束,请再给我一点儿时间!我必须在斗兽场上与银决斗、与木星周围的生命体决斗、与进化决斗！不要让我在这个时候掉进B级现象阈世界……他几乎就要绝望地流出泪水。

虽然绝望至极，但与夫的脑海深处始终在冷静地思考着一个问题：我为什么要丢下核聚变炉？背着应急用的氧气瓶回到木星探测艇前，他清晰地记得自己取下了宇航服内的核聚变炉。可至于为什么要这样做，他却一点儿也想不起来。

不过，现在不是想这种问题的时候，当务之急是要尽快赶回"大肠杆菌号"。银说不定已经向它发起攻击，并将它据为己有了……

然而当看到控制台前屏幕上的舱外影像，与夫顿时震惊到无法呼吸——

他正坐在新宿的电影院里，全神贯注地观看色情片。

新宿？而且还是二十世纪八十年代的新宿。那时山东陨石还没有落到地球，没有人知道进化会使基因发生异变。每个人都无比希望能够回到那个时代。而现在，那个与大进化毫无瓜葛的新宿就存在于控制台前的屏幕上！

一片黑暗之中传来女人的呻吟声。被扩大了好几倍的裸体正在屏幕上蠕动。

色情片女演员裸露的手臂上，一个孤零零的疫苗疤别具生机，形成了一种奇妙的存在感……

屏幕上的航行数据闪烁不定,很快便消失在了女演员的裸体之下。

与夫失声尖叫起来,他知道自己正在滑向B级现象阈世界。

这时,木卫一上的一个火山口中突然喷发出了大量的硫黄。熔融状态下的硫黄混合着二氧化硫和熔岩,在三百千米的高空中划出一道道鲜红的轨迹。

完全坠入B级现象阈世界前的一刹那,与夫突然明白了自己将核聚变炉留在木卫一上的原因——角斗士就该让对手死得彻底一些。

尚未飞出木卫一大气层的探测艇受到了一阵强烈的冲击。

一瞬,木星的南极光掠过视野,光焰闪烁,爆响震天。

——与夫感到此情此景格外熟悉，或许是自己的记忆产生了错乱。

被银叫去木卫一时的那个自己，和现在正要驾驶木星探测艇离开"大肠杆菌号"的自己混同为了一体，其间的差异不甚分明。

由于在飞离木卫一后很快便坠入了B级现象阈世界，与夫的记忆失去了连续性，这让他的大脑变得更加混乱。

听从银的指示前往木卫一时，与夫驾驶的就是木星探测艇。而现在，他又要开着这艘探测艇去寻找落入宇宙空间中的银——两次的情景极为相似，也难怪与夫的记忆会产生错乱。

与上一次不同的是，现在的与夫对B级现象阈世界已经不那么恐惧了。毕竟离开木卫一后他已经顺利逃出过那里一次，而且更重要的是，现在有鸟谷部麻子与他结伴同行。

其实从某种意义上讲，醒醐银也是同行者之一。

——与夫，你还记得我们的游戏吗……

银的意念无比清晰地传递过来，就像是有人在与夫的耳边说话。他的语气已经不像之前那样充满嘲讽，而是变得明朗坦然。

——如果我占据了"大肠杆菌号"，我们就接受人类的灭亡……如果你成功阻止了我，我们就一起和进化作战……现在看来是我输了……

是的，银输掉了这场游戏。

如此一来，他就不得不放弃人类必败的想法，从此不再主张人类应该给木星区域的生命让路。从某种意义上说，这个结果全盘否定了他存在的价值。

然而，银却丝毫没有因挫败而失落。即便是新人类，也很难做到完全将人类弃之不顾，银在接受人类灭亡前必然经受过莫大的精神折磨。现在，他终于可以从折磨中解脱出来了。他不但没有为此感到失落，反而还多了几分欣喜。

银拼尽了全力和与夫角斗，最后却还是以失败告终，他已经没有什么好遗憾的了。他现在别无选择，只能和与夫一起与进化作战。

这么说来，大木丽的怀疑也不无道理——与夫和银的确算是同伙。

虽然主张与立场互不相同，但与夫和银之间渐渐萌生了一种属于新人类的纽带。至少，在为大进化摧残下的人类命运担忧这一点上，两人的心情是完全一致的。他们就像是同一枚硬币的正反两面。

——你感觉到了吗？越靠近木星，进化力就越强……

银传来的意念中夹杂着一丝恐惧。

——与夫，这下我们真的要和进化作战了……

是的，与夫也明显感觉到了进化力的巨涛。埋藏在基因中的微生物和肺鱼的记忆似乎又要复苏。

但这次不知为何，他并没有像之前那样，感到被进化力肆意摆布时的那种深深的无奈。对于自己可能被基因的记忆淹没、退化成微生物和肺鱼，他也没有感到丝毫恐惧。这是怎么回事？

如果仅仅是从B级现象阈世界逃脱过一次，就不再对它抱有恐惧，未免让人觉得有些离谱。那个处处散发着腐臭的幽闭世界，只要是去过一次的人，都绝对不想再去第二次。

我这个新人类说不定登上了进化的又一级阶梯……这个想法刚一冒出，便立刻在与夫心中化为了确信——没错，我已经对进化力产生了抗性，适应了"不确定性原理"影响下的这个模糊不清的现实。

这并不是一件值得庆幸的事儿。登上了进化的又一级阶梯，同时也意味着自己与人类的距离又远了一截。想到自己正在变成非人，没有谁能高兴得起来。

不过,新人类拥有的新能力在与进化的对战中无疑是有利的,这让与夫斗志昂扬。

——与夫,你能不能快点儿过来?进化力变得好强,木星上好像有什么东西!我一个人真的好怕……

银的意念变强了,代表着恐惧和不安的红色与灰色在与夫的脑海中出现。想不到,那个一向桀骜不驯、冷酷无情的银也会有如此狼狈的一面。

不过话说回来,木星周围进化力的强度确实已经超出了正常的阈值,银会害怕是很正常的。仿佛为了迎击前来与之作战的两个新人类,进化也在扩充兵力,向与夫和银逐渐施压——与夫之所以没有感到畏惧,或许是因为他比同是新人类的银进化得更快一步。

"捕获求救信号。"副驾驶座上的麻子说,"已经根据信号重新规划航线。"

麻子不仅是一名优秀的精神分析师,也是一名不可多得的木星探测艇副驾驶。或许正是精神分析师的职业素养,让她在阅读仪表数据的能力上比与夫更胜一筹。

由于探测艇正在接近质量巨大的木星,质量探测器的精度变得很低,想要用它从宇宙空间中分辨出一个芝麻粒一样的人来极其困难。更糟的是,银的万能型宇航服发出的求救信号也已经淹没在了荷电粒子狂流的干扰中。

在这种情况下，纵然有计算机的帮助，仅靠与夫一人也很难追踪到银。

与夫感慨万分地看向麻子的侧脸，不禁被她的美深深吸引。

他感觉，能有这样一位聪慧美丽的女性不惜脱离卡戎追随自己，简直是天大的福分。在拥有精明头脑的同时，麻子还有着敢于为爱人放下一切的刚烈性情，这本身就是一个奇迹。她明知与夫是新人类，而帮助新人类很可能意味着背叛旧人类，却依然做出了现在的选择。

直到这时，与夫才惊讶地发现，自己对麻子几乎一无所知。除了在 B 级现象阈世界里与她交谈过几次外，他们之间还从没有过一次像样的对话。

然而即便如此，与夫还是觉得麻子比其他任何人都要亲切可爱。这种感觉让他又惊又喜……

"奇怪……"麻子的声音有些滞涩，"那个人消失了。"

"消失了？"

与夫重复着麻子的话。

这不可能。人不可能在太空中轻易改变方向，更何况是在大质量木星的吸引之下！

虽说宇航服里配备有在太空作业中转向用的太空枪，但如果在这种情况下开枪，等于亲手把自己送入迷途，后果无异于自杀。

突然,探测艇内响起了警报音,表明有大质量物体正在接近。

从方位来看,这个物体既不是木星,也不是木星的四颗伽利略卫星。木星和伽利略卫星的质量都已经事先录入过艇内计算机,探测艇没有必要特意提醒船员它们的存在。

质量探测器的屏幕浑白一片,别说是追踪银的轨迹,就连最基本的功能似乎都已经丧失。

"能不能把质量探测器的搜索范围调到最大?"

与夫突然想起了什么,对麻子说道。

"这里不是行星际飞船,就算调到最大也覆盖不了多大的空间。"

"我知道……在探测艇的性能限度内就行,把质量探测器的搜索范围调到最大。我想要确认一件事。"

"……"

麻子先是疑惑地看着与夫,但又马上改变了态度,十根手指在控制台上灵活地操作起来。

质量探测器的屏幕再次发出蓝光,显示出了质量数值。正如麻子所说,探测器搜索不了太大的空间,但却能勉强覆盖木星周围的宇宙区域。

"这不是质量……"与夫惊叫道,"是引力势能。质量探测器捕获到的,是引力势能!"

两人将三维透视影像的焦点移动到了引力势能的源头处。

那里有一个高速气旋！大量的气体飞速旋转着形成旋涡，气旋的中心在极大的引力作用下发生坍缩，而且正在急剧升温。用不了多久，它就会达到一百万摄氏度的超高温状态，将周围的所有物质化为等离子体态——木星的一颗新卫星就要诞生！

这种事不可能发生在现在。宇宙中上一次出现这种现象，还是在太阳系诞生之初。那时，原始太阳燃烧着核聚变的烈火，以千倍于现在的速度旋转着，将它的磁场一直扩散到海王星。

那些高速旋转的、多到能引起内部坍缩的气体究竟从何而来？更离奇的是，圆盘状的高速气旋只有依靠磁场才能形成，可木星周围怎么会有如此强大的磁场？！

——木星……一个念头从与夫脑中一闪而过，又立即打消。木星虽然是一颗巨大无比的行星，但它的质量还远远不及太阳，不可能像原始太阳那样产生出足以孕育出新行星的强大磁场。

然而不知为何，这个已打消的念头始终沉淀在与夫脑海一隅，挥之不去。

无须确认仪表数据，与夫和麻子已经在探测艇的大屏幕上清晰地观察到了那个高速气旋。一切都是那么不可思议！无论是气旋的转速还是气旋内部的坍缩速率都异常的快，快到几乎就要超越时间本身。人类已知的物理学常识已经无法对这种异象做出解释。

巨量的气体、强烈的磁场，都像变魔术一样突然出现。纵然木星周围有各种磁暴和等离子体流的干扰，探测艇上的计算机也不可能忽视如此重大的异常现象。

进化力与引力存在着某种物理上的联系。这片区域的进化力急剧增强，无疑与高速气旋产生的引力有关。或许，那个气旋正是为了增强木星周围的进化力，才被故意制造出来的。

被谁？进化。

然而，对于不惜花费十亿年之久来增加地球含氧量的进化来说，现在这种催生木星区域生命的方式未免显得有些操之过急。进化就像是受到了什么威胁，它被逼无奈，不得不慌忙赶工。

因为我们决定要与进化作战……与夫突然想到了这种可能，同时却也心存怀疑。区区两个新人类的反叛就能惊动他们的造物主进化？这样想或许纯属妄自尊大。但不管怎样，与夫希望这个想法多少能为自己增添一些士气。

"加速航行两秒。"与夫命令道，"如果航线无误，应该就能找到银了。"

"……"

麻子诧异地看着与夫。

她一定很好奇与夫究竟是根据什么做出了这么肯定的判断。毕竟，银的身影连仪器都难以捕捉，而与夫却胸有成竹地说只要加速两秒就能找到他，这简直就是信口开河，或者可以说是神明附体。

与夫也对自己的发言感到诧异。他几乎是未经思考就将那句话脱口而出，但却对它的真实性抱有比直觉还要坚定的信心。是的，他确信无疑——如果说这也是新人类获得的新能力之一，那他确实该为自己与人类的差异之大感到恐惧了。

麻子的诧异只持续了几秒。

她天资聪颖，基本上凭借直觉就能判断出哪些话是可信的。

她把手伸向控制台，精准地让推进器启动了两秒钟。突如其来的加速让探测艇的缓冲设备吱呀作响。

皮肤抽搐、脊骨生疼、咽喉的刺痒带来一阵恶心……两秒钟痛苦的加速过后，两人感觉身体如获新生。探测艇又恢复了惯性航行。

虽然只加速了两秒，但探测艇周围的宇宙空间却发生了天翻地覆的变化。

与夫和麻子已经来到了高速气旋附近的危险地带。坍缩释放的巨大能量让探测艇里的各种仪表一通乱响，亮橙色的火花从高能粒子谱仪中迸溅出来。

质量探测器屏幕上的引力势能曲线呈陡坡上升。强烈的磁暴之下，磁场屏蔽性能极强的探测艇也快要撑不住了。

现在的探测艇就像一个放在倾斜托盘边缘的咖啡杯。它摇摇欲坠，只要轻轻一碰，就会立即掉在地上摔得粉碎。

　　按理说，探测艇应该已经进入了木星的引力范围内。但由于高速气旋产生的磁场和它中心处的"卫星风"释放的能量太过强大，质量探测器仍然没有捕获任何来自木星的数据。

　　"我找到他了！"

　　麻子叫了起来。

　　异常强烈的磁场和引力作用下，探测艇的舱外摄像头还在奇迹般地工作着，将银的身影清晰地投射到了艇内的大屏幕上。

　　当然要说奇迹的话，还是与夫的超能力更加神乎其神。他能够准确地判断出加速两秒就能追上银，这一点别说是旧人类麻子，就连探测艇上的计算机都无法做到。

　　然而，与夫没工夫去为发生在自己身上的奇迹表示感叹。如果说探测艇像是倾斜托盘上的咖啡杯，那么此刻的银就像是一片即将被吸入旋涡的树叶。救援行动刻不容缓，否则，银就要被卷入气旋之中。

　　没等与夫开口，麻子就已经发动了位置微调推进器，让探测艇缓缓向银靠近。

　　在此期间，银并没有用意念发出任何呼救，与夫的脑海里一片死寂。或许是引力波会对意念传输造成影响，又或许——银已经失去意识了？

　　坍缩中的高温气旋释放出巨大的能量，使探测艇上的各种仪器几乎全部失灵。

太阳风探测器、引力波探测器、偏光仪、等离子体探测器……这些设备都已经停转，在这种时候，偏偏是结构最简单的舱外摄像头还在正常运转，把银的身影准确定位在了视野正中。

俯瞰之下，银身后那团剧烈翻涌的气旋宛如一锅沸腾的开水。气旋的中心高高凸起，颜色发红，很像燃烧中的炉火。

地狱的盖子被掀开了……与夫莫名其妙地想出了这样一句话，顿时感觉口中直冒苦水，膝盖难以控制地战栗起来。

目前为止，还没有任何一个人类亲眼目睹过高速气旋孕育新星体的场景。如果说这是进化为了催生新生命而做的准备，那么气旋的高温无疑就是即将烧尽人类的劫火。

探测艇外壁上的一扇门打开了，收于其中的机械臂缓缓向银伸去。高温气旋射出的光焰把机械臂映得通红。

机械臂伸到了银的身边。他的身体绵软无力，眼看就要飘向远方。就在这时，机械臂毫不迟疑地合拢钩爪，握住了他的手臂。

银的双脚因惯性向上弹起，身体缓慢地旋转为横向，宇航服的头盔面罩与探测艇的舱外摄像头恰好相对。

面罩下的那张脸让与夫不禁破口大骂。

银非但没有失去意识，还故意大睁着双眼，嘴角挂着陶醉的笑容。气旋的光焰和探测艇的灯光为他的面庞勾勒出绝美的光影，就连同是男性的与夫都为之心头一动。

——进化的力量太伟大了……它是那么强……

银的意念又一次出现在了与夫的脑海中。比起语言，那更像是一段灵动而轻快的旋律。

与夫的心中燃起了怒火。银明明已经决定要和进化作战，可看到高速气旋以后，他的决心又动摇了。

或许从某种意义上说，银可以算是一个艺术家。他的内心在宏大而壮美的东西面前会变得十分敏感，很容易折服于它们的美。他之所以全盘肯定进化的力量，是因为人类灭绝的壮美悲剧令他心醉神迷——他一定会喜欢听瓦格纳①的曲子。

一个具有艺术家秉性的新人类……作为同伴，恐怕没有谁比银这样的同伴更难相处了。

——放松身体，我们这就把你拉回探测艇。

与夫也向银传递了一个意念。或许是因为心情烦躁，集中意念的过程相当费力，让与夫的脑仁隐隐作痛。他不确定银是否成功收到自己的意念。

机械臂开始回收。银依然保持着陶醉的微笑，对即将进入探测艇的事似乎毫不关心。

麻子在控制台上打开了船体监控器，探测艇的三维透视影像显示在了大屏幕上。一个红色的光点开始闪烁，提示着

---

①理查德·瓦格纳（Richard Wagner，1813—1883），德国浪漫主义作曲家，代表作有歌剧《尼伯龙根的指环》等。

无人探测器存放舱的外舱门正在开启,银就要从那里进入探测艇……

突然,探测艇剧烈摇晃起来,控制台上的警报灯闪烁不停。

与夫和麻子险些从缓冲垫中摔落。

"银!"

看到屏幕上的机械臂在晃动中松开了钩爪,与夫大叫起来。然而这时,银已经再次飘入了宇宙空间。

银的身体像陀螺一样旋转着,用比之前更快的速度划过太空,消失在气旋中。

不明状况的与夫正要启动加速喷射器,可就在这时,探测艇又一次摇晃起来,像是受到了什么坚硬的物体的猛烈撞击。

麻子尖叫一声,眼看身体就要撞在控制台上,幸好有与夫及时用力拉住了她。

警报音刺耳地响着,驾驶舱里不知什么地方发生了短路,冒出了缕缕白烟。

"看那儿……"

麻子在与夫的怀里颤抖着伸出手去,指向了大屏幕。

屏幕上红成一片的气旋变得歪斜而扭曲,像是透过偏光镜①看到的影像。更要紧的是,变形的气旋正在极速逼近探测艇,有什么东西正在从它的内部不断飞出。

①一种根据光线的偏振原理制造的镜片,用来排除和滤除光束中的直射光线。

什么东西？难道是……与夫的表情瞬间凝固。那些东西形态不定，模糊不清，正一个接一个地被气旋通过离心力从中心部甩出来——他见过它们！

潜入生物遗传学研究所的时候，或者说是返回"大肠杆菌号"的时候，与夫曾经被那种东西袭击过。虽然在现实被"不确定性原理"搞得层层叠叠以后，世界上已经没有什么固定不变，但那个时候，与夫的确是遭到了同种东西的袭击。

抑制因子——

此前，与夫不相信那东西就是抑制DNA转录的抑制因子，而只把它当作噩梦中的怪物。毕竟，如此巨大惊人，还能在细胞外活动的抑制因子不可能存在。就算抑制因子只是一种比喻性的说法，这种比喻也未免太过离谱。

然而现在，与夫却毫不怀疑，那些从气旋里飞出的"障碍物"就是抑制因子。

基因突变和大进化在尺度上虽然相差悬殊，但它们之间的确存在着某种共通的规律。而造就这种共通规律的，想必就是进化力。

如果基因能够抑制异常信息的传递，那么大进化自然也拥有相应的机能。

与夫确信，那些东西正是大进化尺度下的"障碍物"——来阻止与夫行动的抑制因子。

大木丽曾经说过，坠入B级现象阈世界，就相当于与夫这串"信息"被上了锁。的确，为了阻止与夫干预进化，放出"障碍物"去将"信息"挡住是最明智的选择。

如果真是这样，就证明与夫的反抗对进化——他已经在不知不觉中把"进化"当成了一个人称代词——造成了威胁。进化派出"障碍物"来阻挡我，说明它也并不是万能的神。这或许是一件值得高兴的事。

当然，与夫事实上并没有为"障碍物"的袭来感到高兴，而是恰恰相反。木星探测艇的耐热耐压外壳能够抵御木卫一的高温和木星大气的高压，却在"障碍物"的攻击下嘎吱作响，顷刻间失去了控制。

能让探测艇的电磁屏蔽外壳发出金属尖啸的巨大能量，究竟被那些"障碍物"存储在了哪里？它们明明是像云雾一样虚无缥缈的生命，仿佛一阵风就能将其吹散。

或许，这些"障碍物"根本就不该被定义为生命。再强大的生命体都不可能对能耐受一亿摄氏度高温等离子体流的木星探测艇造成破坏。它们只是抑制因子。

更不可思议的是，"障碍物"居然能在宇宙空间中正常存活。它们的能量是从磁场里获得的，还是直接从恒星吸收来的？这不可能，简直是荒诞不经！

可如果不是那样，"障碍物"究竟是靠什么在宇宙中移动？

高速气旋确实能为它们提供初速度，但从那海浪一般微微波动的前进方式来看，它们绝对是在依靠自己的力量进行移动。

当然，在这种时候纠结于"障碍物"能否在宇宙中移动是愚蠢至极的。这种不可能存在的东西已然对探测艇发起了攻击，无论再怎么纠结都无济于事。当务之急，是要想办法击退它们，让探测艇脱离危险。

"障碍物"的攻击执拗且彻底。冲击波持续不断地袭来，探测艇就像是一只试图抓住电鳗的手，陷入麻痹动弹不得。

由于在设计时把重心全部放在了构造的强韧性上，木星探测艇没有装载任何武器。女人们万万没有想到，与进化的作战竟然会以如此"具体"的形式展开。

因此，现在与夫就算想要反击也束手无策。如果此时贸然开启主推进器撤退，刚刚能够勉强维持平衡的探测艇必然会被吸入气旋之中。

托盘边缘的咖啡杯——这个现状必须时刻牢记。

这个拥有十倍安全系数、在木星大气的巨压下也毫发无伤的咖啡杯，现在却在"障碍物"的冲击波下摇颤欲碎，像是巨浪中一片听任摆布的树叶。

现在与夫能做的除了系紧安全带、让身体深陷进缓冲垫，就只有不住地出汗和握紧麻子的手。他已经完全无力与"障碍物"作战，就连逃跑的可能都没有了。

　　一股隐约的腐臭涌入鼻腔，多年的蛀牙又开始疼痛起来……

　　他终于明白了"障碍物"——如果它们有意志的话——的真正目的。只要一刻不停地攻击下去，即便不能击穿探测艇耐热耐压的坚固外壳，也一定能让艇内的生命维持系统失去控制。

　　到那时，整个探测艇就会变成一口巨大的金属棺材。

　　想到生命维持系统已经岌岌可危，与夫毫不犹豫地开启了主推进器。

　　咖啡杯从托盘上滑落下来。

　　探测艇一头扎入了气旋。虽说这种行为几乎等于自杀，但与夫还是对探测艇的耐压外壳抱着一丝希望。哪怕是自杀，能与那些"障碍物"同归于尽也算是死而无憾了。

　　探测艇的绝缘部位在高温等离子体流中剧烈放电，将周围的"障碍物"一扫而光。目睹了这一幕的与夫久违地发出会心的大笑。他真的太久没有这样笑过了。

　　麻子的尖叫和与夫的笑声重叠在了一起。

　　"与——夫——"

"与夫。"

听到背后有人叫自己,与夫慢慢回过头去。

初春柔和的阳光照进林中小径,麻子面带微笑款款走来。

小径旁阳光未照到的地方还残留着积雪,银莲花和老鸦瓣从落叶间探出头来,组成了一个大花园。

花期仅到四月的早春植物鲜嫩繁茂,在落叶阔叶林中散发着清甜的幽香。

麻子穿着带深蓝水滴图案的洁白衬衫和白色长裙,全身上下充满了春天的气息,好似一朵盛开在大森林里的鲜花。

"嗨呀——"

与夫也露出微笑,走向了麻子。两人很自然地挽起了手臂,并肩在小径上散起步来。

清风拂过森林,吹起两人脚边的枯叶,一只松鼠穿过小径渐渐跑远。

麻子的头发在微风中散发着香气。

突然，与夫想起自己上一秒还身在木星附近。而现在，他却已经置身于早春的林间，与麻子携手漫步。与木星探测艇一同坠入气旋的场景仿佛那么遥远。

是"不确定性原理"又一次影响了现实，与夫在"洋葱"中的位置发生了转移。

然而，这里似乎也不是B级现象阈世界。B级现象阈世界不可能像现在这样让人心情舒畅。

探测艇坠入气旋的"那个现实"与在林间散步的"这个现实"形成了一组对照。如果用洋葱来作比，"那个现实"或许比"这个现实"更加接近洋葱芯，但即便如此，"这个现实"也的确真实存在。从某种意义上说，不同层级的现实之间并无高下之分。

只是，与夫不知道当自己来到另一层现实的时候，其他人的状态会如何变化。虽然最基础的人际关系变化不大，但由于"不确定性原理"会让现实变得极其主观，他人介入后的状态让与夫捉摸不透。比如，麻子看到的现实和自己看到的现实是一模一样的吗……

不过话说回来，有多少人就有多少种现实。即便是在没有受到"不确定性原理"影响的世界，人们也都是生活在各自的主观时间里。

与夫偷偷看着麻子的侧脸，不觉想道：她是否还记得与自己一起坠入气旋的事？还是说在她眼里，与自己一起在林间散步的"这个现实"才是唯一的现实？

他很想开口询问麻子，却又怕这个唐突的问题破坏掉眼下的美好，最终还是极力克制住了想要发问的心情。

他理应相信两人共有着同一个现实，因为鸟谷部麻子对他来说并不能算是"他人"。现在，他只需忘记过去的一切，在早春的清风和绿林中享受与心上人散步的过程就好。

他们也的确需要这样一个喘息的机会。他们经历了漫长而坎坷的远征，体会了别离又重逢的滋味，而前方可能还有更加漫长的路在等着他们。

"感觉很奇妙。"

麻子轻声笑着说。

"什么奇妙？"

与夫问。

"我们经历了那么多，却还是第一次像现在这样单独出来散步。"

"第一次？"

与夫侧着脑袋搜寻着记忆，最后不禁感慨："还真是第一次……"

"我好像初次约会的女学生，有一种……心怦怦跳的感觉。"

"真是第一次……"

与夫重复道。

在连接着生理状态监控仪、与进化力探测器同步的时候，麻子一直都是他的专属精神分析师。他们并没有经过普通情侣的恋爱步骤，就自然而然地成了恋人。因此，散步这种寻常无奇的事反而会让他们感到新鲜，甚至脸红心跳。

"回去的时候一起喝杯茶吧？不知道最近有什么好电影……"

麻子走远了些，兴致盎然地说。她的眼睛里闪着光芒，脸颊微红，显然是真心喜欢和与夫一起散步。

"麻子……"

与夫忍不住伸出双手，想要把麻子搂进怀里。

"哎呀！你还真是个自恋狂。"麻子像猫似的缩起身子，故作惊讶地说，"才第一次约会就要这样吗？"

她巧妙地躲过与夫凑上来的嘴唇，跳房子似的跳开两三步，发出了悦耳的笑声。

"在这种地方可不行。"

与夫很能理解麻子的心情。她是想趁此机会好好体验一下情侣间的暧昧互动与打情骂俏，把那些不曾拥有过的幸福瞬间都悉数补回。毕竟她最渴望的，就是能和与夫成为一对普通的情侣。

——如果真是那样该多好……与夫也发自肺腑地感慨。如果能把进化抛在脑后，一心一意地与麻子投入这场恋爱的游戏该多好……

"不可以动手动脚哦。"麻子晃着食指，一脸认真地说，"博物馆就在前面，在这里搂搂抱抱会被人看到的。"

"博物馆？"

"是啊，我们正在去博物馆的路上。"麻子吃惊地说，"你不会忘了吧？"

"啊，没有……我刚才有点儿走神了。"

麻子的现实果然和与夫的发生了错位。与夫尽力迎合着麻子，看向了她指的地方。

常绿乔木覆盖的小丘上，一个大而无窗的白色建筑赫然耸立。

虽然毫无相似之处，但与夫还是联想起了"祈祷男"——生物遗传学研究所的塔楼。忽然似有一阵冷风吹过，让与夫脊背生寒。

博物馆呈中空的圆锥状，一条绵延不断的回廊沿着圆锥内壁盘旋而上，与螺丝钉的结构恰好相反。

初春的暖阳照进圆锥内部的中空地带，隐约有热气徐徐蒸腾。回廊内侧的护栏上缀满了爬山虎，在空地上投下了几抹绿影。远处，喷泉的水声依稀可闻。

售票处和博物馆内都空荡无人。

无奈之下，与夫和麻子未经购票便直接进入了场馆。由于周围太过安静，两人也不自觉地放轻了脚步。

一层的回廊以平滑的曲线逐渐上升，这里没有陈列展品用的玻璃柜，只有一排古旧的时钟悬挂在墙上。

所有的时钟都在转动。滴、答、滴、答……指针走动的声音仿佛人的低语，在博物馆内幽幽回响。

有的钟使用了水银钟摆，可以修正气温变化导致的误差；有的则像是大教堂里的巨钟，直径接近两米。

其中，一个滚珠钟引起了与夫的注意。

持续做跷板运动的木板上刻着弯弯曲曲的纹路，一粒小珠沿着纹路来回滚动，每往返一次便是一分钟。

跷板和滚珠……那一刻不歇的运动仿佛构成了某种象征，让与夫心头一阵酸楚，怅然若失。

他在滚珠钟前伫立良久，直到麻子用眼神催促自己才决意走开。然而，果然还是有什么东西始终让他耿耿于怀。

从不计其数的时钟前走过，与夫感到了一阵莫名的疲惫。仿佛自己经历了漫长的时光，从极遥远的地方走过来。疲惫久久不能缓解，如果不是麻子在身边，与夫恐怕会当场瘫倒在地。

经过最后一面时钟后，前方看不到任何展品，缓缓上升的回廊上只有两人孤独的身影和空洞的脚步声。

"我啊……"

与夫开口说道，一旁的麻子饶有兴致地看向了他。

"我……"

与夫又咕哝了一遍，无力地垂下了肩。他已经忘记了自己想说什么，甚至连是否有话要说都记不清了。

麻子用微笑安慰着与夫，温柔地挽起了他的手臂。对于现在的与夫来说，只有麻子的体温真实不虚，没有什么比那份温热更重要了。

从某处开始，绵延不绝的壁画出现在了墙上。

最初，直抵天花板的巨幅壁画看起来十分抽象，画面中的亮部与暗部界限模糊，各种颜色混成一团。

越是向前走，画面中的明暗分界就越清晰，混杂的色彩也逐渐显出了形状，化为了放大上万倍后的各种微生物。

微生物的数量逐渐增加，直至填满整个墙面。这时，壁画的背景变为了钻蓝色的大海，水母演变成腔棘鱼的全过程被一步不落地描绘出来。

无须解说，与夫和麻子都已经看懂了壁画的主题。

他们彼此靠得更近，从寂静的螺旋回廊——进化博物馆中走过。

"这就是我……"

与夫突然停下脚步，苦笑着指向壁画说。

麻子看了看壁画，又看了看与夫，然后不解地歪着头再次看向壁画。

那里画着一只正在拼命爬上陆地的肺鱼。

与夫没有解释为什么那条鱼是自己，而麻子也没有问。两人就这样沉默着从苦苦挣扎的肺鱼前走开了。

他们在一幅中生代恐龙的画像前遇到了醍醐银。银那鲜红的围巾在大风中猎猎飘扬——中空圆锥形的建筑越往上走越狭窄，空气对流自然也就越强。

"呀，你终于追上我了。"银肆无忌惮地笑着说，"这个博物馆真不错……我已经先你一步参观完了。"

"你喜欢恐龙？"

与夫平静地问。

"是啊。"

"为什么？"

"因为它们灭绝了，我喜欢已经灭绝的东西。"

说完，银又笑着补充道：

"或者，是即将灭绝的东西……"

"……"

与夫沉默不语。

某种意义上，银是一位艺术家——事实似乎印证了与夫的这种直觉。这位身为艺术家的新人类最难对付的地方，就是他对"毁灭之美"充满迷恋。

银对跟在与夫身后走来的麻子露出微笑,麻子也点头回应。

这的确是一幅优雅的画面,可问题是银曾经绑架过麻子,他们之间本不可能打招呼才对。难道他们已经不计前嫌了?还是在这层现实里,那场绑架根本就没有发生过?对于这个问题,与夫一时也无从推断。

初春的阳光下,三个青年男女在博物馆的回廊上聊天……现在,就连与夫也开始觉得,这个纯净而优雅的小世界距离冷酷的宇宙空间已经十分遥远。

与夫和麻子沿着进化博物馆的回廊一路上行,从生命出现前的混沌时期到恐龙的诞生,跨越了无比漫长的时间洪流。他们本想在这里稍作停歇,可随着螺旋回廊向上延伸,圆锥形高塔中空地带的风就越猛烈,仿佛是在催着他们继续前进。

与夫来到护栏边,探出上半身向上望去。

博物馆并非完整的圆锥形,它的顶部被削平,露出了一块不算太小的圆形蓝天。蓝天和博物馆墙壁交界处的阳光闪耀着白亮的十字,好似照片曝光过度时的景象。

"最上面画的是什么?"

与夫问。

"唉,画的是什么呢……我没能爬到最上面……"

银扭过脸去,悻悻地说。

"与夫，没准你能爬上去。"

"我？"

与夫和银对视了两三秒，随后又将视线移回了进化博物馆的顶部，喃喃重复道："我……我真的能爬上去吗……"

说完，他用力将身体推离护栏，轻轻抓起麻子的手臂，继续在螺旋回廊上迈开了步子。

"上得去吗？"麻子小跑着跟上与夫，忧心忡忡地问，"我也上得去吗？"

"只要是我能去的地方，就一定也会带你去！"

这句话不单是对麻子的承诺，更是与夫对自己的起誓。

被子植物和哺乳动物相继登场，壁画逐渐变得丰富多彩。鲜花……风姿绰约的、楚楚动人的、大的、小的，各样的鲜花齐聚一堂，鸟儿在花丛中飞来飞去，让壁画绚丽得像一道彩虹。

接着，人类出现了。

前额凸出、体毛粗重、步履蹒跚的原始人逐渐挺直腰背直立行走的过程，被完完整整地呈现在墙面上。若想看到现代人的出现，估计还要绕着螺旋回廊再走上好几圈。

在人类之后，博物馆的壁画就像乍然崩断的线，突然变成了一片空白。墙面上只剩下了春日的阳光。

与夫还要继续向上走，麻子却似乎很不情愿。不，她显然是在害怕。

"我上不去的……我没有继续向上走的资格……"

"你有!"与夫搂住麻子的肩,紧咬着牙关说,"没有你,我哪儿也去不了。"

博物馆的顶部似乎尚未建设完工。从两人此刻所在的位置起,回廊内侧的护栏消失了,只有未经粉刷的水泥回廊还在盘旋着继续上升。

与夫和麻子相互搀扶着慢慢向前走去。

下方吹来的风愈发强劲,直接贯穿了整个建筑,进化博物馆像共鸣管一样嗡嗡震颤。吹到身上的风几乎要让人双脚离地,两人低着头、咬着牙,在螺旋回廊上艰难地行进着。

事实正如与夫所说——如果没有麻子,他哪也去不了。

墙面上的空白终于结束,新的壁画出现在阳光下。

麻子发出了惊恐的尖叫。

由于早有预感,与夫并没有被吓到叫出声来,但他的确感觉胃里打了个硬结,而且那硬结在一瞬间就变得冰凉如铁。

墙壁上与人类间隔了一段空白的地方,画着与夫的等身像。

与夫呆立在原地,目不转睛地盯着墙上的自己。

不知这能否算是超现实主义——画面中与夫的每一根头发、每一根睫毛都被纤毫毕现地刻画出来,反而让整幅画产生了一种不真实感。

进化博物馆的顶层已经不远,春日的阳光在墙壁上投射出柔和的阴影。与夫的画像浮现在昏暗的阴影中，仿佛预示着人类的暮年。贯穿高塔的风声像极了临终者的悲泣。

与夫不由得联想起了描绘基督受难的中世纪宗教画。

当然，壁画中的与夫既没有头戴荆冠，也没有被钉手脚。除了裸体上的肌肉被画得格外夸张之外，他的画像和受难图中的基督没有一点儿相似之处。

但即便如此，基督受刑的画面还是浮现在了与夫眼前。或许是因为这两幅画都暗示着人类的终结和——想到这里，与夫的心凉了半截——新人类的诞生。

与夫觉得自己应该马上离开，他很后悔看到了壁画中的自己。在进化博物馆里出现在人类之后的墙壁上，就意味着与夫不是一个人类——至少不是曾经的人类了。

壁画明确指出了与夫并非人类，而是新人类的事实。这对于想要作为一名人类和进化作战的与夫来说，无疑是一种残酷的打击。

然而，本该愤然离开的与夫却久久无法从壁画上移开视线。他被那幅画迷住了——和《基督受难图》一样，那幅画中蕴含的悲剧性和崇高性在他的心里激起了巨大的波澜。

新人类比人类在进化之路上更进了一步，其地位确实和介于人神之间的基督有些相似。或许正因如此，那幅画才会带有《基督受难图》的色彩。即便不是与夫，看到它的人也一定都会被它的魅力深深吸引。

——可是,这么有魅力的新人类究竟何以为新人类? 与夫突然感到十分困惑。

他能感知进化力,因而能将潜藏于所有地球生命体内的"基因记忆"在脑海中一一重现。他还能在紧要关头发挥出各种超能力,这无疑也是新人类的独特之处。

然而不知为何,与夫总觉得这些不过都是附属能力。真正让新人类成为新人类的,应该是什么别的东西。想到这里,他不禁为自己还没将新人类的能力发掘透彻感到心焦——不知是因为新人类本性贪婪,还是与夫个人对自己的要求过高。

"与夫,与夫……"看到与夫陷入沉思,麻子紧抓着他的手臂,带着哭腔说,"没事吧? 与夫,振作点儿! "

顿时,冻结的时间如决堤之水,"哗啦"一声重新流动起来。与夫眼前一黑,差点儿就要倒下。如果没有麻子用力搀扶,他此时或许已经跪在了地上。

"没事吧? "

麻子紧盯着与夫的眼睛,重复问道。

"啊,嗯……"

与夫点了点头。

虽然早就做好了心理准备,但在进化博物馆里看到自己的画像,还是让与夫受到了很大的冲击。从那幅壁画来看,新人类显然不是人类的亚种，而是与人类截然不同的生物——或许可以称作"怪物"。

"我没事……没事……"

与夫的口吻不像是在说给麻子，倒像是在说给自己听的。他在裤子上擦了擦被汗水浸湿的手掌。

这时，与夫才意识到博物馆里静得出奇，他诧异地望向四周。

风声消失了。中空的圆锥形塔楼就像一根烟囱，可现在，从下方吹上来的风却突然止住了声音。原本乱哄哄的博物馆里听不到一丝响动。

现场安静得有些异常。不，是绝对的异常，异常到叫人心慌！此时如果一根细针掉在地上，发出的声音恐怕都会像敲鼓那样清晰。

"与夫……"

麻子把与夫的手臂抓得更紧了。一向沉着的她似乎也对这异常的安静感到有些不安。

风声消失后，照进馆内的阳光也迅速减弱，螺旋回廊仿佛没入了日暮时分的暗影。博物馆的顶部像是被一块黑色的铜板盖住，上方已经望不到蓝天。

——我被拦住了……与夫突然想道。虽说只是直觉，但这个想法已经超越了推测的范畴，上升为一种确信，仿佛就是不容置疑的事实。

在另一个现实里，坠入高速气旋的探测艇恐怕已经完全失控，眼看就要分崩离析。强烈的磁暴使艇内的所有仪器都无法正常运转，想要继续前进的与夫被拦住了去路。

被谁拦住？当然是进化。

与夫又想起了那个关于洋葱的比喻。受到"不确定性原理"影响的现实会像大量的洋葱一样层叠嵌套。从洋葱芯开始，"象征"会以各种各样形式向外投射。在那边还是高速气旋，到这边就变成了进化博物馆的深渊。

就算是新人类，也不可能被允许在进化之路上肆无忌惮地前进。这条路上应该有一堵墙，墙后面是永远无法迈入的领域。现在，与夫感觉自己已经来到了这个临界点上。

此前的反抗都是小打小闹，进化肯定没有把与夫放在眼里。因为无论与夫怎样宣誓要反抗进化，他的能力也只局限于新人类所能达到的范畴，就像是逃不出如来佛掌心的孙悟空。

新人类也是生命体，是漫长进化链条中的区区一环，不可能脱离其固有的位置独立存在。身为进化产物的生命体企图强行闯入进化的下一个环节，这不仅是自相矛盾，从伦理上也解释不通。

如果与夫执意继续前进，他和进化的作战就将从先前的小打小闹上升为全面对决。高速气旋和进化博物馆里突如其来的寂静,正是进化对与夫发出的预警。

与夫已经做好了全面对决的准备,但恐惧还是不由自主地从心底冒了出来。

"我怕,我怕……"

他这才感觉到,麻子抓在自己手臂上的手指在微微颤抖。曾经那样聪明勇敢的麻子现在竟像三岁小孩一样惶恐不安。

麻子只是与夫的精神分析师,并不是新人类,但她似乎也能感觉到笼罩在螺旋回廊上的寒意。不过话说回来,那寒意几乎已经构成一种物理上的压迫,无论是谁,想必都能察觉出是进化在发出"此路不通"的警告。

"我怕……与夫,我怕……"

麻子在与夫的怀里哽咽着说。

与夫紧紧抱住麻子,感觉自己对她做了一件极其残忍的事。

在这个现实里,进化的过程被以进化博物馆的形式表现出来,本应与时间密切关联的进化被转移到了空间中。因此,沿着进化博物馆的螺旋回廊上升,就相当于是在经历进化。

麻子作为人类,已经超越了她自身的进化阶段,来到了只有新人类与夫才能到达的位置。她早已表达出恐惧,可与夫还是一意孤行地把她带到了这里。

现在,新人类与夫也无法继续前进了。他这才深刻地体会到把麻子带来的行为是多么残忍。尚处于人类阶段的麻子已经违背了大自然的铁则，上升到了新人类的进化阶段。这会给她的精神带来多么强烈的打击，与夫现在完全能够感同身受。

不管是新人类还是人类，他们在进化中的位置都是被预设好的，想要从中挣脱在生物学上根本就不可能。罪恶、恐惧、自卑……两人此刻极不稳定的精神状态，正是对"进化就是施虐者"最有力的证明。没有人能承受如此巨大的精神压力。

虽说是无心之举，但与夫还是为把麻子带到这里感到十分自责。

他更加用力地搂住麻子，在她的耳边轻声说道：

"麻子，你就从这里——"

"回去吧"三个字还未说出口，与夫忽然感觉背后有人，急忙转过身去。

昏暗的螺旋回廊上，醍醐银阴郁的身影愈发地显现出来。

与夫产生了一种不祥的预感。

暗影中的银散发着冰冷的敌意，就像是与夫在木卫一和B级现象阈世界见到他时一样。在博物馆入口附近交谈时的那种友好态度已经荡然无存。

与夫和银在日暮般暗淡的光线下默默对视。没错，那个冷酷无情的醍醐银又回来了。

"怎么了？"与夫把麻子挡在身后，镇定地问，"你又有什么想说的？"

"这个进化博物馆让我感触很深。"银轻声说道,"进化真的是太伟大了,伟大到让人流泪。"

"……"

与夫沉默不语。

刚才那种不祥的预感正在变为现实。一想到又要和银对立,与夫的胃里就仿佛结出了冰块。

银背过脸去,盯着壁画看了许久,终于用沉闷的嗓音说道:

"进化就像一张戈贝兰式花壁毯。"

"戈贝兰式花壁毯?"

与夫一时没有听懂银在说什么。

"是啊……"银点了点头,"用细小的花纹拼凑成一整幅复杂的图案,没有一针一线偷工减料,因为每一处细节都与整体息息相关……多么完美的艺术品!"

"可如果进化是壁毯,恐龙就不会灭绝,人类也不必为命运而担心,我们只要把它好好挂在墙上就行了。"

"人类不是一直都是这么做的吗?"

"……"

"把进化当成一张壁毯去观赏,没有人敢去触碰它……它毕竟是那么伟大的艺术品。人类再傲慢,也从没有妄想过要干涉进化。"

"你是在讽刺我吗?"与夫平静地问,"你觉得我试图反抗进化,太过狂妄?"

"嗯……我曾经是这么认为的。"

"停!"

与夫仓促打断了银的话。

"能不能先停一停?"

然而,他却还没想好接下来该说些什么。你不是已经输掉游戏,决定要和我一同与进化作战吗——他本想这样责问银,但又不确定银还记不记得另一个现实里的事。或许正如自己坠入B级现象阈世界时一样,银也丧失了之前所有的记忆。

不过很快,银的话就让与夫明白了自己的担心是多余的。

"别急嘛……我只是说我曾经是这么认为的。"银微笑着解释道,"我没忘记咱们的约定。"

看来,银还记得在木卫一和"大肠杆菌号"上同与夫的种种对峙。得知不需要把一切都重来一遍,与夫放心地长舒了一口气。

新人类获得了感知进化力的能力,但作为代价,他们不得不在"不确定性原理"影响下的多层现实中艰难存活。

新人类与这些现实之间的关系极其微妙,无法用一种确定的规律来概括。转移到不同层级现实中的他们有时会保留"前世"的记忆,有时又会忘记一切。亲身来到被"不确定性原理"影响过的多层现实中后,就连不是新人类的麻子也开始对现实的真实性产生了怀疑。

多层现实里的时间似乎也已经不再正常。与夫和银都还能保有目前为止的记忆，实属一种幸运。

——时间……

不知为何，这个词让与夫的心里咯噔一下，紧张感随之而来。它就像是一根扎进手指里的刺，总是叫人心神不宁。

可是，自己究竟为什么会对"时间"如此敏感？还没等与夫纳过闷来，银便继续说道：

"虽然没有忘记约定，但我还是不能和你一起对抗进化。"

"你说什么？"

与夫惊讶地看向了银，银淡定地和与夫对视着。

"为什么？"

与夫发问的声音听起来像是痛苦的呻吟。

"我是这样想的：我和你就像是一辆车的两个轮子。"

"什么意思？那我们两个就更应该同心协力啊……"

"不。"银摇了摇头，"所以我们才必须为敌。"

这沉痛的话语带着深深的无奈在进化博物馆中响起，为本就阴冷的空气增加了几分寒意。

似乎是觉察到了银话语中的威胁，此前一直屏息围观两人对话的麻子全身紧绷，悄声对与夫说：

"别听他的，与夫。什么都不要知道，什么都不要听，赶快离开这里……"

"不，与夫，你有义务了解真相。"银用前所未有的强硬语气打断了麻子，"而我，也有把真相告知你的义务。"

"好的。"与夫点了点头，"你说吧。"

银看着壁画，像是在斟酌词句一样沉默了一阵，又再一次看向与夫。最后，他舔了舔干燥的嘴唇说：

"我被赶出了'大肠杆菌号'，悬浮在宇宙空间里，被大质量的木星一点点吸引过去。后来，你们开着木星探测艇追上了我……与夫，你还记得吗？"

银并不期待与夫的回答。不管他记不记得，银所描述的都不是什么陈年旧事，而是此时此刻正在发生的事实。

现在，坠入高速气旋中的银和与夫想必也正在通过意念传输进行着同样的对话。当各种各样的现实层叠在一起，与夫和银——或许还包括麻子——都成了能够贯穿多层现实的存在。虽说坠入高速气旋的"那个现实"感觉起来更加真实，但这也并不意味着参观进化博物馆的"这个现实"就是幻想。从"象征"的角度来看，这两个现实是共通的。

即便是新人类，也不可能适应这个被"不确定性原理"塑造成无数层的世界，绝不可能——

"看到高速气旋正在催生卫星的那一刻，我内心的激动溢于言表……如果说那就是进化想要做的事，我无论如何也无法对正在缔造如此伟业的它表示仇恨。"

银继续说道:

"看到这个进化博物馆的时候也一样。进化那完美的和谐深深震撼了我,我怎么可能会恨它……"

——进化的力量太伟大了……它是那么强……

与夫想起了银在气旋边缘时传递给自己的意念。他那时之所以气愤不已,或许正是因为预感到了会发生现在这种事。他从那时就已经知道,银终究只能站在进化那一边。

"这是为什么?当我得知木星区域的生命体正在形成,就立即认定人类需要隐退了。虽说人类因此而灭亡确实有些可惜,但我还是不得不屈服于进化之美,无法像你那样心生仇恨,决定和进化作战……这到底是为什么呢?"

银依然没有期待与夫的回答,他的心中早已有了答案,这样说只不过是为了向自己确认。至于与夫,只要乖乖做个听众就行。

"进化就像一张戈贝兰式花壁毯……"银重复着先前的话,"用细小的花纹拼凑成一整幅复杂的图案,没有一针一线偷工减料,因为每一处细节都与整体息息相关……只是,每一个细小的花纹并不知道自己组成了一张戈贝兰式花壁毯。"

当然,银并不是在谈论什么壁毯,而是在借壁毯来比喻进化。

"与夫,没有哪种生物知道自己是进化链条中的一环,除了人类。人类发现了'进化'的概念,并把它据为己有。如果说人类的智慧是进化的产物,那么就算人类发现了'进化'这一概念,这一事实本身仍然是进化的产物。然而,正是因为有了'进化'的概念,像与夫你这样想要反抗它的人类才必然会出现。"

"……"

与夫还是没明白银究竟想说什么,但他显然是预感到了某种危险,口中已经因为紧张而干燥异常,心底凉得像是结了冰霜——别听他的,与夫,什么都不要知道……麻子的话无比真切地在他的胸中回荡起来。

"与夫……"

麻子小声呼唤,催促与夫赶快离开。

然而,想要在毫不知情的状态下离开已经不可能了。况且与夫也无法忍受一无所知的自己。

正如银所说,了解一切的真相是与夫的义务。

"与夫,进化在赐予人类智慧的时候,就已经知道叛逆者——你这样的新人类迟早会出现。和戈贝兰式花壁毯一样,进化也绝对没有一针一线偷工减料。没有哪位设计师会比进化更缜密,或许……"银说到这里停了下来,用舌头润了润嘴唇,继续说道,"或许进化力的增强不仅仅是为了催生木星区域的生命,它的另一个目的,是要培育我们这样的新人类。如果进化为了培育新人类而不惜牺牲人类，那么人类的敌人其实就是你，是我，是新人类。"

"……"

与夫保持着沉默。

或许在看到壁画上的自己时，他就已经在潜意识中认定了这个事实。因此，他并没有因银的话太过震惊——如果进化是为了培育新人类才启动大进化，那么毫无疑问，人类的敌人就是他自己。

——我已经不把你当成人类的同伴了……大木丽曾经这样对自己说过。但由于与夫的主观时间失去了连续性，他已经记不起那是什么时候的事了。当时他极力反驳，但现在想来，或许是拥有超凡洞察力的大木丽看穿了真相。

既然已经被画在了进化博物馆的墙上，与夫不得不承认自己的诞生也是进化计划的一部分。虽然很不甘心，但他却无力改变这个事实。

最让他难以接受的，是自己的反抗也不过是进化链条中的一个早已被确定好的环节。自己这不是恰好走了那只逃不出如来佛掌心的猴子的老路吗？敌人预设好的反抗，除了讽刺以外毫无意义。不，这绝对不能接受！

"是你想多了。"

与夫终于艰难地开口说道：

"进化力就是为了催生木星区域的生命才增强的，还是这个最初的假设更合理。至于人类的濒临灭绝和新人类的出现，都只是个巧合。毕竟，无论女人们怎么找，也只找到了我们两个能感知进化力的人。新人类或许不止我们两个，但目前能与进化力探测器同步的人只有你和我……如果按照你说的，进化想要培育新人类，那么仅仅两个人也未免太少了。无论多么优秀的生命体，不保证一定的个体数量的话，都不可能在进化链条中形成完整的一环。绝不可能！"

"无论多么优秀的生命体……"

银的脸扭曲起来，发出了一声含义不明的怪笑，表情却像是在哭。

"如果是层次截然不同的生命体呢？如果我们是进化的王者，拥有终极基因呢？"

"终极基因……"

与夫重复着，这个词不知为何让他心头一颤。

"没错，我们站在进化金字塔的顶端。我们的基因已经不需要传递任何信息，也不需要去适应任何环境。进化的终极结果……如果就是新人类的话，那么根本就不用保证什么个体数量。与夫，我倒觉得两个人都太多了！"

"太多了？"

"可惜终极基因也摆脱不了物竞天择，谁让'适者生存'是进化的铁则呢……与夫,我们互为对方的选择压力[①]。"

"也就是天敌?"与夫愕然,"你说我们是天敌?!"

"没错。不愧是面面俱到的进化,它没有忘记给我们留一个参赛的机会,让我们自己决定谁能作为新人类,带着终极基因继续存活下去……我们之所以为敌,不是因为食物和领地之争,而是因为主义之争。我是绝对的进化赞美者,而你则是彻头彻尾的进化反叛者。如果这一切都是进化有意的安排,就说明它是在通过这种方式挑选新的'适者'……能赋予人类智慧的进化,想必也能轻而易举地赋予人类不同的主义。"

"……"

与夫呆立在原地。他想要把银的话当作无稽之谈,却不知为何无法阻止自己去相信银说的都是事实。

"我们是天敌。我们一路相争而来,也必然会继续相争下去。我们之间就是这样不共戴天。"

说到这里,银向后退了几步,将一只手放在胸前,深深地低下了头。

"下次见面的时候,我想我们会一决胜负。"

说完,他头也不回地顺着昏暗的螺旋回廊向下走去,脚步没有发出任何声音。

---

①又称为进化压力,指外界施与一个生物进化过程的压力,从而改变该过程的前进方向。所谓达尔文的自然选择,或者物竞天择、适者生存,即是指自然界施与生物体选择压力从而使得适应自然环境者得以存活和繁衍。

银的身影渐渐远去，最后就像一根被风吹断的游丝，隐没在了黑暗中。

与夫一动不动地站着，心如死灰。

如果自己的反抗是被进化安排好的，那么无论再做什么都是无谓的挣扎，就像是在演一场不值一提的闹剧。看到大肆宣称不能接受进化的与夫，进化说不定正在天上的某个角落里捧腹大笑呢。

与夫存在的价值被彻底否定了。他感觉自己就是那只被玩弄于股掌之间的猴子，屈辱到无地自容。

求生欲在与夫心中迅速衰减。

"与夫……"

麻子的呼唤在他耳边响起。

"你听到了吧？真是可笑，一心想着反抗进化的我就像傻子一样。"

与夫有气无力地说。他努力挤出一个苦笑，笑容里却透着撕心裂肺的酸楚。

"什么可笑？你哪里傻了？"麻子平静地说，"我不明白。"

"我的反抗是进化一手唆使的。如果一场战斗不是凭自己的意志去参加的，那还有什么意义？我不过是进化的一枚棋子，愚蠢至极。"

"这是宿命主义者才会说的话，是失败主义者的无病呻吟！"

"我不就是宿命主义者和失败主义者吗？"与夫痛苦地说，"无论是谁，一旦知道自己的存在没有意义，都会变得对这个世界充满厌恶。"

"才不是！就算命运这种东西真的存在，我们也用不着管它，把它踢到一边就可以了！"

"棋子可以不管整盘棋局吗？不可能的。"

"每个人都有自己与生俱来的使命，完成这项使命的人怎么能说是棋子呢？如果作为新人类反抗进化就是上天赋予你的使命，那么你就应该把它完成到底。"

"这么说的话，你的使命一定就是鼓励我，为我加油助威……"

与夫本想开个玩笑，说完后才感觉这句话几乎是发自内心的。

对他来说，麻子的地位已经超越了普通的恋人，而更像是一个姐姐或是母亲。

麻子的话或多或少让与夫振奋了一些。无力感虽然还有残留，但和银刚离开时那种险些倒地不起的状态相比，与夫的精神已经恢复了很多。放弃掉一些执念之后，他开始逐渐接受了自己的命运。

"是啊……"

与夫抬起头,望着就快到达博物馆顶部的螺旋回廊,喃喃自语:"能走到哪儿算哪儿吧。"

他忽然有一种莫名的直觉:这场漫长的征途已经接近终点。

想到这里,极度的悲哀和痛苦涌上他的心头。他悲哀,因为不知道接下来该何去何从;他痛苦,因为自己的使命终究难以实现。

对于现在的与夫来说,尽可能地向上走、去探索最后的深渊,已经成了他最后的执念。目前为止,还没有其他人来到过进化的这个阶段,将来也应该不会有——如果人类即将灭绝,那就更不可能有了。所以,就算注定要变成新人类这种"怪物",他也应该把这条路走到头看看。

——毕竟,从被女人们连接到"大肠杆菌号"的进化力探测器上时起,我就一直期盼着和进化战斗到底……

比起自勉,与夫更像是在自嘲。女人们或许已经猜到了与夫是被进化力塑造出的新人类,但她们一定做梦也想不到,与夫对进化的反抗从一开始就是进化的安排。

"是该上去看看。"

与夫盯着螺旋回廊,继续对自己说。这一次,他的声音更坚定了一些。

虽然对进化那滚沸的怒意已经减弱,但一个冷峻的意志始终残留在与夫心底。是的,他现在只剩下意志了。

空气寂静到仿佛冻结，幽暗光线下的螺旋回廊似乎依然在阻止与夫前进。但现在，与夫已经顾不得那么多了——进化十分擅长这种欲迎还拒、欲拒还迎的把戏，如果总是看它的脸色行事，注定会被它纠缠得没完没了。

"在这里等我好吗？你不能再继续走了。"

与夫转向麻子说。普通人是上不去的，他想。

"不要。"

麻子摇着头说。

与夫对她笑了笑，然后立即开始了狂奔。

他像是短跑选手一样全力冲刺，脚步重重地踏在地上，破开迎面吹来的风，沿着螺旋回廊直冲而上。麻子根本追不上他。

久违的奔跑让与夫心情畅快，以至于当他终于到达螺旋回廊顶端的时候，难免感到了些许失落。

想象中的阻挠并没有出现，而且螺旋回廊的顶端空无一物。

不，这么说或许不够准确——橙色的夕阳残照透射进直径约三米的圆形天窗，将一张白色的野餐桌和一把椅子笼罩其中。此外，这里的墙壁上画着最后一幅壁画。

野餐桌上摆放着银质的咖啡壶和一只藏青色的杯子，空气中弥漫着馥郁的咖啡香。

与夫目瞪口呆地站在原地。开什么玩笑？难道是进化觉得我长途远征太辛苦，为我准备了咖啡？还是说它想给我来个黑色幽默，告诉我费了这么大力气跑上来，最后只配得到一杯咖啡？

令人费解的还有墙上那幅画。

那里画着一只鲜红的巨眼，除此之外别无其他。记录了漫长进化历程的绵延壁画，怎么到了最后又变回了抽象画？与夫被搞得一头雾水。

突然，他皱起了眉。

那幅乍看之下荒诞无稽的壁画竟然让他感觉似曾相识，其中的什么地方勾起了他深深的怀念——他盯着壁画看了一阵，却一时想不出到底是哪里似曾相识。

也许是错觉吧？世界上不可能有那么大、那么红的眼睛。

"喝点儿咖啡吗？"

一个声音从背后传来。与夫大惊失色，回过头去。

麻子正在向杯子里倒咖啡。她的呼吸有些急促，但却依然面带微笑。金色的夕照下，她身上那件带水滴图案的白衬衫显得格外鲜艳动人。

与夫感慨万分地看着麻子。

螺旋回廊的最后一段就连与夫这个新人类看了都望而却步，想不到身为人类的麻子竟自己爬了上来。她强大的意志力着实让人惊叹。

"喝点儿咖啡吗？"

麻子又问了一遍。

"啊,喝……"

与夫欣喜地回答,他现在对麻子佩服得五体投地。

接过的咖啡杯在托盘上撞出一声清响。

"要加奶油吗?"

"要。"与夫微笑着说,"我就喜欢奶油多的咖啡。"

麻子也对与夫回以微笑,将加热得恰到好处的奶油挤到了与夫的咖啡杯里。

杯中的奶油旋转着,在咖啡表面形成了一个气旋。与夫痴痴地凝视着它。

一串复杂的坐标出现在三维透视影像上，显示着那个引发了坍缩的高温气旋的位置。

质量探测器的屏幕一片浊白，显然已经失灵。除此之外，太阳风探测器、引力波探测器、等离子体探测器……探测艇上的全部仪器都已损坏。木星探测艇变成了一艘托运着大量废铁的废艇。

探测艇像是一把插入黄油的刀，一头扎进了正在孕育新卫星的超高能气旋，全部仪器的损坏也是意料之中。在这种情况下，探测艇的生命维持系统和耐热耐压外壳竟然没有遭到破坏，这才是真的不可思议。

不，这简直可以说是一个奇迹。就算木星探测艇拥有普通飞船十倍以上的安全系数，可人们在建造它时，不可能预料到它有一天会钻入高速气旋里。在气旋释放出的超高能量下，任何地球上的物质都会像软糖一样融化变形。

——的确是个奇迹……与夫这样想着，撇了撇嘴。

对于这个奇迹，他的心中并没有一丝感激，因为这只不过证明了进化还需要他。当得知一切都是进化的把戏，与夫的思想自然而然地变得消极起来。

现实的瞬间转换也没有让与夫太过吃惊。他对"吃惊"这种情感已经麻木了，更重要的是，他已经从精神和生理上都适应了被"不确定性原理"影响的现实。

迅速适应现实的转换，应该也是新人类的特殊能力之一。对于他们来说，穿梭于各种各样的现实就像是日出一样的自然现象，根本没必要大惊小怪。

让这次转换更加顺畅的是壁画上的那只红色巨眼。它现在也依然显示在与夫眼前的大屏幕上。

——我之前怎么就没想到呢……

与夫死死地盯着屏幕。

他当然会觉得那幅壁画似曾相识，因为其中画的正是木星的大红斑！

探测艇从高速气旋内部的"地狱"中穿过，缓慢地落入了木星巨大"下颚"上的那块大红斑。

当然，这里的"缓慢"只是相对于坠入气旋时的速度而言的，探测艇的实际速度依然很快。

大红斑已经无法完整地显示在屏幕上，只见一片红褐色的云团迎面扑来，覆满屏幕，除此之外便什么也看不到了。

大红斑周围的云宛如千仞高的绝壁，与夫甚至一时怀疑，它们会稀里哗啦地从自己的头顶上崩落下来。

被上升气流托举到极高处的云团庞大到超乎想象，让人看得头晕目眩。

木星内部涌出的热量让以氢气为主的大气逐渐升温，产生对流。上升气流越来越强，氨气和甲烷组成的云团随之升腾，沿逆时针方向旋转，便形成了大红斑。

木星大红斑——这个足以容下几个地球、拥有零下一百五十摄氏度超低温的大旋涡已经被人类研究得相当透彻。它的结构很明确，就连其内部氨气、磷化氢、甲烷等各种气体的温度分布图都已经被制作出来。

目前唯一一个尚未解开的谜团，就是为什么木星上只有这一处巨大的上升气流。它的存在没有任何必然性，也没有任何迹象表明只有这里的上升气流会格外强烈。木星大气中随时都有大大小小的旋涡生成或泯灭，却只有大红斑的寿命长达数百年之久。

这背后的原因让与夫百思不得其解。

更让他费解的，是大红斑为什么会像一只红色巨眼一样被画在进化博物馆的墙上。在进化之路的终点，始终遵循着进化历程绘制的壁画上竟然没有出现生命体，反而只有一个纯属自然现象的大红斑。如果说新的生命体会从大红斑里诞生，那么不是应该直接画出那种生命体的样子吗……

——纯属自然现象……想到这里，与夫感觉思路有些不畅，但却不知道为什么会这样。

不过没关系，与夫乐观地相信，迟早有一天一切都会真相大白。

在"那个现实"，与夫正沿着进化博物馆的螺旋回廊向上攀登；而在"这个现实"，他正向着探测出超强进化力的木星飞去。叠印镜头般的两个现实间唯一的共通之处，就是与夫既在进行一场空间上的远征，也在进行一场认知上的远征。

正因为与夫在持续不断地加深对进化的认知，这场缺乏时间连续性、在不同现实中来回穿梭的远征才能勉强保持连贯。否则，他所经历的一切就无异于精神分裂症患者的一场噩梦，毫无意义。

现在回想起来，或许从自己确立"进化力理论"的五十年前起，这场认知上的远征就已经开始了——它用去了多么漫长的时间！从某种意义上说，与夫不愧为一个求道者。

只是，对进化的认知越深刻，与夫就会越清醒地意识到自己的不幸。那种偷吃了智慧禁果、知道了一切真相的痛苦，被赋予特殊能力的新人类尤其能够体会。

远征接近尾声的预感在与夫心中逐渐增强。大红斑是进化安排好的角斗场,他将要在那里与醍醐银、木星区域的生命体,恐怕还有进化本身展开一场终极对决。

——站上角斗场的时候,我究竟是会万念俱灰,还是会多少残存一丝希望呢……与夫久久凝视着大屏幕上卷着旋涡的厚厚云层,像是要从那里找到答案。

"与夫,喝咖啡。"

副驾驶座上的麻子说道。与夫诧异地从她手中接过了吸咖啡用的软管。

果然,对于这个"不确定性原理"影响下的现实,与夫的适应能力依然有限。还拖着人类"尾巴"的他,不可能完全习惯像电影镜头一样不断切换的现实。刚回到"这个现实"后的一段时间里,他竟然完全忘记了麻子的存在!他怎么也不敢相信自己对恋人会如此薄情,或许是因为他的全部心思都被大红斑那巨大的旋涡霸占了。

不同层级的现实之间,只有"不确定性原理"是共通的。这次与夫跨越的两个现实是以咖啡为节点相互衔接的,如此说来,"不确定性原理"背后确实存在某种严格的规律。

身为人类的麻子究竟是如何对待两种现实的?她会不会完全没有意识到现实的切换?对于这个问题,与夫比之前更加好奇,但却依然像之前一样没有发问。

"啊,谢谢。"

与夫正要咬住吸管，突然发现麻子的状态有些异样。

她像是发高烧一样眼中含泪、脸色苍白，被汗水黏在额头上的发丝使她显得更加憔悴。微弱的呼吸表明她此刻十分不适。

麻子显然病得不轻，而且还忍受着巨大的痛苦。若不是她拥有远强于常人的意志力，恐怕早已晕厥过去。

现在可不是享用咖啡的时候。

"你怎么了？"

与夫大惊失色，急忙搂住了麻子的肩，麻子摇摇晃晃地靠在了他的身上。

"这是怎么搞的？"麻子努力挤出一个微笑，"刚才突然有点儿不舒服……"

按照常理推测，应该是坠入高速气旋的过程让她出现了平衡感失调。毕竟，就连结实到不能再结实的木星探测艇都在那个时候变成了一艘废艇。

然而，与夫却清楚地知道，让麻子变成这副样子的绝不是高速气旋这么简单。她的健康状况之所以会急剧恶化，是因为她作为一个人类，已经知道了太多她本不该知道的有关进化的秘密。

与夫想起自己在"那个现实"里，曾经对进化博物馆的顶端产生了极强的心理抗拒，甚至可以说是恐惧。新人类尚且如此，身为人类的麻子遭受了多么严重的精神摧残可想而知。

飞向木星的过程不单是一场空间上的远征,同时也是一场加深对进化认知的远征。

与夫对自己贸然把麻子带出"大肠杆菌号"的举动感到悔恨万分。从某种意义上说,进化就是一个瘟神,与它扯上关系的人都必将受到惩罚。

麻子始终对与夫笃信不疑,她为他背叛了卡戎甚至全人类,却丝毫没有一句怨言。她那惊人的精神力量,仅仅用一个"爱"字是难以概括的。

麻子为与夫无私奉献了那么多,与夫又回报给她了什么呢?什么也没有。他利用了她的感情,只为了满足一己私欲,去和进化来一场自不量力的决斗。

想到这里,与夫愧疚到无地自容。他绝不想再让麻子受到一丝伤害。

"我们回'大肠杆菌号'去。你这个样子,去不了大红斑的。"

与夫把手伸向控制台,却被麻子紧紧抓住了手臂。

"不行……"麻子痛苦地说,她的额头已经被汗水浸透,"在这里折返的话,之前的所有努力就白费了,一定要坚持到最后……"

"说什么傻话!这样下去你会死的!"

"我不会死的,一定不会的。"

"我怎么可能让你死!"与夫的语气格外激动,一股强烈的情感在他的心头涌起，"无论发生什么，我都绝不会让你死的！"

"与夫……"

麻子把与夫的手臂抓得更紧，与夫却用力甩开了她的手，按下了控制台上的按钮，命令计算机开启反向推进器。

然而，什么也没有发生。

反向推进器纹丝未动，屏幕上的探测艇三维透视图中，提示推进器正在喷射的红色光点也没有亮起。探测艇依然被大质量的木星牵引着，缓缓落向大红斑。

与夫突然感觉心脏被一只冰凉的手攫住了，后颈上的汗毛全都倒竖起来。

他立即将动力模式切换为辅助推进器喷射，却不料辅助推进器也没有半点儿动作，他的指令根本没有被执行。问题好像不是出在推进器上，而是出在计算机——计算机出故障了！

探测艇已然化为一堆废铁，只有生命维持系统依然在奇迹般地运转着……

与夫绝望地长叹一声：

"可恶……"

他感觉眼前一片漆黑，大脑被无处发泄的愤怒完全占据，忍不住抡起拳头重重地砸在控制台上。

他就这样歇斯底里地砸着，直到拳头上飞出了血沫，麻子也尖叫起来。回荡在驾驶舱里的一阵阵撞击声听起来仿佛血液在沸腾，一声野兽般的咆哮从与夫的喉咙深处爆发出来。

手上的伤痛让与夫感到了一丝快意——这是他的自我惩罚。

回过神时，麻子已经趴在他的肩上泣不成声。这还是与夫第一次看到她的泪水。

与夫也几乎就要为自己的无能流下泪来。作为一个新人类，连一个女人也拯救不了，他的存在还有什么意义？他感觉自己就像一只纸老虎，或是徒有虚名的超人。

但他终究还是没有哭，他的自尊心不允许自己哭。

如果是进化破坏掉了除生命维持系统以外的全部控制系统……如果是进化故意不给自己留下退路，逼迫自己沿着确定的路线前进……

"饶不了你……"与夫的眼中闪着仇恨的光，"我绝对饶不了你！"

得知自己的反抗也是进化的安排后，与夫的激情一度受挫。然而现在，麻子的不适再次助燃了他心头将熄的怒火。进化又一次变为了与夫的头号仇敌。

"我要和你一起去，不管到哪里都和你在一起……"

麻子抽泣着说。

与夫到底做了什么，值得麻子冒死追随？对于赌上性命也要和自己一起走的麻子，与夫又回报给她了什么呢？如果说进化蹂躏生命太无情，那么把信任自己的麻子一步步推向死亡的自己不是也一样无情吗？

与夫什么也做不了。想不到一个进化的王者、新人类、要与进化作战的男人，在救一个女人时却是如此无力。

"那我们就一起去。"

与夫搂住了麻子。到哪里都要和她在一起……

麻子的身体在与夫怀中微微颤抖。她显然是发烧了，而且是相当严重的高烧。

——木星探测艇向着大红斑坠去。

是的，现在用"坠"才能准确地描述出它的速度之快。为探测艇在木星大气中停留而设计的"刹车"装置正在运转，为探测艇提供着升力。但即便如此，探测艇仍然以相当快的速度向下坠去。

要是没有"刹车"装置，完全失控的探测艇在木星巨大质量的吸引下，将会像一粒石子一样极速坠入深渊。

此时此刻，探测艇才刚刚来到大红斑这个无底洞的入口处。

高耸的云层颜色发红，像是映着晚霞。这是磷化氢随上升气流到达高空后被紫外线分解，产生了红磷的缘故。也就是说，探测艇目前还处于阳光能够透射过来的位置。

其实所谓"入口"，不过是相对于大红斑那无比庞大的规模而言的。在目前的位置上，探测艇已经承受了巨大的压力。

　　木星的大气以超乎想象的重量压在探测艇上，就像是巨人用全身的重量压着一片树叶。探测艇的耐热耐压外壳开始嘎吱作响。

　　与夫绝望地回想着探测艇所能承受的最大压力值。

　　好像是五千个标准大气压……

　　女人们能造出这么耐压的探测艇外壳，已经相当值得称颂。然而，这个数值在木星的气压面前却还是微不足道。

　　木星上的一切都无法和地球相提并论。它内部的气压可以达到地球表面标准气压的三百万倍。别说是三百万个标准大气压了，探测艇外壳的耐压性再强，也不可能保证探测艇能够在木星大气中安全航行，这已经是不容争辩的事实。

　　——只要进化愿意，随时都可以把探测艇拽进木星，把我们碾成肉泥……与夫想到这里，感觉仿佛又有一把冰凉的刀抵在了自己的喉咙上。

　　这样想并不是杞人忧天。因为进化除了是施虐者，还是一个彻底的完美主义者。

　　大屏幕上出现了一个隐隐约约的黑影。

　　一开始，与夫还以为那是摄像头上的污渍或是自己眼睛的错觉，毕竟大红斑里不可能有什么其他东西。

　　然而，随着探测艇不断下降，那个黑影也在屏幕中逐渐变大，向着与夫和麻子扑面而来。

虽然还看不清它具体是什么形状、什么东西，但可以肯定的是，那绝对不是污渍或错觉。探测艇上的仪器已经失灵，无法测定探测艇与那个东西之间的距离，因此也无法判断它的大小。

"那是什么？"

麻子轻声问。

与夫无法回答。不，或许应该说是不想回答。因为即使还看不清那个东西，他也已经知道了它对于自己来说意味着什么。

——与夫，你终于来了……

黑影在屏幕上出现的那一刻，与夫就接收到了银的意念。

——这是你我决战的地方，也是你和进化作战的地方……

与夫怎么能为麻子带去更大的精神痛苦，告诉她，那就是自己和醍醐银以及终极敌人作战的角斗场呢？

与夫久久凝视着屏幕，他迫切地想要知道自己的角斗场是什么样子。

探测艇逐渐靠近，屏幕上的黑影越来越大，但却还是很难辨清轮廓。木星大气让与夫的视野十分模糊。

探测艇应该是下降到了木星内部相当深的地方。准确地说，周围的环境已经不能被称为"大气"了——氢气在巨大的压力下变化为了液态，使这里处于一种气液混合的奇妙状态，既可以说是大气，也可以说是海洋。

由于观测仪器全部失灵，与夫无法得知气压的准确数值。但根据推测，这里是木星大气层的一千千米深处，气压应该已经远超过三十个大气压。

诚然，木星探测艇——从出厂配置来看——可以耐受数千个标准大气压。但由于在穿过高速气旋时遭受了重创，现在的探测艇就如同淬火失败的金属，耐热耐压外壳早已变得脆弱不堪。

继太阳风探测器、引力波探测器和等离子体探测器之后，质量探测器和三维透视系统也像老人的一颗颗牙齿一样，丧失了功能。目前，探测艇仅剩的一只"眼睛"就是舱外摄像头，而这个摄像头此刻却暴露在气液混合的环境中，只能传来模糊不清的影像。

更糟糕的是，与夫现在很难集中精力去观察舱外的影像。身边的麻子正在以飞快的速度虚弱下去，而他除了握紧她的手之外什么也做不了——他为自己的无能懊恼至极。

探测艇继续下落，角斗场逐渐显现出了轮廓，就像是在等候与夫的到来。

"啊……"

与夫发出了一声惊叫。

液氢像高积云一样从探测艇上方流过，那个东西仿佛突然凑上前来，清晰地显示在了大屏幕上。

是一个墓碑。

它巨大得像是一艘恒星际宇宙飞船，也像一个飘在木星大气中的浮漂。但从那十字架的形状来看，它显然是被建成了一个墓碑。墓碑边缘点缀着一圈闪亮的塑料灯球，好似圣诞节的灯饰。在它的中心，即"浮漂"的心脏处，设置着核聚变动力炉和居住区。如果它只是一个普通的观测基地，建造时只需考虑木星大气的浮力即可，完全没有必要将它做成十字架的形状——它是墓碑，也是一个纪念碑。

以前，与夫好像在什么地方看到过要在木星大气层建造墓碑的新闻。他很快便明白过来，眼前的这个十字架正是已经建好的墓碑。然而，这则新闻究竟是他在什么时候、什么地方看到的，他却怎么也想不起来。

——这是人类的墓碑……

一个清晰的念头好似晴天霹雳，在与夫的脑海中炸响。

虽然毫无根据，但与夫却坚定地相信这是事实，仿佛是在相信一道不容置疑的神谕。

人类在与进化的作战中节节败退、一步步走向灭亡的画面在与夫的脑海中一一浮现。当DNA密码子中含M的人占到人类总数的一半、精神障碍渗透到社会的每一个角落，不屈不挠的女人们也无奈地放弃了抵抗。极低的出生率夺走了她们最后的一丝力气。

能感知进化力的森久保与夫和醍醐银都已经从各自的任务地点——"大肠杆菌号"和木卫一——消失不见，女人们仅剩的希望也破灭了。关于他们失踪的原因众说纷纭，有人说是他们接受不了"不确定性原理"影响下的多层现实；有人说是他们两个新人类合伙背叛了人类。然而，真相最终还是没能浮出水面，人类得到的只有他们已经失踪的事实。

就这样，人类——不，是所有无法适应大进化的地球生物，全都灭绝了。

这是一段属于未来的记忆，既不是预感也不是既视感，而是即将发生的事实。

——人类灭绝了……

与夫茫然地在脑海中重复着这句话。

其实严格来说，"灭绝了"这种过去时的表达并不恰当，而是应该用将来时。不过对于现在的与夫来说，现在和未来已经完全等价，没有必要过分拘泥于时态。

是的，与夫成了脱离"时间"的存在。他知道人类终将灭绝，也知道在比他所属的时代更遥远的未来——大约是二三百年后——人类将会决定为自己建造一个墓碑。而这个墓碑现在超越了时间，正飘浮在木星的大气中。

新人类究竟何以为新人类？这个问题困扰了与夫很长时间。而现在，仿佛有一束阳光照进了他的大脑，问题的答案逐渐明晰。

"终极基因，进化的王者……"

与夫喃喃念道。

银应该也已经在无意中发现了这个答案，否则，他不可能说出"终极基因"和"进化的王者"这样的词。

基因是一辆在时间的公路上搬运生命的车，进化是一张用时间的绒线织就的毛毯。一旦脱离时间，基因便没有了用武之地，进化也不会开花结果。因此从某种意义上说，进化是从属于时间的。

如果说新人类这个物种比人类优越一等，他们的基因必然发生了某种质的改变。这种改变不是发生在基因携带遗传信息的功能上，而是发生在更本质的层面。与夫不知道这样想会不会有些离谱，他感觉进化已经不再从属于时间了……

对，只有从时间的枷锁中解放出来，超越了时间的基因，才能被称作"终极基因"和"进化的王者"。

——冲破了三维空间对人类的束缚，向四维时空迈出第一步的，正是我们新人类……想到这里，与夫几乎快要疯掉。新人类居然是四维生物……

看到木星大气中的"人类墓碑"时，与夫的脑海中仿佛翻开了一本书，书上清清楚楚地记载着这个明确无疑的事实。

或许，进化让他经历这场认知上的漫长远征，就是为了让他逐步理解真相。与夫对于自己的新人类身份又有了更深刻的认识。只是，他从没想象过自己有一天会超越所有的生物，活在全新的维度里——原来，遥远未来的"人类墓碑"之所以会出现在与夫远征的终点，是为了让他接受这个事实。

"怎么会这样……"

与夫无奈地叹道，他不知道该如何面对这一切。

现在回想，他正在从三维空间向四维时空转移的征兆其实早就出现了。

比如，他曾经化身为微生物和肺鱼，在脑海中无比真实地亲历了地球生命的进化过程。此前他一直都把这归因于自己对进化力的感知能力。虽说事实也的确如此，但他当时只是把这一现象笼统地概括为"基因记忆的复苏"，并没有去进一步地思考。而现在如果把这种现象解释为自己超越了时间，就会更加容易理解……

能感知进化力的与夫和银会拥有多层现实，或许也是因为这个。

当然，由于进化力的观测者自身也处于进化体系当中，所以不可能绝对客观地进行观测——这种认为现实会被"不确定性原理"影响的说法也具有一定的说服力，与夫绝不会反对。但是，多层现实中光怪陆离的一切，都能用这个单纯的理论解释吗？

当一个人站在二维平面上，二维平面里的生物只会看到他的影子，而无法看到他的全身像。同理，那些散落在各层现实中的大量"象征""意象"，很可能就是四维时空在三维空间中的投影，也有可能是因为本属于四维的新人类放不下三维的世界观，从而导致的时空畸变——这是相当合理的推断。

与夫逐渐适应"不确定性原理"影响下的现实的过程，是否也是他作为新人类，逐渐适应四维时空的过程？如果他的反抗是进化的有意安排，那么这场认知上的漫长远征，或许也是进化为了让他意识到自己是四维生物而刻意安排的。

进化的计划堪称完美，它用严谨而妥当的教学步骤，手把手地、一步一个脚印地把与夫领到了最终的觉悟上。与夫与进化的对立，恐怕也是他从人类成长为新人类过程中一场必要的"成人仪式"。

然而即便如此，与夫也并不想对进化表示感谢。得知自己已经成长为四维生物后，他确实感到心底被兴奋的火光照亮了一下，但也仅此而已。

他现在已经不再悲哀，也没有了之前如沸腾岩浆一般的憎恶，在他心中渐渐抬头的，只有冰冷而苍白的"复仇"二字。

无论是悲哀还是复仇的信念，都来自与夫对人类的哀悼。

——人类灭绝了……

这句话被与夫在心中咬牙切齿地念了无数遍。

看着飘浮在木星大气中的"人类墓碑"，与夫不知不觉湿润了眼眶。那些闪耀的巨大灯球连在一起,在他被泪水模糊的视野里化为了一个光芒十字架。

回想起来,当初为了守护人类与进化作战的自己是多么幸福!虽说与进化为敌是一项近乎绝望的挑战,但至少,那时的自己心中还残存着一丝希望,还可以陶醉在自我的英雄主义情结中。

可是现在,他已经失去了要守护的人类。而且从某种意义上来说,正是他自己间接地让人类走向了灭绝。

直到这场认知的远征接近终点,与夫才把一切都弄明白。

对于进化来说,人类乃至地球上的所有生命,都已经成了毫无意义的过去时。在森久保与夫和醍醐银这两个新人类诞生的那一刻,人类就像是一件被穿破的旧衣,被进化干干脆脆地抛弃,成了一堆不堪入眼的废物。

与夫想错了,完完全全、彻彻底底地想错了。

进化让进化力增强根本就不是为了消灭人类,也不单单是为了促进木星区域的生命进化。自然,也不是为了让人类与木星区域的生命体作战。

人类是多余的存在,他们从一开始就没有站上赛道,被进化放在眼里。进化的真正目的,是让战斗发生在与夫、银和木星区域的生命体三者之间,从而筛选出真正的终极基因、进化的王者。

与夫无疑是一个罪人。他在毫不知情的情况下被进化选为了新人类，站在把人类踢下擂台的那一方。

人类灭绝了。

虽然灭绝现在还没有到来，但在一二百年后的未来必将降临。时间的间隔对于变成了四维生物的与夫来说毫无意义，人类的灭亡已经是躲不过去的事实。

——我是个罪人……

一阵风吹落叶般的空虚感填满了与夫的内心。为了拯救那些阴险狡诈、散漫下流、挑剔多事而又有那么一点儿可爱的人类，与夫最终什么也没做成，一件事也没有……

但由于正是自己这种新人类的诞生带来了人类的灭亡，与夫也不能绝对地仇恨或是谴责进化。他就连仇恨的权利都被剥夺了！

麻子已经彻底陷入昏迷。她的脸色苍白如瓷，身上还残留着些许温热。

与夫闭上眼睛，哀叹了一声，用他的全身去感受麻子的体温，就像是一只要把面前的水喝干的野兽——对于现在的他来说，麻子的体温便是什么都无法替代的至宝。

他还有需要去守护的东西。既然如此，就不能向进化全盘认输。

与夫死死盯着占满了整个屏幕的"人类墓碑"。

——好啊……他喃喃自语。那我就做一回你想要的角斗士，在角斗场上与醍醐银和木星区域的生命体作战。不过，这不是因为我想成为拥有终极基因的进化之王，而是因为我想活到最后，再向你逼近哪怕一厘米也好，我要为那些枉死的人类同胞们报仇。虽然人类在几百年后才会灭绝，但我现在就要让你尝到报复的滋味……

为尚未灭绝的人类报仇，这不失为一件滑稽而又极为悲惨的事情。对于人类灭绝的愤怒和悲伤都是属于未来的，因此感觉起来抽象而虚幻。建立在这种情感之上的复仇行为也显得不切实际。

然而，与夫心中已经没有了拯救人类的使命感，支撑他活下去的，只剩下了麻子和复仇的信念。随着探测艇逐渐靠近，"人类墓碑"外层的一扇大门徐徐开启。

失控的探测艇竟然顺利进入了"人类墓碑"，不过，与夫并不对此感到惊讶。或许是他自己的超能力让这件事成为可能，又或许进化以某种形式对探测艇进行了控制。无论是哪种，现在都已经无所谓了。

他唯一能清楚地感觉到的，就是自己那冻结已久的复仇之念，终于冒着苍白的火焰在心底燃烧起来。

与夫就这样来到了角斗场，他要在这里与他的终极敌人展开决斗。

转向推进器开始喷射，垂直起降式的探测艇在"人类墓碑"中平稳着陆。

整个过程就像是一颗螺丝钉被装入了原配机器一样顺畅自然。在远征的终点，木星探测艇似乎终于安下心来，用它的推进器长长地吐出了一口气。

当然，与夫全程没有碰控制台一下。探测艇像是开启了自动驾驶模式，完全自动地降落在"人类墓碑"中。

"墓碑"外层的大门关闭了。控制台上的安全检查面板振动着闪烁起了红光，提示有空气正在向存放舱内注入。

探测艇的动力系统全部停止了运行，生命维持系统的运行音渐渐安静下来，仿佛陷入了安睡。最后，探测艇的大门终于打开了。

与夫感到了极度的疲惫，几乎就要当场昏睡过去。

当然，他不能就这样昏睡过去，至少现在还不行。他想要先找到一间医务室，把麻子抱进去休息。更何况，角斗场上的角斗士是不允许休息的。

总有一天，与夫的休息时间也会到来。不过，那恐怕是很长很长、不会再苏醒的休息……

仅仅是把麻子抱出探测艇，就已经让与夫累得气喘吁吁。昏迷中的麻子全身瘫软，抱起来格外吃力，而且存放舱闷热得像一间桑拿房，与夫感觉身上的汗水几乎要从毛孔里喷涌出来。

"人类墓碑"之所以能悬停在现在的位置上，是因为核聚变动力炉放出的热能为塑料灯球提供了升力。这其中的原理与热气球没什么差别——只是，"人类墓碑"似乎也快要招架不住木星大气的巨大压力，核聚变动力炉的热量已经渗透到了居住区。

空气闷热到难以忍受。

与夫像狗一样喘着粗气，脱掉了上身的宇航服和网状内衣[1]，全身只剩下裤子。

这时，麻子发出了一声呻吟。她痛苦地皱着眉，用舌尖舔去上唇的汗珠。

犹豫片刻后，与夫也开始为她脱宇航服。在这么热的环境下，如果还是顾及体面，把衣服穿得严严实实，已经十分虚弱的她绝对吃不消。

---

[1] 采用液冷降温方式的宇航服需要航天员穿着一种缝入了网状管道的内衣，管内流过冷水，吸走宇航员身上散发的热量，并排放到宇宙空间。

他将麻子的上半身从地上抱起,就在快要脱下她的宇航服时,装在她口袋中的一个硬邦邦的东西抵在了与夫的胸膛。

与夫顺手取出那个东西,久久凝视着它。

那是麻子在"大肠杆菌号"上威胁大木丽时用的射线枪。

在即将与进化展开最后决战的时刻,这把枪又一次出现绝非偶然,其背后像是有着进化的意志存在。与夫盯着那把枪,全身僵硬。

麻子又一次呻吟起来,在与夫的臂弯中扭动身体,像脱壳的蝉一样从宇航服里钻了出来。

她没有在宇航服下穿网状内衣,身上只剩下了胸衣和内裤,几乎全裸。被阳光晒得刚好的小麦色皮肤紧致细腻,在人体精油般的汗水浸润下闪闪发亮,看起来性感到了极致。

瞬间——真的只有短短一瞬,与夫感到欲火遮蔽了双眼。他从紧咬的牙缝间挤出一声呜咽,紧紧抱住了麻子的身体。下腹已经像熔铁一样滚烫。

然而,占据他内心的欲火很快便熄灭了。取而代之的是悲哀,以及陷入无底深渊般的孤独。

没想到这对恋人终于能够相拥的时候,麻子已经失去了意识,而与夫则被逼到了需要拼死作战的绝境。与夫为此深感悲哀、孤独和空虚。一路走来,他被进化肆意玩弄、在层叠的现实中像弹珠一样被弹来弹去,这场漫长征途的结局难道就是这样……

"麻子……"

对麻子的爱意在与夫心头叠叠涌起,几乎让他窒息。

可就是对这样一个他所深爱的女人,他什么也做不了,就连向她忏悔的时间也不剩了。

——与夫,存放舱外有一个电梯井……

因为银的意念已经传入了他的脑海。

——请你搭乘电梯到居住区的顶层来,我在这里等你……

与夫又默默等待了一阵,可是却什么也没有听到,银的意念已经完全消失。

其实与其说是"听到",不如说"看到"更为准确。银传来的意念就像一张照片,让与夫一瞬间便获知了全部内容,并理解了其中的含义。在无意中把意念转换成语言,不过是残留在与夫体内的一个根深蒂固的人类旧习。

作为一项交流手段,意念传输比说话要高效很多,可以把更多的信息准确无误地传达给对方。

与夫现在无比清楚地知道银在想些什么。

银的语气里没有了之前那种轻蔑的挑衅感,但却多了一分沉重和痛苦。他正处于极度的紧张之中。

——下次见面的时候,我想我们会一决胜负……

与夫不由得想起了银离开进化博物馆时留下的话。

看来,银也已经为最后一战做好了准备,认为自己和与夫之间必有一死。

与夫犹豫了片刻,把麻子的身体轻轻放回到地面上。

即便考虑到麻子目前的健康状况,他也依然想要走到哪里都和她在一起。然而,在即将奔赴死地的时候,他还是放下了想要带上她的执念,因为这样做实在太过危险。

与夫伸出手去,像抚摸一个易碎的玻璃工艺品一样,轻柔地摸了摸麻子的头发。随后,他把射线枪装进裤子上的口袋,站起身来,从麻子身边慢慢走开。

他的脸上像是戴了面具,没有一丝表情。

电梯很快便出现在视野里。

透明的球状电梯位于透明的电梯井中,宛如一个大鱼缸。电梯的门开着,弯曲的墙壁上看不到按键,只有一束蓝白色的灯光亮了起来。

与夫走进了电梯,电梯门发着轻叹缓缓闭合,电梯开始上升。

不知是因为与进化力探测器的长时间连接让与夫变得十分敏感,还是因为新人类的体质本就如此,与夫感觉到了一种微妙的重力差。虽然这种差异十分微小,但当一个像恒星际飞船一样大的"浮漂"飘浮在大质量木星的大气层里,其中各处的重力自然会有所不同。而这部电梯,似乎就是依靠这极细微的重力差运作起来的。

即使是在参与过"大肠杆菌号"建设的与夫看来，这项技术也无疑是一项惊人的超级技术。然而，一想到这项技术最后用在了建造人类的墓碑上，与夫就感到一阵空虚——人类挥霍掉一切，只留下了悲哀。

电梯缓缓加速，与此同时，玻璃电梯外的景象也逐渐扭曲，模糊了轮廓。

这感觉就像在坐过山车。超重让与夫的身体仿佛灌了铅，手脚从尖端开始发麻，脸上的皮肤越绷越紧，眼皮抽搐不停。

外面的一切都化为蓝灰色的影子一闪而过，什么都看不真切。不时掠过的几抹鲜红，是电梯井穿过墓碑外部的连廊时看到的木星大气。

与夫喘着粗气，将后背紧贴在电梯壁上，伸开双手撑住身体，抬头向上看。

他的视野越来越窄，或许是因为血液下沉导致了轻度大脑缺血。不，不仅仅是缺血那么简单，还有一个原因是与夫正在以极快的速度前进！

一束亮光像针刺一样从飞速变暗的视野正中穿透出来。

与夫晃了晃脑袋，用拳头反复揉搓起眼睛。

那道光束雪白而耀眼，膨胀着向与夫迎面扑来。与夫全身都感觉到了它发出的热量——那是一种叫人难以忍受的灼热。

　　光束极速膨胀,在与夫的视网膜快要被冲破的时候,突然像无性繁殖的海星一样碎裂开来。

　　与夫一声尖叫,捂住了眼睛。红蓝两色的光波在他的眼睑内侧狂舞不停。

　　再次睁开双眼时,与夫已经不再是人类了。玻璃球一样的电梯也已经不是在三维空间中上升,而是进入了时间和空间之间没有界限的四维时空。

　　最开始,与夫还没摆脱三维生物的世界观,感觉时间不过是游荡在空间彼方的一个暗影。

　　后来,世界被几何分割成了万花筒,时间和空间像套娃一样交叠在一起。不过,这时的时间还只是空间的从属,一切都被以空间的形式转译出来。

　　而现在,与夫就像是蚕蛹蜕变一样,迅速成长为四维生物。他终于能够分清眼前哪些是时间、哪些是空间,仅能识别空间的人类躯壳自然而然地从他的身上脱落。与此同时,时间向空间、空间向时间那反复无常的转换,他也能顺畅无阻地全盘接受了。

　　此时此刻,与夫作为一个新人类和四维生物,已经达到了成熟阶段。

　　——原来,所谓的现实被"不确定性原理"影响是这么一回事……与夫现在终于能够理解这个现象了。

　　如果把本属于四维时空的新人类硬生生地压进三维空间

里，他们的现实一定会发生从四维向三维的转化，这就导致他们身边的一切都变幻不定。当一个立方体在一张纸上投出影子，影子不可能将立方体的真实全貌呈现出来。同理，四维时空向三维空间的投影也一定会残缺不全。

换言之，从四维时空转化到三维空间的一切物体，都只是它们在三维空间中的投影，是走形的"象征"。

对于现在的与夫来说，现实已经不再因为"不确定性原理"的影响而层叠虚幻了。他已经可以像看一只玻璃杯一样，把作为一个时空连续体的现实一览无遗。

他这才意识到束缚在空间框架中的三维世界观是多么幼稚，自己曾经坚信不疑的那个丰富多彩的世界，现在看来不过是被推回到幕后的一块布景。

自己之前怎么会那样理所当然地接受三维空间？这让他自己都深感震惊。由于认知的格局飞跃式地扩展，与夫感觉把现在的自己与之前作对比都是愚蠢至极。

意念交流似乎是四维生物的一项附属能力。的确，如果想要准确地描述四维时空，仅仅靠语言是远远不够的。这个世界需要用一种凌驾于语言之上的方式去呈现，因此意念传输变得十分必要。

"啊，啊啊……"

与夫痛苦地呻吟起来。

成为高维物种虽然让他有那么一点儿自豪，但他心中的痛苦还是远远压过了喜悦。

作为一个四维生物，他需要接受的新事物太多了。他感觉自己这个容器已经被灌得满满当当，里面的东西眼看就要溢出来了。

他甚至可以看到进化。

那些此前被他当作"基因的记忆"，仅仅亲历过一些片段的进化过程，现在正无比清晰地呈现在他的眼前。

没错，他的确是看到了进化。他清楚地看到，当"时间"这条辅助线被擦掉，进化变得十分简洁明了，只剩下了ON和OFF两种状态。这两种状态在广漠的时空中复杂纠缠，但遵循的终究是简单的二进制法则。

——计算机……这个比喻自然而然地出现在了与夫的脑海里。进化和计算机真的很像！能够完成复杂计算的计算机，归根结底也不过是基于二进制程序的产物。

ON和OFF……开关闭合，生命走上进化的康庄大道；开关断开，生命被逼入进化的死胡同。如此周而复始。

——进化是一台四维计算机……这个想法伴随着一阵疼痛掠过了与夫的大脑。经过漫长的时间、大量的计算，进化终有一天会得到一个答案……

有关终极基因、进化的王者的答案。

虽说这只是一个经不起推敲的粗浅比喻，但不知为何，"四维计算机"这个词还是在与夫的心中深深扎下了根。

这不可能，进化当然不是计算机程序……与夫的理性在尖声叫喊。可无奈的是，"四维计算机"的念头一旦在他的脑海中出现，便再难抹消了。

或许，这个比喻意外地射中了靶心？

在时间和空间交织而成的进化程序彼方，有什么东西正在逐渐显现出来。终于，那个操控着四维计算机、焦急地等待着最终答案的进化，把它那巨大的身影暴露无遗……

与夫发出了声嘶力竭的尖叫。

出现在眼前的那个东西远远超出了与夫的认知极限，他畏缩不前，感觉自己就像是一个冒着火花即将短路的电路元件。最后，他闭上了双眼——电路元件炸裂烧毁了。

与夫后退了一步。

当自己曾经那么仇恨、那么想要与之开战的进化在现实中现出真身，几乎是出于本能的恐惧，与夫竟不敢去直视它。他有一种预感：直视进化的样子，很可能关系到自己的灭亡。

这时，电梯突然停了下来，电梯门也同时打开。与夫被从电梯里抛了出去，滚落到了什么地方。

他被从"洋葱芯"抛回了"洋葱皮"，就像是回归原位的摆锤，又回到了被"不确定性原理"影响的三维现实。因为拒绝直视进化,他作为四维生物的能力发生了退化,这或许是命中注定,在某种程度上也是与夫自己想要的结果。

与夫睁开了眼睛。

这里是一个火车调车场。

是的,这么说绝对没错。只不过,这里的火车并不是单纯的火车,调车场也并不是供火车停靠、变更线路的一片空间。

在这里集结、行驶的一列列火车都是生命体的象征,而整个调车场则是供进化俯瞰并操控生命进化的一个时间上的"进化调车场"。

铁轨以调车场为中心向各个方向延伸,即沿着各种时间线延伸,形成了一张巨网。这是横跨四维时空的进化过程在三维空间中投射出的一幅壮丽的全景图。

如果列车是生命体的象征,那么列车行驶的一个方向就代表着生命体进化的一种可能。过去在后,未来在前,时间和空间浑然一体,进化的一切可能都化为铁轨,上面行驶着无数列的火车 – 生命体。

在四维时空清晰地俯视着进化全景图的进化,在这个现实中被投影为了调车场。这里的一切都像是象征主义者的诗歌,象征、暗喻着其他的东西。

这里的确是一个调车场。

它出现在广袤的时空中,无数铁轨有如纵横交错的大动脉,跨越数亿年的时间,向着遥远的"时平线"延伸。四维时空的紫色微明中,一个既非月亮也非其他天体的银色圆盘光辉闪耀,红色和蓝色的光束四处游走,这场面俨然一幅长时间曝光下的都市夜景。

调车场里的火车时走时停。从某种意义上说,这个进化调车场就是一个最原始的计算机,进化在这里依然遵循着二进制法则。

当然,进化调车场和进化博物馆一样,都是四维实体在三维空间里的投影,失去了原本的形貌。它们仅仅是象征,或者说是幻象。

对于在"不确定性原理"影响下的现实中穿梭过几次的与夫来说,进化调车场的存在已经不值得大惊小怪。他之所以还是受到了强烈的精神冲击,是因为目前为止,"时间"还没有被如此明确而清晰地象征出来。另外,还有一股浓烈的"终结"气息正飘荡在调车场的上空。

与夫俯瞰着调车场,同时也在火车上。不,他只是感觉自己在火车上,实际上是把自己进化的可能性寄托在了火车上。

柴油发动机嗡嗡作响,散热扇切割空气的声音越来越大,逐渐化为了能撼动身体的震颤。前照灯的光线突然刺破黑暗——与夫正站在柴油火车的车头。

然而,他既不是坐在客车厢里——火车头也许根本就没有拉客车厢——也没有坐在驾驶座上。他站在车头的前端,双手扶着栏杆,凝视着在前照灯的光芒中好似飘浮起来的广袤时空。

火车头感觉像是配备了液力变扭器①,但既然一切都是象征,火车头的类型已经不重要了。虽然它现在是一个火车头,但其实它的本质是在进化之路上前进的生命体。

列车发动机发出低沉的轰鸣声,沿着调车场中的路线往前行驶。

与夫将上半身探出栏杆向后看,却看不清驾驶座上坐的是谁,那里或许根本就没有坐人。

他掏出口袋中的射线枪,确认过能量已经充满后,用双手握住了它。

射线枪出乎意料的沉。

即便进化已经化为"象征",尚未完全进化成新人类的与夫想要在其中穿行也依然十分艰难,这或许正是他现在疲惫无力的原因。还有一种可能,那就是即将要和醍醐银展开决战的预感加重了他的精神负担……

不,那不是什么预感,那已经成了坚定的确信。银此刻一定就在调车场里行驶的无数火车之一中,等待着与夫的到来。这一点毋庸置疑。

①液力传动部件的一种。由泵轮、涡轮和导向轮组成。泵轮同主动轴相连,能把主动轴输入的机械能依靠离心力的作用转换成液体的动能和压头,供涡轮做功用。涡轮和从动轴相连,能把液体的动能和压头所含的能量由从动轴输出。

与夫双手握着射线枪,背靠火车头,脸色因为紧张变得苍白无比。

眼前的场景很像是开车在起雾的高速公路上飞驰,三灯式交通信号灯在广袤的时空中次第闪现,又在身后消失。

绿灯亮起,火车头沿着进化的道路继续前进,通过路口后,信号灯立马变成了红灯。绿、红、黄……信号灯在四维时空中交替明灭,控制着所有生命体的进化过程。

铁道旁出现了路标。它们的数量逐渐增多,火车头行驶的速度也越来越快。

路标上提示的大多是距离和坡道。它们是路标的同时也是一种"象征"——距离象征着进化所需的时间,坡道象征着选择压力的强度。正如字面所示,它们是"进化的路标"。

前方又出现了一个路标,它飞快地靠近,又在下一个瞬间飞逝到与夫的身后。

与夫深吸了一口气,又将它从紧咬的牙缝间缓缓吐出。他全身僵硬,不自觉地将握着射线枪的手一点点抬了起来。

刚才的那个路标上有一个"此路不通"的标志,正中间还写了一个大大的红色"D"字。

与夫被逼到了进化的死胡同。凡是走到这一步的生命体,都已经达到了其种族的进化极限,将会像衰败的芦苇一样枯萎凋零。"D"是英文"死亡"(Death)的首字母。

——很快，很快一切就结束了……

头顶上的散热扇嗖嗖作响，与夫不断在脑海里重复着这句话。

这一定是银的诡计。虽然与夫不知道他是如何做到的，但似乎确实是银控制着自己所乘的火车头，把它带进了死胡同。银是主动想要让最后一战来得更快一些。

或许是看到新人类与夫作为四维生物成熟得如此之快，银感觉到了威胁。至少，他确实是着了急。这对于另一个新人类——占据着"与夫的天敌"这个生态位的银来说，是再自然不过的。

然而与夫却镇定自若，即使知道陷阱就在前方等着自己，他也没有太过恐惧。

他的感性已经麻痹了，而且更重要的是，一切都即将结束的事实让他十分安心。不管怎样，这必定是他和银的最后一战，他们之间那愚蠢的拉锯战就要迎来尾声。

——如果我输了……与夫陶醉地想，那就真的是一切都结束了，我再也不用为进化而操心，可以安心地睡去了。如果我赢了……

是的，如果他赢了银，就要接着和木星区域的生命体作战，最后还要和进化本身作战。

在与夫看来，战胜银反而更痛苦。因为那意味着这场漫漫无尽的征途、兜兜转转毫无意义的作战还要继续。

他累了，身和心都已经累透了。

现在，仅仅是想一想要和进化作战的事，都会让他的后颈汗毛倒竖。

曾经那样痛恨进化、想要和它决一死战的自己，怎么如今一踏上战场，却又突然心生怯意，变得摇摆不定了呢？

——那个东西到底是什么……

在四维时空里看到那个操控着四维计算机、焦急等待终极基因出现的进化的身影时，自己为什么移开了视线？作为一个四维生命体，自己那得到了空前解放的认知怎么又回到了人类那狭隘的条框里？自己到底是在害怕什么……

然而现在，与夫要想的还不是这件事，当务之急是竭尽全力去对抗银。

进入作战状态的与夫似乎一下子得到了精神上的净化。虽然脸色苍白、表情僵硬，但他的双眼却始终像是发高烧的病人一样闪着光亮，脸颊透着微微的红晕。

他双脚开立，后背紧紧靠在火车头上，伸出右手，把射线枪举到了眼睛的高度。

射线枪开枪时不会产生手枪那样的后坐力，但由于焦点温度高达数千摄氏度，射线束有时会发生乱移。要想控制住射线束的方向，就必须拥有非同寻常的体力，并采取无比稳定的站姿。在高速行驶的火车头上，与夫必须让自己的身体更加稳固才行。

火车头向着它的死亡终点飞驰，铁道将要在前方迎来终结。银一定就埋伏在那里。等到火车头再也无法前进，与夫和银就将展开他们最后的决斗。

他们之间这场跨越时空却只带来空虚疲乏的宿命之战，终于就要画上句号。

——很快，很快一切就结束了……

这句话在与夫的脑海中以一定的间隔重复着，仿佛一阵阵福音，为他带来了溢于言表的喜悦和解脱。

突然，与夫感到很强的离心力作用在自己身上。火车头在时间和空间中转了个弯，继续加速，向着终点冲去。

与夫看到了终点。

不，那里不光是铁道截止的地方，还是时空被封闭进一片黑暗的地方。路的尽头似乎散发着腐臭，因为浩渺的时空在这里忽然没了去处，被压缩成一团，透不过气来。

"时间和空间被压缩"这个说法或许不够准确，但与夫一时想不出更好的说法。他确实感觉时间和空间都被封闭了、被推挤到了尽头。

或许，生命体被逼到进化的死胡同，同时也就意味着时间和空间的泯灭。毕竟对于失去了进化可能性的生命体来说，时间和空间都是没有意义的。正因如此，这条路才叫死胡同。

那些在这里没了去路、无可奈何地走向灭亡的生灵，或许现在已经化为了四处游荡的亡魂。

可与夫却没有时间悼念那些亡魂，他现在连自己都性命难保。

醒醐银果然在这里举着射线枪，等待着与夫的到来。

银也站在火车上，但不是火车头，而是站在一辆停靠在终点处的181系电力内燃动车①的车厢顶。

内燃动车的散热器似乎失灵了，发动机处于过热状态，从车厢顶部排气口冒出的烟气让银的身影看起来像是缕缕蒸腾的热流。

与夫毫不犹豫地采取了行动。其实，就连他自己也没有意识到，自己已经扣动了射线枪的扳机。看到银的一瞬间，他心中就像有一根压缩到极限的弹簧突然反弹，让他下意识地开了枪。

鲜红的射线刺破时间和空间，惊人的高温把所过之处的一切化为气态，最后穿入了银的胸膛。

不，是本应穿入银的胸膛——内燃动车排出的腾腾热气扰乱了射线的方向，使光线散射到了别处，银毫发无伤地站在原地。热流把空气变成了透镜，使射线枪失去了精度。

与夫狼狈不堪。由于刚才那束射线的焦点热量值被设置为

①日本国有铁道（日本国铁）设计和制造的直流电特急型列车。

了最高，射线枪现在处于能量不足的状态。即使与夫想要把热气的偏光性考虑在内，再次射击，也需要先等射线枪的能量充满再说。

现在，与夫终于明白银为什么要站在发动机过热的内燃动车顶上了。他的射线枪已经没有了用武之地——只要银充分计算过空气的偏光性，与夫根本就没有胜算。这场决斗将变成单方面的虐杀。

——与夫，这下我们要永别了……

银的意念在与夫的脑海中响起。那声音低沉而滞怠，还带着一丝悲凉，仿佛是一首安魂挽歌。

与夫睁大双眼，看着银手里那把代表着死亡的射线枪。他所乘的火车头正在径直冲向死亡。

恐惧席卷全身的同时，与夫也感到了深深的心安，心里悬着的那块大石似乎终于落了地。

然而，他并没有死。他没能死成！

进化调车场的存在虽然离谱，但这个现实还是保持着它合理的统一性。可是现在，就连这个现实也生出了裂隙，一个来自其他时空的庞然大物突然出现在其中。

庞然大物——一辆带顶棚的货车突然出现在空中，并以极快的速度砸落在内燃动车上，好似一只张着血盆大口扑向猎物的猛兽。

与夫一时间不知道发生了什么，恐怕银也一样。

猛踩刹车发出的金属尖啸声中，鲜红的射线闪着刺眼的光芒，以超高的能量把货车一分为二，燃烧的车体破片四处飞散。

银的咒骂声从脑海中传来，又在现实中无比清晰地化为了麻子的尖叫。

"麻子！"

与夫也叫了起来。

他突然感觉热血上涌，眼前发红，心中剩下的最后一丝理性也荡然无存。他胡乱地吼叫着意味不明的语句，右臂像钟摆一样高高抡起。

射线枪的能量虽然还未充满，但却已经足以杀死一个人——准确地说，是一个新人类。

与夫感受着射线枪握在手中的真实触感，突然想道：也许现在这场战斗才是自己和银真正的较量，也是唯一的一次战斗。

这场横跨时间和空间的战斗，在各个不同层级的现实中衍生、投影，所以与夫和银才会像两条互相咬着尾巴的蛇，持续不断地争斗下去。这么说来，此前所有和银的战斗都是假象……

然而事到如今，与夫已经没有办法去证实这个猜想了。

从射线枪中迸射而出的射线把与夫的视网膜映得通红，仿佛有熊熊烈火正在他的内心燃烧。

烈火被银的一声惨叫浇灭了。与夫下意识地紧紧闭上双眼，并没有因为击毙了银而感到喜悦。相反,他甚至感到一种身体被撕裂的痛苦,以至于哭了出来。

火车头眼看就要撞上货车,而与夫却毫不在意。他就这样在茫然放空的心境下,怔怔地看着火车头与货车的残骸亲密接触,然后缓慢地倾倒……他甚至没打算从火车头上跳下来。

——要是就这么死了该多好……

一个颓丧的想法从他的心中划过。

从某种意义上说,银就是与夫的分身,是他的绝配搭档。而现在,与夫亲手葬送了自己的这个分身、搭档……对,还有亲人。他们两个新人类之所以会作为天敌互相残杀,仅仅是因为进化早就把这一切安排好了。

——我好累……真的好累……

就在与夫压抑地说出这句话的时候,火车头随着一阵碾压声悬停在了半空。紧接着,只听一声震耳欲聋的金属尖啸,承受不住自身重量的火车头翻倒在了地上。

与夫的身体也顺势被抛了出去,但这对于现在的他来说已经无所谓了。

"银,银……"

与夫低声叫着,眼睁睁地看着火车头向着自己崩落下来。

撕心裂肺的悲痛袭上心头,与夫不禁呜咽起来。失去银的痛苦在他的心上穿透了一个大洞，让他深陷在空虚的情绪中难以自拔。此刻的他就像是一个迷路的孩子，不知该何去何从。

他宁愿就这样被砸死在火车头下，可进化却还不允许他休息。

被泪水模糊的视野里，几处正在燃烧的火焰忽然之间变得像耀斑一样明亮异常，它们闪烁成一片，将整个进化调车场吞噬殆尽，最后便什么都看不见了。

时间和空间像漏斗里的水一样形成旋涡，与夫感觉自己又要被带到什么别的地方去了。

对于转移向其他层现实的过程，与夫还从来没有过如此真切的感受。之前的几次转移都像是电影镜头的切换，一瞬间就被扔到了别的现实。这说明他对四维时空的适应程度明显提高——击毙醍醐银后，自己这个四维生物又得到了成长。

当然，这并没有让与夫感到欣喜，反而让他对自己心生厌恶。

他又回到了"人类墓碑"里。

这里好像是"人类墓碑"上的舰桥，整整一面墙壁都被巨大的主屏幕占据，上面显示着木星的大气层——更准确地说，应该是一片液氢的海洋。

温度约一百二十摄氏度——由于从木星中心逸出的能量，液氢海洋的温度要远高于木星表面。红外线摄像机捕捉到热量后,通过计算机加以修正,最终将冰冷幽暗的液氢海洋显示在了主屏幕上。

然而,主屏幕似乎是"人类墓碑"舰桥上唯一一个还在正常运转的设备。

小会议厅般大小的舰桥里薄烟弥漫,控制台、计算机界面、通信设备全都迸溅着白亮的火花,中央控制椅上甚至燃起了一团团火焰。

计算机界面上有一个大洞。不必上前确认它那被高温碳化的表面,与夫就知道一定是有人用射线枪朝这里射了一发。

发生在"人类墓碑"舰桥上的枪战,在其他的现实里被投射为了进化调车场里的那场战斗。总之,一切都逃不出那个老生常谈的"洋葱理论"。在与银的战斗中,只有与夫取胜的这个结果是重要的,其余琐事全都不值一提。与夫已经懒得去推测这里刚刚发生了什么。

他从舰桥的地面上缓缓爬起,忽然"啊"地叫了一声,紧紧捂住了右腹。

打开手掌一看,那只手上满满地沾着血污。与夫惨笑着又把手放回到右腹上,鲜血从他的指缝间滴落下来。

看来,与夫并不是毫发无损地战胜了银。

虽然伤势不重,但伤口正在大量出血,情况不容乐观。与夫的身体正在极速衰弱,他甚至能感觉到力气正在一点点地从身体里流走。

他摇摇晃晃地站起身来，单手扶墙用力撑住身体，不让自己摔在地上。

凄惨的笑容又一次出现在了他的脸上——想不到自己这个新人类，这个超越了时空的存在，仅仅是因为侧腹掉了块肉，就变得这么不中用了。

负伤、极度的疲惫，以及侵蚀身心的徒劳感让与夫失去了活下去的信念，陷入了最糟糕的处境，他感觉自己就像被榨干了水分、粘在榨汁机底的一团水果渣。就这样还想和进化作战？简直是自不量力。

与夫没有了走路的力气，只是单手扶着墙，久久凝视舰桥。

如果说糟糕，或许"人类墓碑"的命运才最糟糕——它沉潜在木星的液氢海洋里，只是为了吊唁已经灭绝的人类。而且就像是被下了诅咒一样，在"墓碑"上的人都已离开后，它的舰桥又在枪战中遭到了严重的破坏。

舰桥被焦点温度高达数千摄氏度的高温射线贯穿，失去了它作为舰桥的职能。银恐怕也是在一瞬间被高温射线蒸发掉的……

想到这里，与夫低声哀吟起来。扶在墙上的手突然滑落，他竭尽全力保持着平衡，不让自己瘫倒在地上。他被恐惧扼住了喉咙，额头已经被汗水湿透。

他发现自己忘记了一件极其重要的事，而受伤和疲惫都不能充当自己失策的理由。那个时候——银的惨叫通过意念传递过来的时候，麻子的尖叫声也同时传了过来！自己为什么现在才想起这件事……

麻子会不会也像银一样蒸发掉了？可怕的想象从与夫的脑海一闪而过，让他感觉眼前一片漆黑。

"麻子……"

与夫猛地再次撑住了墙壁，跌跌撞撞地走到舰桥中央，呼唤着麻子的名字。

所有可燃的物件基本上都已经燃烧殆尽，除了观测仪器发出的微弱嗡鸣。舰桥里一片寂静，没有人回应与夫。

与夫的呼唤声从低语逐渐变得高亢，最后化为了厉声的尖叫。麻子！求求你回答我……

咣当一声巨响忽然传来。在金属外壳已经被烧得焦黑、冒出了紫烟的存储器的阴影里，有什么东西动了起来。

"麻子，是你吗？"

就在与夫发问的时候，存储器控制台前那把原本背对与夫的座椅缓缓转了过来。座椅上的女人绵软无力地滑落到地上。

是鸟谷部麻子！

与夫小声惊叫起来。由于太过慌乱，他完全不记得自己做了什么，回过神时，自己已经跪倒在了地上，紧抱着麻子的身体。

　　毫无疑问，被留在存放舱里的麻子一定是在苏醒后想要助与夫一臂之力，才来到这里的。而她也确实帮到了与夫。

　　在进化调车场里险些被银射杀时，突然冲出来挡在与夫面前的那辆货车，想必就是麻子的"一臂之力"。当然，货车只不过是一个"象征"，在这个现实里是什么形式已经无从考证。总之，是麻子在关键时刻挺身而出拯救了与夫，她裸露的肩膀上那触目惊心的瘤状烧痕有力地佐证了这个事实。

　　这已经不是麻子第一次救与夫了。她在"大肠杆菌号"上救过他一次，坠入B级现象阈世界时，与夫也强烈依赖着麻子……

　　正如和银作战是进化为与夫安排好的宿命一样，麻子或许也一直背负着拯救与夫的使命。这个使命被投射在不同层级的现实中，以各种各样的形式呈现出来。

　　——我们分别扮演着三种不同的RNA——把遗传信息从DNA运送到核糖体的mRNA、根据遗传信息搬运来对应氨基酸的tRNA、构成核糖体自身的rRNA……

　　与夫已经记不清是什么时候，菲律宾女人曾经对自己这样描述过她自己、大木丽以及鸟谷部麻子这三个女人扮演的角色。她还说，在"不确定性原理"衍生出的多层现实里，只有"象征"才具有实际的意义……

女人的直觉让她们精准地把握了这个世界的本质。

对于与人类生活在不同维度、超越了时间和空间的四维生物来说，每种事情都仅仅发生过一次，因此没有必要为所谓的"命运"而烦恼。但当这些事情投射到三维空间，由于受到了时间和空间的制约，每种事情都只能一次又一次地重复发生。正因如此，人类才会背负着各自的"命运"生活下去。

话剧的比喻十分形象，即便是在尚未完全成熟的四维生物与夫看来，人类也已经变成了遵从着各自的"命运"在三维空间里表演话剧的演员。

鸟谷部麻子多次拯救与夫也是因为"命运"。更直白地说，拯救与夫就是她活在这个世界上的意义——当与夫站到更高维度的四维时空俯瞰，这一切都变得清晰明了。

然而，这却是一种得不到任何回报的"命运"。女人们——包括菲律宾女人和大木丽——确实也曾经救过与夫，但她们终究还是停留在了她们的时代。只有麻子超越了时间，一直跟在与夫的身边，但却因为踏入人类的禁地，在精神和肉体上都被折磨得千疮百孔。

——麻子会死……

与夫突然对这一点确信无疑。

无论他是否承认，那确实是她躲不过的"命运"。对于她的死，与夫要负全部责任。

"对不起，麻子……"与夫用嘶哑的声音忏悔着，"真的对不起！"

他抱紧麻子，无数次轻抚她的头发。他想哭，但是却哭不出来，或许是自己根本就没有资格为麻子流泪。

"人类灭绝了，那就让我们从头再来。我们两个来做亚当和夏娃，从零开始，重新来过……"

与夫在麻子耳边轻声低语。

但实际上，他只不过是在将一串愚蠢、伤感、毫无意义的语言排列组合。由他们来做亚当和夏娃？这完全是不着边际的妄想，即便是个梦也未免太过美好了。

或许，现在需要梦的不是麻子，而是与夫……

"进化怎样都无所谓了！我们努力过了，却还是没能挽救人类，我们还能有什么办法……我们也该休息一下了，该专心想想我们两个的事情了……"

与夫托起麻子的下巴，轻轻地亲吻了她。这个吻不是为了满足情欲，而是为了赎罪。

麻子微笑着睁开了眼睛，与夫久久凝视着倒映在她眼中的那个自己。

这时，一道冰蓝色的光芒忽然从与夫背后照射过来，染蓝了整个舰桥。

与夫惊叫一声回过头去，照在他眼睛里的蓝光无比强烈，在主屏幕上刺眼地闪耀着。

接着，提示大质量物体接近的钟声，打破了舰桥上的寂静。

嘀，嗒，嘀，嗒……

……墙上的老式挂钟发出清响，拖着发条回转时的余音，指示出现在是十一点整。

与夫目瞪口呆地环顾四周，一瞬间回想起了这里是麻子的诊室。他竟平静地接受了这个事实，又重新把头靠回了长椅扶手。

——我已经从催眠中醒了有一小时吧……与夫这样想着，忽然察觉到一丝异样，好像有什么地方从根本上出了错……

然而很快，这种像是身体在被抓挠一样灼人的异样感，就被体内久久未曾涌起的欲望和满足感取代了。

是麻子在一点点地教化与夫。

她浓密的黑发披散在与夫的腰间，看上去像是绝美的丝绸。她不时轻晃脑袋甩开发丝，俯在与夫身上，尽情地爱抚。她的双颊微微鼓起，表情认真而温柔，丝毫不会显得淫荡。

"麻子……"

与夫终于克制不住心中的欲望，发出了呻吟。他一把搂住她的双肩，将她放倒在长椅上。

——我们两个来做亚当和夏娃，从零开始，重新来过……

这句话突然从与夫的脑海中一闪而过。他好像曾经在什么地方说过这句话，但这也有可能只是错觉。

与夫完全被自己的欲望支配了，恐怕麻子也是一样。他们的欲望绝对的纯粹无垢，其中不夹带一丝邪念。对于现在的他们来说，遵从欲望即是唯一的正义，让灼热的肉体相互摩擦即是唯一的现实。

与夫的手指做出一个极微小的动作，似乎都能带来成倍的刺激，在麻子的体内掀起层层巨浪。她双眼紧闭，眉头微蹙，极力忍耐着那股即将盈满全身的热流。当与夫把身体深深沉入她那滚烫濡湿的部位，她小声叫了出来，像是不情愿地摇起了头。

——我们努力过了，却还是没能挽救人类，我们还能有什么办法……

与夫和麻子都在呻吟。两人的欲望好似围着一条线盘旋而上的螺旋，它们相互交缠、速度激增，一直飙升到了最高点。

"啊……"

麻子尖叫一声，指甲紧紧掐进了与夫的背。与夫也高声呻吟着，在一片眼花缭乱的光芒中缓缓下落。

——我们也该休息一下了，该专心想想我们两人的事情了……

脑海中的那个声音还在回响，但在性交之后倦怠的心绪下，与夫已经对它不甚在意了。

之前诊室里那浓稠到难以呼吸的空气仿佛一下子变得舒适

起来，令人心安。一片静谧中，只能听到一男一女沉静的呼吸。

本以为是不治之症的阳痿居然这么快就被治好了，这让与夫惊讶万分。更让他诧异的是，自己对于这件事竟然没有感到任何喜悦。

与夫想，其实阳痿不过是表面症状，问题的根源另在别处。他不明白自己之前为什么会为阳痿的事那么烦恼。

虽然阳痿的治愈并没有让与夫感到欣喜，但对于性交的对象是麻子这件事，他还是感到十分欣慰。看到麻子的第一眼，与夫就预感到了自己会和她走到这一步。现在所有该发生的事情都发生了，他感到无比安心，想要长长地舒一口气。

与夫紧紧贴着麻子，两人并排仰卧在狭窄的长椅上，凝视着天花板。慵懒的轻飘感和微弱却实在的幸福感，让与夫露出了微笑。

阳光透过绿色的百叶窗照射进来，在天花板上投下一片清凉而柔和的光影。

"我可以讲个故事吗？"与夫说，"虽然它真的很无聊……"

"嗯。"

麻子回答。

她的声音低沉而平静，充满了女人的韵味，是与夫最喜爱那种声音。

"故事发生在我一心想要确立'进化力理论'的时候。"

与夫缓慢地讲述着，像是一边讲一边在向自己确认故事的内容。凝聚在天花板上的目光渐渐飘远。

"强核力、电磁力、能破坏电子和中微子的弱核力……这三种基本力之间彼此关联，却只有引力是孤立的存在。我认为这个现象很不合理。当人们从引力波中检测出了进化力，把基本力由四个增加至五个，我还是觉得很难理解。一边是强核力、电磁力、弱核力这三种力，而另一边却只有引力和进化力这两种力，钟爱对称性的大自然怎么可能容忍这种三对二的不对称现象存在？我始终抱着这个疑惑……"

麻子微微动了动身体，两人裸露的肩头碰在了一起。麻子的体温让与夫感到格外心安，仿佛那体温突然变成了能够催人泪下的珍宝。

与夫陷入了沉默。沉重的疲惫感一直盘踞在他身体深处的某个地方，几乎就要让他陷入沉睡。然而不知为何，与夫一直执拗地告诉自己：现在还不能睡！

"这只是个故事。"

终于，与夫轻声继续他的讲述，"我在想，如果在引力和进化力之外，再加上一个名叫'爱'的力会怎么样？这样的话，基本力的数量就会变成三对三，大自然就又能维持它的对称性了。既然进化力已经被证明为了一种基本力，那么会不会有一天'爱'这种基本力也会得到证实……当然，我这么想不是认真的，这只不过是我的胡思乱想，一个编着玩儿的故事……"

其实，这并不是单纯的胡思乱想。与夫是真心希望引力、进化力和"爱"可以成为相互关联的基本力。他的胡思乱想已经接近于企求。

然而他也很清楚，"爱"不可能是什么物理学上的基本相互作用力，把它和进化力、引力等概念相提并论就已经很可笑了。进化力可以蹂躏生物，使其灭绝；引力可以创造行星，甚至催生星云……与这两种物理力相比，"爱"是那么脆弱无力，就像石头一样一文不值。

这个宇宙把重心全部放在了进化力、引力、强核力等物理力上，而"爱"只是一个无足轻重的附属品。只有多愁善感的女学生和俗不可耐的诗人才会把"爱"看得那么重要。所以说，这只是个故事。

"会不会有一天'爱'这种基本力也会得到证实——我从来没有认真想过这件事。"与夫重复道，"我只是觉得，如果这是真的该有多好。为进化做出无谓的牺牲已经是我们逃不掉的命运，但如果至少还有'爱'可以信仰，那该有多好……"

说到这里，与夫的表情扭曲起来，然后像是要把心中的悲伤、愤怒、绝望和强烈的无力感全都一气吐出似的继续说道："但如果人类的诞生和灭亡都只是因为进化的一时任性，那人类的'爱'也就当然没有任何意义……麻子，我到最后什么也没能回报给你……"

这时,麻子的头忽然离开了与夫的臂弯,上半身从长椅上滑落下去。一头乌黑的长发流泻在地,美丽而柔嫩的手臂在地上击出一声闷响。修长的睫毛在她陶瓷般冰冷洁白的脸上投下阴影,让她看起来仿佛是在熟睡。

"麻子……"

与夫本想抱起麻子,结果却也从长椅上跌了下来。侧腹的出血更严重了,他可以清楚地感觉到,自己现在的体力还不如一个五岁的孩子。

但即便如此,与夫还是用一只手抱住了麻子的身体,又用另一侧的手肘撑在地上,艰难地抬起了头。在他的眼前,一道像冰一样冷冽的蓝光刺眼地闪耀着照进了诊室。

对于四维生物与夫来说,时间和空间已经逐渐没有了界限,因而也失去了意义。冰蓝色的强光穿透时空,让麻子的诊室和"人类墓碑"上的舰桥像频闪图像一样交替出现。

与夫紧盯着舰桥上的主屏幕,额头瞬间被汗水浸湿。他会出汗,并不全是因为受了伤。

他看到了人类乃至新人类都不可能看到的景象。木星内部高达一万数千摄氏度的高温使木星拥有了三百万个标准大气压的超高气压,在这种环境下,一切人为的观测都是无法进行的。是高度发达的电磁波检测器和计算机的图像处理功能,让与夫看到了那幅景象——

巨大的气压下,电子被从氢原子上剥离开来,液态氢变成了液态氢离子……

令人难以置信的是,横亘在木星中央的液氢海洋本身就拥有着智慧。虽然与人类所理解的"生命"概念大有不同,但它确实是一个独立的生命体。

没错,虽然没有细胞也不能繁殖,但它无疑就是一个生命体。更准确地说,它或许可以被称为"超智慧体"。

无数闪电在泛着蓝光的液态氢离子海洋中穿梭,这是它在以电流的形式进行思考。氢离子处于零电阻的超导状态,因此它在思考时完全不会散失热量。可以说,它是一个完美无缺的智慧体,一个活生生的计算机!

沐浴着蓝色光芒的与夫终于明白了为什么进化博物馆的墙壁上会出现大红斑。如果说自己是地球上的进化之王,那么氢离子智慧体就是木星上的进化之王。天敌醍醐银被击毙后,氢离子智慧体这个新敌人将会站到自己面前——这一定是进化博物馆给自己的暗示——又一名角斗士来到了角斗场上。

看到氢离子智慧体映在主屏幕上的蓝光后,与夫几乎是在一瞬间领悟了这个事实。之所以会这样,是因为他也再一次化为了四维时空里的"怪物"。

无论人类使用了多么高明的手段去建造"人类墓碑",都不可能让它耐受三百万个标准大气压的超高压力。这在物理上是绝对不可能的。

正像是与夫成为超越时间和空间的存在，"人类墓碑"似乎也正在逐渐脱离三维的桎梏，成为一个贯穿过去和未来的，飘浮在木星之中的幻影。

脱离了物理制约的"人类墓碑"与其说是一个物体，不如说是一种现象。

这一切一定都是进化的安排。为了筛选出进化的王者和终极基因，它制定出了"弱肉强食"的严苛规定，并始终谨守"适者生存"的基本原则，所有抗拒战斗的生命都会被打上失败者的烙印。而为了搭建一个生存竞争的擂台，把"人类墓碑"提升至四维，再拖拽进木星内部，对于进化来说不过是小菜一碟。

然而，"人类墓碑"似乎并没有完全进入四维。一些残留在三维空间中的碎片在巨大的压力下相互倾轧，发出隆隆的巨响，让舰桥剧烈摇颤起来。

地动山摇般的震动中，与夫想起了在木星周围看到的那个高速气旋。木星曾经差一点儿就变成太阳，但由于质量上的略微不足，最终还是止步于行星。由于木星和其卫星的关系恰好类似于太阳和周边行星的关系，所以木星系常被称为"小太阳系"。为了让地球生命体与木星区域逐渐诞生的生命体相抗衡，进化用磁场和引力在这个"小太阳系"里点了一把火，意在把"小太阳系"培育成一个真正的太阳系。

进化无论如何都想把与夫和木星区域的生命体拖到同一个角斗场上。

至于被它催生出的生命体愤怒到了多么可怕的程度，进化却毫不在意。它永远无法理解那些微不足道的生命体冲破理性孤注一掷的愤怒，无法理解它们那毁天灭地都无法弥补的哀伤，无法理解它们那令人生畏的疯狂……

"你真的很伟大，进化。我到最后都没能看清你的真面目，我拼命逃出你的魔掌，最后还是失败了。"

与夫抱着麻子，用力控制绵软的双脚站起身来，仰头说道，仿佛是在念诵一句诅咒。

"但我还是要否定你，我绝不认同你的安排……听好了，进化，你毁灭了人类，让我杀掉了银，还……"

说到这里，与夫突然停了下来。他把怀中的麻子抱得更紧，深深低下了头。再次抬起头的时候，他的眼中闪烁着一种异样的光芒，似乎是在哭泣。

"这一切都是为了找出终极基因？凭什么我这个新人类也要对你负责？我凭什么要履行你给我的使命，去和氢离子智慧体作战……进化，我已经受够你了！我要退出。进化和宇宙变成什么样子，和我有什么关系！"

与夫的低语声逐渐变得高亢，最后化为了声嘶力竭的咆哮。

我要把一切都破坏掉……

在与夫咆哮的同时,"人类墓碑"也突然爆发出了一声巨响,舰桥的墙壁和地板都像是薄纸片一样扭曲变形。

与夫抱着麻子摔在了地上,放声大笑起来。

是的,他决定要破坏掉一切——破坏掉正在太阳系中上演的进化,破坏掉氢离子智慧体,破坏掉他自己,破坏掉终极基因存在的最后一丝可能,甚至要破坏掉整个宇宙。

之前那个在广漠的时空尽头操控着四维计算机、等待答案的身影,那个让与夫本能地移开视线的"进化",其实正是与夫自己。

仔细想想,这并不是很难理解。总有一天,超越了时空的四维生命体将能把时间、行星、银河乃至整个宇宙都收容于体内。与夫想必是战胜了氢离子智慧体,而后以四维生命体的形式继续膨胀,最终与宇宙的时空融为了一体——这才是进化的安排。虽然三维空间的人类绝对无法理解这个悖论,但与夫的确就是进化本身。

与夫的终极敌人就是他自己。

其实,与夫当时由于拒绝接受这个事实,并没有看清进化的身影究竟是不是自己。可除此之外,那个东西还能是什么呢?对于一心想要引爆"人类墓碑"的核聚变动力炉,和氢离子智慧体同归于尽的与夫来说,这些问题还算得了什么呢?

进化本应理解与夫那不可理喻的愤怒。它本应早就料到，有时候人类的愤怒和悲伤即使是否决了进化、毁灭了宇宙，也永远无法得到弥补。

"人类墓碑"持续发出巨响，舰桥开始向着内侧崩塌，眼看就要引起坍缩。这或许正是进化服软的表现。

与夫被倒下的仪器压在了地上，抱着麻子的手却依然没有放松，就这样一点点地向核聚变动力炉爬去。他当时也许是在笑吧。

"麻子，我们不管到哪都在一起……"

如果……

有一天，"爱"也被证明为了一种基本力——